가라앉은 자와 구조된 자

가라앉은 자와 구조된 자
— 아우슈비츠 생존 작가 프리모 레비가 인생 최후에 남긴 유서

프리모 레비 지음 | 이소영 옮김 | 서경식 해설

2014년 5월 12일 초판 1쇄 발행
2021년 9월 6일 초판 9쇄 발행

펴낸이 한철희 | 펴낸곳 돌베개 | 등록 1979년 8월 25일 제406-2003-000018호
주소 (10881) 경기도 파주시 회동길 77-20 (문발동)
전화 (031) 955-5020 | 팩스 (031) 955-5050
홈페이지 www.dolbegae.co.kr | 전자우편 book@dolbegae.co.kr
블로그 blog.naver.com/imdol79 | 트위터 @Dolbegae79 | 페이스북 /dolbegae

책임편집 김태권
표지디자인 민진기 디자인 | 본문디자인 이은정·이연경·강영훈
마케팅 심찬식·고운성·조원형 | 제작·관리 윤국중·이수민
인쇄·제본 영신사

ISBN 978-89-7199-604-1 (03880)
책값은 뒤표지에 있습니다.

이 도서의 국립중앙도서관 출판시도서목록(CIP)은 e-CIP 홈페이지
(http://www.nl.go.kr/ecip)에서 이용하실 수 있습니다(CIP제어번호: CIP2014014397)

가라앉은 자와 구조된 자
I sommersi e i salvati

아우슈비츠 생존 작가 프리모 레비가
인생 최후에 남긴 유서

프리모 레비 지음 | 이소영 옮김

돌베개

차례

Since then, at an uncertain hour,
That agony returns,
And till my ghastly tale is told
This heart within me burns.

그때 이후, 불확실한 시간에
고통은 되돌아온다.
그리고 나의 섬뜩한 이야기가 말해질 때까지
내 안의 심장은 불타리라.

새뮤얼 테일러 콜리지,
「늙은 뱃사람의 노래」, 582~585행

서문

　　　　　　　　　　　　　　나치의 절멸 수용소에 대
한 최초의 소식들은 격동의 해인 1942년에 퍼지기 시작했다. 대체
로 막연한 정보의 단편들이었지만 그것들은 서로 일치하는 데가 있
었다. 전해온 소식들이 묘사하는 학살은 규모 면에서 너무나 방대했
고, 극단적으로 잔인했으며, 복잡다단한 동기를 지니고 있었다. 대
중은 그 소식들이 전하는 엄청남 때문에 그 이야기들을 거부하려 했
다. 그러나 이러한 거부가 일찍이 죄를 지은 장본인들로부터 예견
되었다는 사실은 의미심장하다. 많은 생존자들, 그중에서도 『살인
자들은 우리 가운데에 있다』(가르잔티 출판사, 밀라노, 1970)의 마지막
페이지들에서 시몬 비젠탈Simon Wiesenthal[1]은 SS(Schutz-staffel, 나치
친위대) 군인들이 냉소적으로 포로들에게 다음과 같이 경고하면서
즐거워했다는 사실을 기억하고 있다.

　　이 전쟁이 어떤 식으로 끝나든지 간에, 너희와의 전쟁은 우리가 이긴

거야. 너희 중 아무도 살아남아 증언하지 못할 테니까. 혹시 누군가 살아 나간다 하더라도 세상이 그를 믿어주지 않을걸. 아마 의심도 일고 토론도 붙고 역사가들의 연구도 있을 테지만, 확실한 건 아무것도 없을 거야. 왜냐하면 우리가 그 증거들을 너희와 함께 없애버릴 테니까. 그리고 설령 몇 가지 증거가 남는다 하더라도, 그리고 너희 중 누군가가 살아남는다 하더라도 사람들은 너희가 얘기하는 사실들이 믿기에는 너무도 끔찍하다고 할 거야. 연합군의 과장된 선전이라고 할거고 모든 것을 부인하는 우리를 믿겠지. 너희가 아니라. 라거(강제수용소)의 역사, 그것을 쓰는 것은 바로 우리가 될 거야.

희한하게도, 이와 똑같은 생각("우리가 이야기한다 하더라도 우리를 믿어주지 않을 거야")이 한밤의 꿈의 형태로 포로들의 절망의 수면 위로 떠오르곤 했다. 거의 모든 생환자들이 말로든 글로 남긴 그들의 기억 속에서든 포로생활을 하던 밤에 자주 되풀이되던 꿈을 상기한다. 세부적인 면에서는 제각각 다르지만 본질에 있어서는 한결같다. 집으로 돌아가 소중한 사람에게 자신이 겪은 고통들을 안도하면서 또 열정적으로 이야기하는 꿈, 그러나 믿어주지 않는, 아니 들어주지도 않는 꿈이다. 가장 전형적인 (그리고 가장 잔인한) 형태로는 상대방이 몸을 돌리고 침묵 속으로 가버린다. 이 주제에 대해서는 나

---

1 시몬 비젠탈(1908~2005). 우크라이나 출생의 유대인 학살 범죄 연구가. 3년간 독일 나치의 강제 수용소를 옮겨 다니다 오스트리아의 마우트하우젠 수용소에서 해방을 맞았다. 전쟁 중 80여 명의 일가친척을 모두 잃은 그는 전후 미국 전쟁범죄 조사위원회에서 활동하다가 오스트리아 린츠에 유대 역사 기록센터를 설립하여 본격적으로 나치 범죄 고발에 나섰다.

중에 다시 이야기하겠지만, 희생자와 압제자 양쪽 다 라거에서 벌어졌던 일이―여기에 덧붙이자면, 비단 라거에서뿐만 아니라 게토에서, 동부 전선의 후방에서, 경찰서와 정신장애인 보호시설에서도 벌어졌다―너무나도 엄청난 것이어서 믿어주지 않으리라는 점을 날카롭게 인식하고 있었다는 사실이다. 이 점은 지금부터라도 강조할 필요가 있다.

다행히도 상황은 희생자들이 우려하거나 나치가 바랐던 대로 되지는 않았다. 아무리 완벽한 조직이라도 빈틈을 보이는 법이다. 히틀러의 독일도, 특히 붕괴 직전 마지막 몇 개월간의 독일은 완벽한 기계라고 하기에는 거리가 멀었다. 집단학살의 물적 증거들 중 많은 부분이 인멸되었거나, 인멸하기 위한 제법 솜씨 좋은 노력이 이루어졌다. 1944년 가을, 나치는 아우슈비츠의 가스실과 화장터를 폭파했다. 그러나 그 잔해는 아직도 남아 있으며 나치 추종자들의 왜곡에도 불구하고 기상천외한 가설들에 의지해 그것들의 쓰임새를 정당화하기란 어려운 일이다. 바르샤바의 게토는 1943년 봄의 저 유명한 봉기[2]가 있은 후 완전히 초토화되었지만 전사戰士인 동시에 역사가(자신의 이야기를 쓰는 역사가들!)가 된 몇몇 사람들은 수미터 두께의 파편더미 사이나 담벼락 너머로 증거를 몰래 빼돌렸다. 이들의 초인적인 노력 덕분에 후세의 역사가들은 게토 안의 사람들이 하루하루를 어떻게 살아냈고, 어떻게 죽었는지에 대한 증거를 재발견할

---

2 1943년 4월 19일 나치의 수용소 이송에 반대하여 바르샤바 게토에서 일어난 유대인들의 무장 봉기. 28일간 이어진 전투에서 독일군 수백 명이 죽고, 약 5만 6,000명의 유대인이 죽거나 압송당했다.

수 있었다. 라거의 모든 문서보관소들은 전쟁 마지막 수일 동안에 전부 불살라졌다. 이것은 정말이지 복구할 수 없는 손실이어서 희생자들의 수가 400만이었는지 600만이었는지 800만이었는지 오늘날에도 논란이 계속되고 있다. 그러나 어쨌든 언제나 수백만을 논하고 있는 것이다. 나치가 다수의 거대 화장터에 의지하기 전에는, 고의적으로 살해했거나 고초와 병으로 소모된 희생자의 수많은 시체 자체가 증거를 구성할 수 있었다. 따라서 그들은 어떻게든 시체들을 사라지게 만들어야 했다. 첫 번째 해결책은 너무나 끔찍해서 입에 올리기도 주저되지만, 수십만 구에 달하는 시신들을 공동매장 구덩이에 간단히 쌓아버리는 것이었다. 이것은 특히 트레블링카와 여타 소규모 라거들, 그리고 러시아의 후방 지역들에서 행해졌다. 이것은 독일군이 모든 전선에서 승리를 거두고 최종적인 승리가 확실한 것처럼 보이던 때에 야만적인 냉담함으로 취해진 일시적인 해결책으로, 그것을 어떻게 할지는 **차후에** 생각해볼 문제였다. 어쨌든지간에 승자는 진실의 주인이기도 하며, 자신이 좋을 대로 진실을 조작할 수 있는 것이다. 어떤 식으로든 공동매장지를 정당화시키거나 없애버리거나 소비에트군의 책임으로 돌릴 터였다(게다가 그 일이라면 소비에트군은 카틴에서 나치에 비해 크게 뒤지지 않는다는 사실을 보여주었다). 그러나 스탈린그라드의 대전환 이후 생각이 바뀌었다. 모든 것을 즉시 없애버리는 게 낫겠다는 결론을 내린 것이다. 포로들 자신이 그 비참한 유해들을 파내어 야외 장작더미에서 불태우도록 강요당했다. 마치 그 정도 규모의, 그토록 별난 작업이 전혀 눈에 띄지 않고 넘어갈 수 있다는 듯이 말이다.

SS 사령부와 보안당국은 그 후 어떤 증인도 살아남지 못하도록 하는 데 최대한 신경을 썼다. 바로 이것이 살인적인 그리고 분명 정신 나간 이송들이 의미하는 바였다(이 이송들에서 다른 의미를 생각해내기란 힘들다). 그리고 이 이송들을 끝으로 1945년 초부터 몇 개월 사이에 나치 수용소의 역사는 종결되었다. 마이다네크의 생존자들은 아우슈비츠로, 아우슈비츠의 생존자들은 부헨발트와 마우트하우젠으로, 부헨발트의 생존자들은 베르겐 벨젠으로, 라벤스브뤼크의 여성 생존자들은 슈베린 쪽으로 이송되었다. 요컨대 모두가 자유를 빼앗겨야 했고, 동서에서 공격당하고 있는 독일의 심장부를 향해 다시 강제이송되어야 했다. 이송 도중 포로들이 죽는 것은 중요하지 않았다. 중요한 것은 이야기가 전해지지 않도록 입을 막는 것이었다. 사실 라거는 정치적 테러의 중추로서, 그 뒤 죽음의 공장으로서, 이어서(또는 동시에) 언제나 대체가능한 노예 노동인력의 끝없는 저장탱크로서 기능한 뒤, 이제 죽어가는 독일에 위험한 것이 되었다. 왜냐하면 라거는 그 자신의 비밀을, 인류 역사에서 가장 큰 범죄를 안고 있었기 때문이다. 아직 그곳에서 식물인간처럼 살아가고 있던 망령들의 부대는 *게하임니스트뢰거*Geheimnisträger, 즉 비밀을 간직한 사람들로 이루어져 있었고, 나치는 그들을 처리해야 했다. 결국 그 자체로도 웅변적인 절멸 시설들은 이미 파괴되었으므로, 나치는 그들을 내륙으로 이송하는 방법을 선택했다. 다가오는 전선들로부터 덜 위협받는 라거들에 그들을 가둬놓고 마지막 남은 노동력을 착취할 수 있을 거라는 어처구니없는 희망을 가졌던 것이다. 덜 어처구니없는 또 다른 희망은 성서에나 나올 법한 행군이라는 고문으로 그들의 숫자를 줄이겠다는 것이었다. 아닌 게 아니라 숫자는 무섭게 줄어들었다. 그럼에도 생존할 힘과 행운을 가진 소수의 사람들이 존재했고 그들은 증언하기 위해 살아남았다.

비교적 덜 알려져 있고 덜 연구된 부분은 비밀을 간직한 수많은 사람들이 또 다른 쪽, 즉 압제자들 쪽에도 있었다는 사실이다. 비록 대다수는 알고 있는 게 적었고, 극소수만이 모든 것을 알고 있었지만 말이다. 놀라우리만치 잔혹하게 저질러진 일들에 대해, 나치 기구 내에서 **모를 수 없었던** 사람은 얼마나 되는지, 얼마나 많은 사람들이 무언가를 알고 있었으면서도 모른 척 할 수 있었는지, 또한 얼마나 많은 사람들이 모든 것을 알 수 있는 위치에 있으면서도 눈과 귀를 (무엇보다 입을) 꽉 닫고 있겠다는 보다 신중한 길을 선택했는지 그 누구도 정확하게 알 수는 없을 것이다. 어찌됐든 대다수의 독일인들이 가벼운 마음으로 대학살을 받아들였을 거라고 생각할 수는 없다. 그렇게 보면 라거에 대한 진실을 확산시키지 않았다는 것이야말로 독일 민족이 저지른 가장 중대한 집단 범죄의 하나이며 히틀러의 테러로 인해 독일 민족이 다다른 비겁함을 가장 명백하게 증명해주는 것이다. 관습 속으로 들어와버린 비겁함, 너무나 깊어서 남편이 아내에게, 부모가 자식에게도 입을 열지 못하게 만드는 비겁함이다. 이 비겁함이 없었더라면 그토록 극단으로 치닫지는 않았을 것이고 유럽과 세상은 오늘날 달라져 있을 것이다.

의심할 여지없이, 끔찍한 진실에 대한 책임이 있기(또는 있었기) 때문에 그 진실을 알고 있었던 사람들은 침묵할 만한 확실한 이유가 있었다. 그러나 비밀의 수탁자受託者였던 까닭에 침묵을 지키면서도 언제나 안전한 삶을 살았던 것은 아니다. 슈탕글Franz Stangl[3]과 트레블링카의 다른 학살자들의 경우가 그것을 증명해준다. 트레블링카 수용소의 봉기와 철거 이후에 그들은 가장 위험한 파르티잔(빨치산) 지역들 중 하나로 전출되었던 것이다.

라거의 악행을 알고 있던 수많은 잠재적 '민간인' 증인들 역시 의도적인 무지와 두려움으로 침묵했다. 특히 전쟁 마지막 몇 해 동안 라거들은 복합적이고 확장된, 지역사회의 일상생활 속으로 깊숙이 스며든 체계를 구축했다. 사람들이 *수용소 세계*univers concentrationarire라고 부른 데는 다 그만한 이유가 있었지만, 실제 그곳은 폐쇄적인 세계가 아니었다. 크고 작은 공산품 기업과 농산품 회사, 군수공장들이 수용소가 공급하는 공짜나 다름없는 노동력으로부터 이윤을 뽑아갔다. 몇몇 기업은 SS의 비인간적인 (그리고 어리석기도 한) 원칙, 곧 포로들 한 명 한 명이 지니는 가치는 다 똑같으며 따라서 한 명이 과로로 죽으면 즉각 대체될 수 있다는 원칙을 받아들여 포로들을 무자비하게 착취했다. 소수의 다른 기업들은 조심스럽게 포로들의 고통을 경감시키려고 노력했다. 또 다른 기업들은, 어쩌면 동일한 기업일 수도 있는데, 같은 라거에 땔감, 건축 자재, 포로들의 줄무늬 죄수복을 만들 옷감, 죽을 끓일 건조야채 등을 납품함으로써 이윤을 챙겼다. 다수의 화장로 역시, 비스바덴의 토

---

3 프란츠 슈탕글(1908~1971). 오스트리아 태생의 군인이자 SS 장교 출신으로 1942년 9월부터 이듬해 8월까지 트레블링카 수용소의 사령관을 지냈다. 전후 미군에게 체포되어 수용소 생활을 하다가, 1947년 말 안락사 계획에 가담한 죄로 재판에 회부되어 오스트리아 정부에 인계되었다. 1971년 뒤셀도르프의 교도소에서 생을 마감했다.

프Topf라는 한 독일 회사(1975년경까지 여전히 영업 중이었다. 기업의 설립 목적을 바꾸는 것은 적합하다고 생각지 않아 업종을 변경하지 않고 일반적인 용도의 화장로를 건설했다)가 설계하고 건설하고 설치하고 시운전했다. 이러한 기업들에서 일하던 사람들이 SS 사령부가 주문하는 상품과 설비들의 질과 양이 나타내는 의미를 몰랐다고 생각하기는 어렵다. 아우슈비츠의 가스실에서 사용된 독약의 공급에 대해서도 같은 이야기를 할 수 있다. 이 독약은 실질적으로 시안화수소산이며 이미 오래전부터 선창의 살충작업에 사용되어왔다. 그러나 1942년부터 급격히 늘어난 주문량은 눈에 띄지 않고 넘어갈 수 있는 것이 아니었다. 이것은 의심을 낳을 수밖에 없었고, 물론 의심을 샀다. 그러나 그 의심들은 두려움과 돈벌이의 욕심, 맹목과 우리가 앞에서 언급했던 의도적인 어리석음에 의해, 그리고 몇몇의 경우는(아마도 소수의 경우) 광신적인 나치의 복종에 의해 질식돼버렸다.

수용소에 대한 진실을 재건하기 위한 가장 실질적인 자료가 바로 생존자들의 기억으로 이루어져 있다는 것은 당연하고 명백하다. 그 기억은 그것이 불러일으키는 동정심과 분노를 넘어 비판적인 눈으로 읽혀야 한다. 라거를 알기 위해서 라거 자체가 언제나 좋은 관측소가 되어주었던 것은 아니다. 포로들이 자신이 놓인 비인간적 조건들 속에서 자신들의 세계에 대해 총체적 관점을 갖기란 힘든 일이다. 무엇보다 독일어를 못 알아듣는 포로들은 자신들이 있는 라거가, 봉인된 화물열차를 타고 굽이굽이 돌아 죽을 만큼 힘든 여행을 한 뒤 도착한 그 라거가 유럽의 어느 지점에 위치하는지 알지 못할 수도 있었다. 그들은 불과 몇 킬로미터 떨어져 있는 다른 라거의 존재조차 알지 못했다. 누구를 위해 일하는지도 몰랐다. 어떤 갑작스런 환경의 변화나 집단 이송의 의미를 이해하지 못했다. 죽음에 둘러싸인 포로는 종종 자신의 눈앞에서 벌어지는 참사의 규모를 판단해낼 수 없었다. 오늘 자신의 옆에서 일했던 동료가 내일이면 갑자기 사라지고 없었다. 사라진 동료는 옆 막사에 있을 수도 있고 아니면 세상에서 지워졌을 수도 있다. 그것을 알 방법이 없었다. 결국 그는 폭력과 협박의 거대한 건물에 의해 지배당하고 있다고 느끼지만 그에 대한 어떠한 설명도 생각해낼 수 없었다. 그 자신의 눈은 매순간 필요한 욕구들로 인해 바닥을 향해 있었기 때문이다.

이러한 총체적 관점의 결핍은 '정상적인' 포로들, 특권층이 아닌 사람들, 즉 수용소의 근간을 이루고 있었으며 오로지 불가능할 것 같은 사건들의 조합 덕분에 죽음을 모면한 사람들의 말이나 글로 이루어진 증언들을 조건 지었다. 그 사람들은 라거에서는 대다수였지만 생존자들 가운데에서는 소수였다. 생존자들 가운데는 포로생활 중에 어떤 특권을 누린 사람들이 훨씬 많았다. 여러 해가 지난 오늘날, 라거의 역사는 거의 전적으로 나처럼 바닥까지 가보지 못한 사람들에 의해 쓰였다고 단언할 수 있다. 바닥까지 가본 사람은 돌아오지 못했거나, 자신의 관찰 능력이 고통과 몰이해로 마비되어 있었던 것이다.

한편, '특권층' 증인들은 확실히 더 나은 관측소를 이용했다. 적어도 더 높은 곳에 있었고, 따라서 더 넓은 시야를 확보할 수 있었다. 그러나 바로 그 특권에 의해 크게든 작게든 그 또한 왜곡된 것이었다. 특권(라거에서 뿐만 아니라!)에 대한 논의는 민감한 문제이며,

나는 나중에 최대한의 객관성을 견지하면서 이에 대한 논의를 전개하려 노력할 것이다. 여기서는 단지 월등한 특권을 가진 사람들, 즉 수용소의 권력에 영합하여 특권을 획득한 사람들이 뻔한 이유들을 대며 전혀 증언하지 않았다는 사실과 누락·왜곡되거나 완전히 조작된 증언을 남긴 사실에 대해서만 언급할 것이다. 라거 최고의 역사가들은 타협에 굴복하지 않고도 특권이 있는 관측소에 도달할 수 있었던 능력과 행운을 지닌 극소수의 사람들 중에 나왔다. 그리고 그들은 자신들이 보고 겪고 행했던 일들을 훌륭한 기록자와 같이 겸손하게 이야기했다. 곧 그들은 라거라는 현상이 지닌 복잡한 성격과 거기에서 펼쳐진 인간의 운명이 보여주는 다양성을 고려하면서 이야기할 수 있는 능력을 가졌던 사람들이었다. 이러한 역사가들 거의 모두가 정치범이었다는 것은 당연한 이치다. 왜냐하면 라거는 정치적 현상이었고, 유대인이나 일반 범죄자들보다 훨씬 더 많았던 정치범들은(잘 알려진 대로, 이것이 바로 포로들의 세 가지 주요 범주였다) 문화적 배경을 이용하여 자신들이 겪은 일들을 해석할 수 있었기 때문이다. 그들은 이전에 전투원이었거나 또는 여전히 반파시스트 전사였다. 그런 까닭에 증언이 파시즘과 맞서 싸우는 전쟁 행위라는 것을 인식할 수 있었다. 또한 통계적 데이터들에 쉽게 접근할 수 있었고, 마지막으로 라거에서 중요한 위치를 차지하고 있었던 데다가 대개는 비밀 저항조직의 회원들이었다. 적어도 마지막 몇 년간 그들의 생활 환경은 견딜 만한 것이어서, 예를 들어 글을 쓰고 메모를 간직하는 것 정도는 허용되었다. 이것은 유대인들에게는 상상조차 할 수 없는 일이었고 일반 범죄자 포로들에게는 관심도 없는 일이었다.

여기에서 언급한 모든 이유들 때문에 라거에 대한 진실은 먼 길을 돌아 그리고 좁은 문을 통과하여 빛을 보게 되었다. 하지만 수용소 세계의 많은 모습들은 아직도 깊이 연구되지 않았다. 나치의 라거로부터 해방된 지 이미 40년 이상이 흘렀다. 이 상당한 간극은 사건을 명확하게 밝혀줄 모순적인 결과들을 가져왔는데, 아래에 열거해보겠다.

첫째는 바람직하고 정상적인 정제 과정이 있었다는 것이다. 이러한 과정 덕분에 역사적 사건들은 종결된 지 불과 몇십 년 만에 그것들의 명암과 전망을 획득하게 된 것이다. 제2차 세계대전 말경에는 라거나 다른 곳에서 행해진 나치의 강제이송과 학살 규모에 대한 자료들이 입수되지 않았을 뿐더러 그 범위와 특수성을 이해하는 것도 쉽지 않았다. 나치의 살육은 무시무시하게도 하나의 '표본'이고, 앞으로 더 끔찍한 일이 일어나지 않는다면 금세기의 핵심 사건이자 오점으로 기억될 것이라는 점을 이해하게 된 것은 불과 몇 년 되지 않는다.

그에 반해 세월의 흐름은 역사적으로 부정적인 또 다른 결과를 낳고 있다. 원고와 피고 측 증인 대다수가 이미 사라지고 없으며, 아직 남아 있는, 그리고 (자신들의 가책이나 저마다의 상처를 극복하고) 여전히 증언에 동의하는 사람들은 점점 더 흐릿하고 정형화된 기억을 갖게 된다. 이는 종종 자신도 모르는 사이에 책을 읽거나 타인들의 이야기를 듣거나 하면서 나중에 알게 된 정보로부터 영향받은 기억들이다. 몇몇 경우들에서는 당연히, 기억 못한다는 것은 거짓이다. 그러나 흘러간 수많은 세월이 그것을 법정에서조차 믿을 만한 것으로 만든다. 오늘날 수많은 독일인들의 입에서 나오는 "나는 모른다" 또는 "나는 몰랐다"라는 말들은 더 이상 충격을 주지 않는다. 사건들이 일어난 지 얼마 되지 않았을 때에는 분명 충격을 불러일으켰거나 그래야 했을 일이었는데 말이다.

또 다른 정형화에 대해서는 우리 자신에게, 우리 생환자들에게, 아니 더 정확하게는 우리 가운데 생환자로서 자신의 조건을 가장 단순하고 가장 덜 비판적인 방식으로 살아가기로 받아들인 사람들에게 책임이 있다. 의식과 축전, 기념물과 깃발이 언제 어디서나 비난할 만한 것이라는 말이 아니다. 어느 정도의 수사는 어쩌면 기억이 지속되기 위해서 불가피한 것일지도 모른다. "인물들의 묘"인 무덤이 영혼에 고귀한 행위를 일깨우거나 적어도 완수된 일에 대한 기억을 보존한다는 사실은 포스콜로Ugo Foscolo[4] 시대에도 진실이었고 오늘날에도 역시 그러하다. 그러나 지나친 단순화는 경계해야 한다. 모든 희생자는 애도할 만하고 모든 생환자는 도와주고 동정할 만하다. 그러나 그들의 모든 행동이 본보기가 될 만한 것은 아니었다. 라거 내부는 복잡하게 얽히고 계층화된 소우주였다. 내가 앞으로 말하게 될 "회색지대"는 어느 정도는, 또 어쩌면 좋은 의도에서 당국에 협조한 포로들의 층으로 결코 얇지 않았다. 아니 오히려 역사학자, 심리학자, 사회학자들에게 근본적으로 중요한 하나의 현상을 보여주었다. 이를 기억 못하거나 당시 느꼈던 놀라움을 기억하지 못하는

---

4 우고 포스콜로(1778~1827). 이탈리아의 시인이자 소설가. 대표작인 「무덤들에 대하여」Dei sepolcri(1807)는 총 295구로 이루어진 장편 서사시로, 나폴레옹의 분묘 양식 통일화에 반대하여 애국적 열정을 피력한 작품이다.

포로는 없다. 처음 받은 위협, 첫 모욕, 첫 구타는 SS로부터 온 게 아니라 다른 포로들, '동료'들, 갓 입소한 사람들이 방금 갈아입은 것과 똑같은 줄무늬 유니폼 차림의 그 불가사의한 인물들로부터 왔던 것이다.

이 책은 아직까지도 분명치 않아 보이는 라거 현상의 몇 가지 양상들을 밝히는 데 이바지하고자 한다. 보다 야심찬 목적도 있다. 좀 더 급박한 질문, 우리의 이야기를 읽을 기회가 있었던 모든 사람들을 불안하게 하는 질문에 대답하는 것이다. 노예 제도나 결투 의식이 그랬던 것처럼, 수용소 세계는 어디까지 사멸했으며 더 이상 되돌아오지 않을 것인가, 어디까지 되돌아왔거나 되돌아오고 있는가, 위협으로 가득한 이 세상에서, 적어도 이러한 위협을 무력화시키기 위해서 우리들 각자는 무엇을 할 수 있는가?

나는 역사가의 작업, 즉 근원을 철저하게 파헤치는 작업을 할 의도는 없었고 그럴 능력도 없다. 다만 거의 전적으로 나치의 라거들을 다루는 데 국한했다. 왜냐하면 그것들에 대해서만 직접 경험했기 때문이다. 읽은 책들과 들은 이야기, 그리고 내가 초기에 쓴 두 책의 독자들과의 만남을 통해 나는 라거들에 관하여 충분한 간접 경험도 할 수 있었다. 게다가 내가 지금 집필을 하는 이 순간까지도 히로시마와 나가사키의 참사, 굴락gulag[5]의 수치, 불필요하고 피비린내 나는 베트남 전쟁, 캄보디아의 대량학살, 아르헨티나의 실종자들, 그리고 그 후 우리가 목도한 잔인하고도 어리석은 수많은 전쟁들이 일어나고 있다. 하지만 나치 수용소의 체계는 양적으로나 질적으로나 **유일무이한** 것이다. 다른 그 어떤 시간과 장소에서도 그토록 예기치 못한, 그토록 복잡다단한 현상이 나타난 적은 없었다. 기술적 정교함과 광신, 잔인함이 그토록 짧은 시간 내에 그토록 명석하게 조합되어 그렇게 수많은 인명이 절멸된 적은 없었다. 그 누구도 16세기 내내 아메리카에서 스페인 정복자들이 저지른 학살에 대해 무죄라고 말하길 원치 않는다. 그들은 적어도 6,000만 명의 인디오들을 죽음에 이르게 한 것으로 보인다. 그러나 스페인 정복자들은 본국 정부의 지시 없이 또는 정부의 지시에 반하여 독자적으로 행동했다. 그리고 그들의 악행은(사실은 그다지 '계획된' 것은 아니었다) 100년 이상의 시간을 두고 서서히 저지른 것이었으며, 뜻하지 않게 옮긴 전염병의 도움도 받았다. 결국, 그렇게 우리는 인디오들에게 행한 학살을 "다른 시대의 일"이라고 치부해버림으로써 마음 홀가분해지려고 하지 않았던가?

5　스탈린 시대 강제수용소를 운용했던 관리본부, 또는 그 강제수용소를 직접 가리킨다.

1 상처의 기억

인간의 기억은 놀라운 도구인 동시에 속이기 쉬운 도구이다. 이는 새로울 게 없는 진실로, 굳이 심리학자가 아니라도 자신과 주변 사람들의 행동에 주의를 기울여본 사람이면 누구나 알 수 있는 사실이다. 우리 안에 누워 있는 기억은 돌 위에 새겨진 것이 아니다. 세월이 흐르면서 지워지고 종종 변형되며 심지어 상관없는 일들을 껴 넣으면서 자라나기도 한다. 판사들은 이것을 잘 알고 있다. 동일한 사건의 두 목격자가 사건을 같은 방식으로, 또 같은 말로 묘사하는 일은 거의 일어나지 않는다. 비록 그 사건이 최근에 일어났거나 두 목격자 중 누구도 그것을 왜곡시킬 개인적 이해관계가 없더라도 말이다. 우리 기억의 이러한 빈약한 신뢰성은 기억이 어떤 언어로, 어떤 문자로, 어디에 어떤 펜으로 적히는지 알게 될 때에만 비로소 만족스럽게 설명될 것이다. 오늘날까지도 우리는 이 목표에서 멀리 떨어져 있다. 대뇌의 외상 외에도 여러 트라우마들, '경쟁적인' 다른 기억들의 간섭, 의식의 비정상적인 상태, 억제, 억압 등, 특수한 조건들 속에서 기억을 왜곡시키는 몇몇 기제들은 알려져 있다. 그러나 느린 퇴락 현상, 윤곽의 흐려짐과 같은 생리학적인 망각은 정상적 조건들 속에서도 가동 중이며, 이것에 저항할 수 있는 기억은 별로 없다. 여기서 자연의 위대한 힘 가운데 하나를 알아볼 수 있다. 질서를 무질서로, 젊음을 늙음으로 바꿔놓고 삶을 죽음으로 소멸시키는 바로 그 힘 말이다. 자주 쓰는 근육이 능률적으로 유지되는 것과 마찬가지로 연습(이 경우에는 빈번한 기억의 소환)이 기억을 생생히 살아있게 유지해주는 것은 당연하다. 그러나 너무 빈번하게 환기되고 이야기의 형태로 표현되는 기억은 가공되지 않은 기억의 자리를 차지하고는 그것을 양분 삼아 새롭게 자라난다. 그리하여 하나의 정형화된 틀로, 경험에 의해 실험된 형태로, 또 결정화되고 완벽하고 장식된 형태로 고정되는 것이다.

나는 여기서 극단적 경험들, 곧 희생자들이 받았던 상처의 기억들을 검토하고자 한다. 이러한 경우에는 기억의 기록을 지우거나 변형시킬 수 있는 거의 모든 요인들이 작동 중이다. 트라우마에 대한 기억은 그 자체로 트라우마다. 트라우마를 회상하는 일은 고통스럽고 적어도 피해자의 마음을 심란케 하기 때문이다. 상처를 받은 사람은 고통을 되풀이하지 않기 위해 그 기억을 지우려는 경향이 있다. 상처를 준 사람은 그 기억으로부터 해방되고 자신의 죄의식을 덜기 위해 마음 깊숙이 그 기억을 몰아내버린다.

여기서 우리는 다른 현상들에서와 마찬가지로 희생자와 압제자 사이에 놓인 역설적인 유사성에 주목하게 된다. 좀 더 분명하게 말하자면 양자는 같은 덫에 걸려 있는 것이다. 물론 그 덫을 준비하고 또 튀어 오르게 만든 사람은 오직 압제자 자신이다. 따라서 압제자가 괴로워한다면 그건 당연한 일이겠지만 희생자가 괴로움을 겪는 것은 지극히 부당하다. 그러나 실제로는 어떤가? 수십 년이 지나도록 희생자는 고통 속에 괴로워한다. 그리고 슬프게도 다시 한 번 그 상처는 치유 불가능하다는 사실을 확인하게 된다. 상처의 시간은 연장되며 복수의 여신 에리니에스는—우리는 그 존재를 믿을 수밖에 없는데—(인간의 형벌에 도움을 받아서든 아니든 간에) 가해자만 괴롭히는 것이 아니라 그들의 일을 영구화하기 위해 피해자에게도 평화를 주지 않는다. 오스트리아 철학자 장 아메리는 벨기에 레지스탕스 운동을 하다 유대인이라는 이유로 아우슈비츠로 이송되어 게슈타포에게 고문당한 인물이다. 그가 남긴 글은 우리를 경악에 빠뜨린다.

고문당한 사람은 고문에 시달리는 채로 남는다. [⋯] 고문당한 사람은 더 이상 세상에 적응할 수 없을 것이다. 철저하게 그를 무無로 만들어 버린 데서 오는 혐오감은 절대로 사라지지 않는다. 인간에 대한 신뢰는 첫 따귀로 이미 금이 가고, 이어지는 고문으로 더 이상 회복되지 않는다.

그에게 고문은 끝나지 않는 죽음이었다. 아메리, 그는 1978년에 자살했다. 그에 대해서는 6장에서 다시 이야기할 것이다.

우리는 혼란을 일으키거나 프로이트 이론들을 사소하게 들먹이거나 병적 상태, 관용 따위를 이야기하려는 것이 아니다. 압제자는 압제자로 남고 희생자는 희생자로 남을 뿐이다. 양자는 서로 뒤바뀔 수 없다. 압제자는 벌 받아 마땅하며 혐오의 대상이다(그러나, 가능하다면 이해 받을 수는 있다). 희생자는 동정과 도움을 받아야 한다. 하지만 돌이킬 수 없는 그 사건의 천박함 앞에서 양자 모두는 피난처와 보호막을 필요로 하고 본능적으로 그것을 찾아 나선다. 모든 사람들이 그런 것은 아니지만 대다수가 그러하며, 종종 평생을 그렇게 살기도 한다.

이미 우리는 압제자 측의(나는 독일 나치뿐만 아니라 어떤 규율에 복종하기 위해 다양하고 끔찍한 범죄를 저지른 모든 사람들에 대해 말하고 있다) 수많은 고백, 증언, 시인 등의 자료를 가지고 있다. 몇몇은 법정에서 교부된 것이고, 어떤 것들은 인터뷰 도중에 나온 것이며, 또 어떤 것들은 책이나 회고록에 실린 것이다. 내 생각에 이것들은 매우 중요한 문서들이다. 일반적으로 본 것이나 저지른 행위들에 대한 묘사는 그다지 흥미를 끌지 못한다. 그러한 묘사는 희생자들이 이야기한 것과 폭넓게 일치하고, 아주 드물게 이의제기를 받으며, 판결이 내려져 이미 역사의 한 부분이 되어버렸다. 따라서 대개는 사람들이 익히 알고 있는 것으로 간주된다. 이보다는, 왜 그랬는가, 범죄를 저지를 때 이들은 인식하고 있었는가, 하는 동기와 정당화에 대한 물음이 훨씬 더 중요하다.

이 두 가지 질문이나 기타 유사한 질문에 대한 답변들은 서로 굉장히 비슷하다. 슈페어Albert Speer처럼 야심차고 지적인 전문가든 아이히만Adolf Eichmann처럼 광신적인 냉혈한이든, 아니면 트레블링카의 슈탕글이나 아우슈비츠의 회스Rudolf Höss처럼 근시안적인 관리든, 고문 발명가들인 보거Wilhelm Boger와 카두크Oswald Kaduk

처럼 우둔하고 추악한 사람이든, 질문을 받는 사람의 개인적인 성격과는 상관없이 말이다. 말하는 사람의 정신적·문화적 수준에 따라 크고 작은 오만함을 보이면서 여러 형태로 표현되는 그 답변들은 본질적으로 모두 똑같은 내용을 말한다. 즉, 명령을 받았기 때문에 그렇게 했다, 다른 사람들(내 상관들)은 나보다 더 나쁜 일을 저질렀다, 내가 받아온 교육과 살아온 환경을 감안했을 때 나는 다르게 행동할 수 없었다, 내가 하지 않았다면 내 대신 다른 사람이 더욱 엄하게 했을 것이다, 등과 같은 답변이다. 이러한 변명을 읽는 사람이 맨 처음 보이는 반응은 몸서리나는 혐오감이다. 그들은 거짓말을 하고 있다, 사람들이 자신들을 믿어줄 거라고 생각할 수 없다, 자신들이 야기한 죽음과 고통의 어마어마함과 늘어놓는 변명 사이의 불균형을 못 볼 리 없다, 그렇다, 그들은 속이는 줄 알면서 속이고 있다, 따라서 그들은 악의적이다.

이제, 세상일에 대한 충분한 경험을 가진 사람이라면 누구라도 선의와 악의의 구별(언어학자들은 대립이라고 할 것이다)이 낙관적이고 계몽주의적이라는 것을 알고 있다. 그리고 이러한 구별이 방금 언급한 사람들과 같은 이들에게 적용된다면 더더욱 그러하고, 더 타당한 이유로 그러하다. 정신적인 명료함은 소수의 것이다. 또한 그 소수조차도 어떤 이유에서든지 간에 과거나 현재의 현실이 그들 마음속에 불안이나 불편함을 불러일으킬 때에는 즉시 그 명료함을 잃게 된다. 선의와 악의의 구별은 바로 이러한 정신적 명료함을 전제로 하는 것이다. 물론 이러한 조건에서 냉담하게 현실 그 자체를 변조함으로써 의식적으로 속이는 사람도 있지만, 닻을 올리고 일시적으로든 영원히든 원래의 기억으로부터 멀어지면서 편리한 현실을 만들어내는 사람들이 더 많다. 그들에게 과거는 무거운 짐이다. 그들은 자신이 했던 일이나 당했던 일들에 대해 혐오감을 느끼고 다른 것들로 대체하려는 경향이 있다. 이러한 대체는 완전히 의식하고 있는 가운데 지어내고 고친, 허위이지만 현실보다는 덜 고통스러운 어떤 장면으로 시작될 수 있다. 반복해서 그 장면에 대해 묘사하다보니 타인은 물론 자신에게조차 진실과 허구의 구별은 점차적으로 그 경계를 잃게 된다. 결국 인간은, 덜 믿음직스럽거나 서로 앞뒤가 맞지 않거나, 입수한 사건들의 큰 그림과 양립할 수 없는 세부 사항들을 여기저기 갈고 다듬으면서 자신이 거듭 반복해온 그 이야기를 완전히 믿고 만다. 처음의 악의는 선의가 되어버렸다. 거짓으로부터 자기기만으로의 소리 없는 이행은 유용하다. 선의로 속이는 사람은 더 잘 속이고 자신의 역할을 더 잘 연기하며 판사에게, 역사가에게, 독자에게, 아내에게, 자식에게 더 쉽게 신뢰받는다.

사건들이 과거 속으로 멀어질수록 편리한 진실의 구축은 점점 더 커지고 더 완벽해진다. 나는 오직 이러한 정신적 메커니즘을 통해서만, 예를 들어, 1942년경까지 비시 정부에서 유대인 문제 담당위원이었고 유대인 7만 명의 강제이송에 직접 책임이 있는 루이 다르퀴에 드 펠레포이Louis Darquier de Pellepoix가 1978년 『익스프레스』지誌에 인터뷰한 진술이 이해될 수 있다고 믿는다. 다르퀴에는 모든 것을 부정한다. 시체들이 무더기로 쌓인 사진들은 편집한 것이고 수백만에 이르는 사망 통계는 매스컴의 관심과 동정, 피해 보상금에 눈먼 탐욕스러운 유대인들이 만들어낸 이야기이며 강제이송은 있었을 수도 있지만(강제이송을 부정하기란 그로서는 어려운 일이었을 것이다. 강제이송을 명령한 수많은 편지들의 하단에 자신의 서명이 나타나기 때문이다. 여기에는 어린아이도 포함되어 있었다) 어디를 향한 것인지, 또 어떤 결과를 낳는 것인지 자신은 몰랐다는 것이다. 아우슈비츠에 가스실이 있었던 것은 맞지만 단지 이[蝨]를 죽이기 위해 사용되었을 뿐이며, 어쨌든지 간에(이 일관성을 보라!) 전쟁이 끝난 후 프로파간다를 할 용도로 지어졌다는 것이다. 나는 이 비겁하고 어리석은 사람을 옹호하려는 게 아니다. 그가 스페인에서 오랫동안 마음 편히 살았다는 사실은 나를 불쾌하게 한다. 그러나 내가 보기에 공개적으로 거짓말을 하는 데 익숙한 자는 결국 사적인 자리에서뿐만 아니라 자기 자신한테도 거짓말을 하게 된다. 자신을 평안하게 살도록 해주는 편리한 진실을 스스로 만드는 것이다. 그에게서 이 전형적인 경우를 볼 수 있다. 선의와 악의를 뚜렷이 구분하는 데는 큰 비용이 요구된다. 자기 자신에 대해 온전히 솔직할 것을 요구하며 지적이고 도덕적인 노력을 끊임없이 요구한다. 이러한 노력을 어떻게 다르퀴에 같은 사람들에게서 기대할 수 있겠는가?

  예루살렘 재판[1]에서 아이히만이 한 진술과 (아우슈비츠 수용소의 마지막에서 두 번째 소장이자 시안화수소산 가스실의 발명자인) 루돌프 회스가 자신의 자서전에서 한 진술들을 읽어보면 지금 지적한 다르퀴에

---

1 1961년 나치 전범 아돌프 아이히만Adolf Eichmann(1906~1962)을 심판하기 위해 예루살렘에서 열린 재판을 말한다. 아이히만은 제2차 세계대전 중에 독일 및 독일 점령하의 유럽 각지에 있던 유대인의 체포, 강제 이주를 계획·지휘하고 나치의 "최종해결책"을 체계적으로 실현한 실무 책임자이다.

의 경우보다 훨씬 더 교묘하게 과거를 공들여 재구성한 과정을 파악할 수 있다. 본질적으로 이 두 사람은 나치 추종자들, 더 적절하게는 모든 추종자들의 전형적인 방식으로 자기 자신을 변호했다. "우리는 절대적 복종과 위계질서와 민족주의에 맞게 교육되었다. 우리는 슬로건에 흠뻑 젖어 있었고 의례와 시위에 도취되어 있었다. 우리 민족에 유익한 것이 유일한 정의이며 대장의 말이 유일한 진실이라고 배웠다. 도대체 우리에게서 뭘 바라는가? 일어난 일들에 대하여, 우리와 같았던 모든 사람들의 것과는 다른 행동을 우리에게 어떻게 기대한단 말인가? 우리는 부지런한 집행자였고 그런 부지런함 덕분에 칭찬받고 진급했다. 결정은 우리가 내린 것이 아니었다. 우리가 자라난 체제는 자율적인 결정을 허용하지 않았기 때문이다. 다른 사람들이 우리 대신 결정을 내렸고 다른 식으로는 될 수 없었다. 왜냐하면 우리는 결정하는 능력을 거세당했기 때문이다. 결정한다는 것은 우리에게 금지되어 있었을 뿐만 아니라 우리는 그것에 무능력해져 있었다. 따라서 우리는 책임이 없으며 처벌받을 수 없다"는 것이다.

비록 비르케나우 수용소 굴뚝을 배경으로 투영된 것이라 하더라도 이런 논리가 순전히 그들의 후안무치함에서 비롯된 것은 아니다. 근대적인 전체주의 국가가 개인에게 행사할 수 있는 압력은 무시무시하다. 그 무기는 본질적으로 세 가지이다. 교육·지도·대중문화로 위장한 프로파간다 또는 직접적인 프로파간다. 정보의 다원주의에 반하는 봉쇄, 그리고 테러가 바로 그것이다. 그럼에도 이러한 압력이 저항 불가능한 것이라고는 인정하기 힘들며, 제3제국[2]의 12년이라는 짧은 기간 동안에는 더더욱 그러하다. 회스와 아이히만처럼

가라앉은 자와 구조된 자   1. 상처의 기억

중대한 책임이 있는 사람들의 진술과 변명 속에서는 과장과 그보다 더 심각한 기억의 조작이 빤히 보인다. 두 사람 다 제3제국이 진정한 '전체주의'가 되기 훨씬 이전에 태어나 교육받았고 그들이 나치에 입당한 것은 열광보다는 차라리 기회주의에 좌우된 하나의 선택이었다. 자신들의 과거를 공들여 조작한 것은 추후에 서서히 한, (아마도) 체계적이지 못한 작업이었다. 여기서 과거의 조작이 선의로 행해졌는지 아니면 악의로 행해졌는지 묻는 것은 순진해 빠진 일이다. 타인의 고통 앞에서 그토록 강인했던 그들 역시, 운명이 그들을 심판관 앞에, 마땅히 받아야 할 죽음 앞에 세웠을 때 편리한 과거를 만들어냈고, 결국 스스로 그것을 믿고야 말았다. 섬세하지 못한 인물이었던 회스의 경우는 특히 더했다. 그가 쓴 글에서 볼 수 있듯이 회스는 반유대주의를 거듭 부인하는 자신의 행위가 그 자체로 자신의 조악한 반유대주의를 보여준다는 것을 깨닫지 못했다. 그리고 훌륭한 관리이자 아버지, 남편으로 그린 자신의 자화상이 얼마나 졸렬해 보이는지도 깨닫지 못했다. 그 정도로 그는 자제심과 자기성찰의 성향이 거의 없었던 인물이다.

이와 같은 과거의 재구성을 논하는 데 있어서(이것들에 대해서만은 아니다. 모든 기억들에 대해서도 유효한 고찰이다), 사실의 왜곡이 사실 자체의 객관성에 의해 자주 제한받게 되며, 사실 주위에 제3자들의 증언, 문서, '물적 증거', 역사적으로 인정되는 정황들이 존재한다는 점에 주목해야 한다. 일반적으로 어떤 특정한 행위를 저지른 사실이

---

2 히틀러가 권력을 장악한 시기의 독일제국(1934~1945).

나 또는 그 행위가 저질러졌다는 사실을 부인하기란 어렵다. 반면에 우리를 어떤 행위로 이끈 동기들과 행위 자체에 수반하는 우리 안의 열정을 바꾸는 것은 매우 쉽다. 이것은 아주 약한 힘에도 변형되기 쉬운 지극히 유동적인 물질이다. "왜 그랬나?" 또는 "하면서 무슨 생각을 했나?"라는 질문들에 믿을 만한 대답이란 존재하지 않는다. 인간의 정신 상태는 애초에 불안정한 것이고, 그 기억은 훨씬 더 불안정하기 때문이다.

저지른 죄에 대한 기억을 변형하는 극단적 경우로는 기억의 제거가 있다. 여기에서도 선의와 악의 사이의 경계는 모호할 수 있다. 법정에서 들리는 "모른다", "기억나지 않는다"라는 말 뒤에는 간혹 속이려는 명확한 의도가 엿보인다. 그러나 여타의 경우들은 하나의 공식으로 굳어지고 화석화된 기만이 문제가 된다. 기억하는 사람은 기억 못하는 사람이 되고자 했고 또 그러는 데 성공했다. 기억의 존재를 부인함으로써 그는 배설물이나 기생충을 몰아내듯이 자기 자신으로부터 해로운 기억을 몰아냈다. 변호사들은 자신들이 의뢰인에게 제안하는 기억의 공백과 추정상의 진실이, 종종 망각과 사실상의 진실로 둔갑한다는 것을 잘 안다. 우리를 당혹케 하는 진술들을 하는 사람들의 사례를 찾기 위해 정신병리학의 영역으로 넘어갈 필요는 없다. 그러한 진술들은 물론 거짓이지만 그 사람이 알고 속이는지 모르고 속이는지 우리는 구별할 수가 없다. 거짓말을 하는 사람이 한순간에 진실을 말하는 사람이 된다고 터무니없는 가정을 해본다 해도, 그 사람 자신은 그 딜레마를 어떻게 답해야 할지 모를 것이다. 속이는 행위를 할 때 그는 자신이 맡은 인물과 완전히 혼연일체

가라앉은 자와 구조된 자　　1. 상처의 기억

가 된 배우로, 더 이상 자기 자신과 구별할 수 없게 되기 때문이다. 내가 글을 쓰고 있는 요즈음, 이에 대한 두드러진 사례가 있는데, 요한 바오로 2세의 암살 미수범인 터키인 알리 아자의 법정에서의 태도가 바로 그것이다.

부담스런 기억의 침입으로부터 자신을 방어하기 위한 최선의 방법은 아예 기억의 진입을 저지하는 것, 즉, 경계를 따라 방역선防疫線을 치는 것이다. 기억이 기록된 뒤에 그로부터 해방되는 것보다 기억의 진입을 허용하지 않는 것이 훨씬 쉽기 때문이다. 추악한 작업을 담당한 사람들을 양심의 가책으로부터 보호하고, 가장 무감각하고 극악무도한 자들조차 꺼림칙해 할 그들의 작업이 확실히 수행될 수 있도록 나치 사령부가 고안해낸 방책들 중 상당수는 본질적으로 이러한 목적에 사용된 것이었다. 러시아 전선의 후방에서 민간인들을 공동구덩이(희생자 자신들이 직접 파야 했다) 가장자리에 세워놓고 기관총으로 쏜 **아인자츠코만도스**Einsatzkommandos[3]에게는 원하는 대로 술이 무한정 배급되었다. 취기로 학살 행위를 가리기 위해서였다. 잘 알려진 완곡한 표현들—"최종 해결책", "특별 처리", 방금 인용한 용어 "아인자츠코만도스"(글자 그대로는 '긴급 임무 부대'를 의미하지만 무시무시한 현실을 숨기고 있었다)—은 단지 희생자들을 속이고 그들의 방어적 저항을 예방하기 위해서만 쓰인 것은 아니었다. 직접 연루되지 않은 군부대들과 여론으로부터 가능한 한 제3제국의 점령지 안에서 벌어지고 있던 일들을 알지 못하게 막는 데도 유용했다.

3 제2차 세계대전 중 나치 독일이 만든 특수 기동부대 아인자츠그루펜Einsatzgruppen의 하위 조직이다. 유대인, 폴란드 지식인, 소련 공산주의자 등의 살육을 담당했다.

어쨌든 짧았던 "천년왕국"의 역사 전체는 기억과의 전쟁으로, 기억의 오웰적인 위조로, 현실의 위조로, 현실의 부정으로, 현실 자체로부터의 결정적인 도피로 다시 읽힐 수 있다. 히틀러의 모든 진기들은 그토록 분류하기 힘든 이 남자의 삶을 해석하는 데 있어 서로 불일치를 보인다. 다만 러시아의 첫 겨울로부터 시작하여 최후의 몇 년간을 특징지은 현실로부터의 도피에 대해서는 하나의 일치된 견해를 보인다. 히틀러는 자기 부하들의 도덕성과 기억을 오염시킴으로써 그들이 진실에 접근하는 것을 막아버렸다. 그러나 벙커에 대한 지독한 편집증을 가질 만큼 점점 더 심각하게, 히틀러는 자기 자신에게조차 진실로의 길을 봉쇄했다. 모든 도박꾼들이 그러하듯이 그는 미신적인 기만들로 짜인 무대를 자기 주변에 구축했다. 그리고 그 속에서 자신이 모든 독일인에게 요구했던 바로 그 광신적인 믿음을 결국 스스로도 믿게 되었다. 곧 히틀러의 몰락은 인류의 구원이었을 뿐만 아니라 진실이 조작될 때 지불해야 하는 대가가 무엇인지를 보여준 것이기도 했다.

훨씬 더 방대한 희생자들의 영역에서도 기억의 표류는 관찰된다. 그러나 분명히 여기에는 속이려는 의도가 없다. 불의나 모욕을 겪은 사람은 있지도 않은 잘못을 해명하기 위하여 거짓말을 꾸며낼 필요가 없다(비록 우리가 나중에 언급하게 될 역설적인 메커니즘 때문에 그에 대해 수치심을 느낄 수는 있겠지만). 그러나 이와 같은 사실이 희생자의 기억들도 변할 수 있다는 점을 배제하지는 않는다. 예를 들어, 전쟁이나 그밖에 복잡한 정신적 외상을 초래할 정도의 경험에서 살아남은 많은 사람들이 무의식적으로 자신들의 기억을 여과하는 경향이 있다는 점이 주목받았다. 자기들끼리 그 기억을 상기하거나 제3자들에게 이야기하면서 그들은 보다 고통스런 에피소드는 건너뛰고, 역경의 막간幕間이나 숨 돌릴 만한 순간들이나 기괴하거나 이상하거나 느긋해진 막간의 이야기에 머물기를 선호한다. 고통스런 순간들은 기억의 저장소에서 기꺼이 불러내지지 않고, 시간이 가면서 흐릿해지고 윤곽을 잃어버리는 경향이 있다. 단테에게 자신의 끔찍한 죽음에 대해 이야기할 때 말을 삼가다가, 단테의 요청을 고분고분 들어줘서가 아니라 자신의 영원한 적수에 대한 사후의 복수심에서 이야기를 털어놓기로 결심한 우골리노 백작[4]의 태도는 심리학적으로 믿을 만하다. 우리에게 깊은 상처를 주긴 했지만, 우리 마음속에 또는 우리 주위에 물리적 흔적이나 영구적인 공동空洞을 남기지는 않은 어떤 사건에 대해 이야기하면서 우리가 "절대로 잊지 않을 거야"라고 말한다면 경솔한 짓이다. '일반인'의 생활에서도 깨끗이 나은 중병이나 성공적으로 이루어진 외과수술의 세부사항은 기꺼이 잊어버리기 때문이다.

방어의 목적에서, 현실은 기억 속에서뿐만 아니라 그것이 일어나는 행위 자체에서도 왜곡될 수 있다. 아우슈비츠에서 보낸 포로생활 1년 내내 나에게는 형제 같은 친구 알베르토 D.가 있었다. 그는 건

---

4 우골리노 백작의 이야기는 단테의 『신곡』 지옥편 제32~33곡에 나온다. 자식, 손자들과 함께 감옥에 갇힌 우골리노 백작은 굶주림에 못 이겨 결국 자식의 시신을 뜯어먹게 된다. 백작은 수치스러운 자신의 끔찍한 행동을 자세히 묘사하는 대신 "고뇌에 지지 않던 나도 배고픔에 지고 말았다"라며 그 사실을 암시적으로 드러낸다.

장하고 용기 있는 청년으로 평균 이상의 통찰력이 있었다. 그래서 위로가 되는 환상들("전쟁은 2주 뒤면 끝날 거다", "가스실로 가는 선발은 더 이상 없을 것이다", "영국군이 그리스에 상륙했다", "폴란드 유격대원들이 수용소를 이제 곧 해방시킬 참이다" 등. 이러한 소문들은 거의 매일같이 떠돌다 어김없이 현실에 의해 부정되었다)을 만들어내고 서로 주고받는 많은 사람들에 대해서 굉장히 비판적이었다. 알베르토는 45세 된 아버지와 함께 수용소에 들어왔다. 1944년 10월, 가스실로 보내질 인원을 뽑는 대규모 선발일이 임박해오는 가운데 알베르토와 나는 경악과 무력한 분노, 반항, 체념 등의 심정으로 이 사건을 논평했다. 거기서 진실을 위로할 도피처를 찾으려는 생각은 없었다. 선발은 이루어졌고 알베르토의 '늙은' 아버지는 가스실행으로 뽑혔다. 그러자 알베르토는 몇 시간도 안 돼 변했다. 그는 소문을 들었는데 자신이 보기엔 믿을 만하다는 것이었다. 러시아군이 가까이에 와 있어 독일군은 감히 더 이상 학살을 계속할 생각을 못할 것이다. 그 선발은 늘 있던 선발과는 다른 것이었다. 가스실로 보내기 위해서가 아니라 몹시 지쳐 있었을 뿐 병자가 아닌 자기 아버지처럼, 쇠약해져 있지만 회복 가능한 포로들을 뽑으려고 한 것이다. 알베르토는 심지어 선발한 포로들을 어디로 보낼 것인지조차 알고 있다고 했다. 그리 멀지 않은 야보주노로, 가벼운 노동에만 적합한 회복기 환자들을 위한 특별 수용소로 보낼 거라는 것이었다.

당연히, 알베르토의 아버지의 모습은 더 이상 볼 수 없었다. 알베르토 자신도 1945년 1월 수용소를 비우고 대열을 이뤄 철수하던 중 실종되었다. 묘하게도 알베르토의 태도를 모르던 그의 친척들도 견

가라앉은 자와 구조된 자

딜 수 없는 진실을 거부하고 다른 진실을 만듦으로써 알베르토와 같은 태도를 보였다. 그들은 이탈리아에 남아 체포를 피해 숨어 있었다. 고국으로 돌아오자마자 나는 알베르토의 고향을 찾았다. 내가 아는 사실을 그의 어머니와 형에게 전해야 할 의무가 있다고 생각했기 때문이다. 나는 그의 가족들로부터 정중하고 애정 어린 환대를 받았지만 알베르토의 어머니는 내가 이야기를 시작하자마자 그만하라고 간청했다. 그녀는 적어도 알베르토에 관한 한 모든 것을 이미 알고 있다고 했다. 그러니 내가 그 무시무시하고 뻔한 이야기를 반복하는 것은 쓸데없는 일이라는 것이었다. 그녀는 오로지 자기 아들만이 SS 군의 총탄을 피할 수 있었고, 행군의 대열에서 떨어져 나오는 데 성공해서 숲 속에 숨어 있다가 러시아군의 손에 무사히 넘어갔다고 주장했다. 아직 소식을 보내오진 못했지만 조만간 그럴 것이라고 확신한다는 것이었다. 그러니 제발 부탁하건대 화제를 돌려 당신은 어떻게 살아남게 되었는지 이야기해달라고 간청했다. 1년 뒤 나는 우연히 그 도시를 지나게 되어 알베르토의 가족을 다시 방문했다. 진실은 약간 바뀌어 있었다. 알베르토는 소련의 한 병원에 입원해 있고 잘 지내고 있지만 기억을 잃어버려서 자신의 이름조차 기억하지 못한다는 것이다. 그러나 알베르토는 호전 중에 있으며 조만간 돌아올 것이라고 했다. 그녀는 믿을 만한 소식통에 의해 그 사실을 알고 있다고 했다.

알베르토는 결코 돌아오지 않았고, 그렇게 40년 이상의 세월이 흘렀다. 나는 더 이상 그의 가족들 앞에 나타날 수가 없었다. 친척들이 서로 도와가며 만든 위로가 되는 '진실'에 반하여 더는 내가 아는 고통스러운 진실을 내밀 용기가 없었기 때문이다.

변명이 꼭 필요하겠다. 이 책 자체도 기억에, 그것도 먼 기억에 흠뻑 젖어 있다. 그러니까 이 책은 의심스런 출처에서 퍼 올린 것이며, 따라서 그런 의혹들로부터 이 책은 스스로를 방어해야 한다. 말하자면 이렇다. 이 책은 기억보다는 고찰을 더 많이 담고 있으며, 소급적인 과거의 일들보다는 오늘날의 상황에 더 기꺼이 머무른다. 게다가 이 책이 담고 있는 자료들은 가라앉은(또는 "구조된") 인간이라는 주제와 자발적으로든 아니든 당시에 죄를 지었던 사람들의 협력으로 형성된 많은 문학작품들에 의해 확고한 실체를 갖게 되었다. 이 자료들은 서로 일치하는 부분은 풍부하고 상충되는 부분은 무시해도 될 정도로 적다. 또한 나는 내 개인적인 기억들과 내가 인용했고 앞으로 인용할 몇몇 미출간된 일화들에 대해서 그것들 모두를 부지런하고 세심하게 검토했다. 세월이 그것들을 좀 퇴색시키긴 했지만, 내게는 그것들이 배경과 좋은 화음을 이루고 있으며 앞서 서술한 기억의 표류로부터도 별로 손상되지 않은 것처럼 보인다.

가라앉은 자와 구조된 자   1. 상처의 기억

2 회색지대

우리 생환자들은 우리의 경험을 잘 이해했으며, 또 남들에게 잘 이해시킬 수 있었던가? 보통 '이해하다'의 의미는 '단순화시키다'라는 말과 일치한다. 심오한 단순화 과정이 없다면 우리를 둘러싼 세상은 정의할 수 없고 끝도 없이 얽히고설킨 실타래와 같을 것이다. 이는 곧 우리의 방향설정 능력과 행동결정 능력을 위협할 것이다. 요컨대, 어쩔 수 없이 우리는 인식 가능한 것들을 도식적으로 축소시킬 수밖에 없다. 인류가 진화 과정에서 만들어낸, 언어나 개념적 사고와 같은 인간 고유의 놀라운 도구들은 모두 이러한 목적에 맞춰진 것이다.

우리는 역사도 단순화시키는 경향이 있다. 그러나 사건들이 정렬되는 도식이 언제나 분명하게 규명될 수 있는 것은 아니다. 그러므로 다양한 역사가들이 서로 양립 불가능한 방식들로 역사를 이해하고 재구성하는 일이 벌어질 수 있다. 그럼에도 불구하고 (아마도 사회적 동물이라는 우리의 기원으로 거슬러 올라가는 이유들 때문에) 우리 안에는 '우리'와 '그들'로 영역을 나누려는 욕구가 너무나 강해서 이러한 도식, 즉 '친구 – 적'이라는 이분법이 다른 모든 것을 압도한다. 민중사는 물론 학교에서 배우는 정식화된 역사도 중간색과 복합성을 피하는 이러한 이분법적 경향에 영향을 받는다. 즉, 인간 세계의 넘쳐흐르는 사건들을 갈등으로, 갈등은 대결로, 우리와 그들, 아테네인과 스파르타인, 로마인과 카르타고인 등과 같은 대결로 축소시키는 경향이 있다. 바로 이것이 축구, 야구, 권투와 같은 두 팀 또는 두 명으로 이루어진 스펙터클한 스포츠가 엄청난 인기를 누리는 이유이다. 뚜렷이 구분되고 확인 가능하며 경기가 끝나면 승자와 패자로 갈리기 때문이다. 만약 경기 결과가 동점이면 관중은 속은 기분이 들고 실망한다. 거의 무의식적으로 관중은 승자와 패자를 원했던 것이며, 승자를 선한 자, 패자를 악한 자와 동일시했던 것이다. 이겨야 하는 쪽은 선한 자들이기 때문이다. 그렇지 않으면 세상은 뒤집힐 것이다.

이러한 단순화의 **욕구**는 정당화되지만, 단순화가 언제나 정당화되는 것은 아니다. 단순화는 가설로 인정되고 현실과 혼동되지 않는 한 유용한 하나의 작업가설이다. 그러나 자연적·역사적 현상들의 대부분은 단순하지 않거나 또는 우리가 좋아하는 식으로 단순하지 않다. 당시 수용소 내부에서 인간관계의 망도 단순하지 않았다. 그것은 희생자와 박해자의 두 덩어리로 축소될 수 없는 것이었다. 오늘날 라거의 역사를 읽는 (또는 쓰는) 사람의 마음속에는 선과 악을 나누고, 한쪽 편을 들고, 최후의 심판일에 의로운 자들은 이쪽, 사악한 자들은 저쪽이라는 그리스도의 손짓을 되풀이하는 경향이(또는 실제적 욕구가) 있다. 무엇보다도 젊은이들은 깔끔하게 딱 자르는 분명함을 요구한다. 세상 경험이 적다보니 그들은 애매모호함을 좋아하지 않는다. 그러나 어쨌든 그들의 기대는 라거에 새로 도착한 사람들(젊든 아니든)이 품었던 기대를 정확하게 재현한다. 이미 유사한 경험을 해본 사람들을 제외하고는, 그들 모두가 끔찍하지만 해독 가능한 세계, 곧 내부의 '우리'와 외부의 적이라는 선명한 지리적 경계로 나뉜 세계를 보게 될 것이라고 기대했다. 바로 우리 안에 조상 대대로 전해 내려온 예의 그 단순한 모델에 부합하는 세계 말이다.

그러나 입소한 수용소에서 목격한 놀라운 광경은 그들에게 뜻밖의 충격을 던져주었다. 자신이 내던져진 세계는 물론 끔찍한 것이었지만 또한 해독 불가능한 것이기도 했던 것이다. 그 세계는 그 어떤 모델에도 부합하지 않는 것이었고, 적은 주변에도 있었지만 내부에도 있었다. "우리"라는 말은 그 경계를 잃었고, 대립하는 자들이 두 편으로 나뉜 게 아니었다. 하나의 경계선이 아니라 여러 개의 복잡한 경계선들, 곧 우리들 각자의 사이에 하나씩 놓인 수많은 경계선들을 볼 수 있었다. 우리는 적어도 불행을 함께하는 동료들의 연대감을 기대하면서 수용소에 입소했지만 몇몇 특별한 경우를 제외하고는 바라던 동맹은 없었다. 반면에 수천 개의 봉인된 단자單子들만이 있을 뿐이었고 이 단자들 사이에는 필사적이고 은밀하고 지속적인 싸움이 벌어지고 있었다. 이것은 수용소에 수감된 처음 몇 시간 만에, 종종 미래의 동맹군이라 기대되었던 사람들 쪽에서 퍼붓는 집중 공격의 즉각적인 형태로 퉁명스럽게 나타났다. 이는 저항할 능력을 단박에 무너뜨릴 정도로 가혹한 것이었으며, 많은 사람들에게 간접적으로나 직접적으로 치명적이었다. 준비되지 않았을 때 느닷없이 가해지는 일격으로부터 자신을 방어하기란 어려운 일인 것이다.

이러한 공격에서 여러 가지 양상들을 파악할 수 있다. 수용소 체계는 그 기원(독일에서 나치즘이 권좌에 등극한 것과 때를 같이 하는데)에서부터 상대의 저항 능력을 분쇄하려는 주된 목표를 가지고 있었음을 기억할 필요가 있다. 수용소 관리를 위해서는, 새로 입소한 사람은 그에게 붙은 딱지가 무엇이든 간에 정의상 적수였고, 하나의 사례나 또는 조직된 저항의 싹이 되지 않도록 당장에 무너뜨려야 했다. 이 점에 대해서 SS 군은 명확한 생각을 가지고 있었다. 자주 얼굴에 가해지던 즉각적인 주먹질과 발길질, 정말로 화가 나서든 화난 척 해서든 간에 분노를 쏟아내며 미친 듯이 내지르는 명령 소리, 입소자들을 완전히 벌거숭이로 만드는 것, 털이란 털은 모조리 깎는 것, 누더기를 입히는 것 등, 라거별로 서로 다르지만 본질적으로는 같은, 수용소 입소 시에 수반되었던 모든 불길한 의식들은 이러한 관점에서 해석되어야 한다. 이 모든 세세한 일들이 몇몇 전문가에 의해 계획되었는지 아니면 경험을 바탕으로 해서 방법론적으로 완벽하게 다듬어졌는지 알기란 어렵다. 그렇지만 확실한 것은 우연이 아니라 의도적인 것이었다는 점이다. 연출이 있었다. 그것도 너무나 명백한.

그럼에도 입소 의식과 그것이 촉발시킨 도덕의 붕괴에는 수용소 세계의 다른 구성원들 역시 거의 의식적으로 기여했다. 일반 포로들과 특권층 포로들 말이다. 새로 온 사람을 친구로까지는 아니더라도 적어도 불행의 동반자로 맞아주는 일은 거의 일어나지 않았다. 대

가라앉은 자와 구조된 자　2. 회색지대

부분의 경우 연장자들은(서너 달 내로 연장자가 되었다. 어쩌나 빨리 바뀌던지!) 불쾌함 내지는 심지어 적개심을 드러내기도 했다. '신입'(*추강*Zugang, 독일어로 이 말은 행정상의 추상적인 용어인 '입장'과 '진입'을 의미함에 주목하라)은 아직 몸에서 고향 냄새가 나는 것 같아서 부러움을 샀다. 이러한 질투는 터무니없는 것이었다. 실제로는 수용소에 들어온 첫 며칠이, 한편으론 익숙해지고 다른 한편으론 경험이 생겨 피난처를 만들 수 있게 될 나중보다 훨씬 더 괴로웠기 때문이다. 다른 모든 공동체에서 '신참'과 '신입생'에게 그러듯이 (또 원시부족에서 입회식으로 그러듯이) 수용소에 새로 들어온 사람은 조롱받고 잔인한 장난질을 당했다. 라거에서의 삶이 일종의 퇴보를 가져왔다는 것, 정확히는 수형자들을 원시적인 행동들로 이끌었다는 것은 의심할 여지가 없다.

다른 모든 편협함과 마찬가지로, **추강**을 향한 적개심에는 본질적으로 일정한 동기가 작용하고 있다. 그 적개심은 '남들'을 희생시켜 '우리'를 강화하려는, 요컨대 억압받는 사람들 사이에 연대감을 만들어내려는 무의식적인 시도일 수 있다. 연대의 부재는 명료하게 인식하진 못했더라도 어쨌든 수형자들이 부가적으로 느낀 고통의 원인이었다. 우리 문명세계에서 억누를 수 없는 욕구로 보이는 위신威信의 추구 역시 영향을 미쳤다. 멸시받는 연장자 무리는 새로 들어온 신입으로부터 자신의 굴욕감을 배설할 대상을 발견하고 그를 희생시켜 보상을 받으려는 경향이 있었다. 신입을 희생양 삼아 위에서 받은 모욕의 무게를 떠넘길 더 낮은 계층의 사람을 만들려는 것이었다.

특권층 포로들을 보자면 이야기는 더 복잡해지고 또한 더욱 중요해지는데, 내가 보기에는 오히려 여기에서 가장 근본적인 이야기가 나올 수 있을 것 같다. 국가사회주의처럼 지옥 같은 체제기 그들의 희생자들을 신성시한다는 주장은 터무니없고 역사적으로 거짓이다. 그런 주장을 믿는 것은 너무나 순진하다. 그와는 정반대로 국가사회주의는 희생자들을 비하하고 자신과 비슷하게 만든다. 마음대로 할 수 있는 희생자일수록, 정치적 뼈대나 도덕적 뼈대가 없는 백지 같은 희생자일수록 더하다. 이제는 본격적으로 박해자들로부터 희생자들을 갈라놓는 공간을(나치의 라거에서뿐만 아니라!) 탐사할 때가 된 것 같다. 예컨대 몇몇 영화에서 다루었던 것보다는 좀 덜 혼탁한 정신과 좀 더 가벼워진 손으로 말이다. 오직 정형화된 수사修辭만이 그 공간이 텅 비어 있다고 주장할 수 있을 것이다. 그러나 절대로 그렇지 않다. 그 공간은 추악하거나 불쌍한(때로는 동시에 둘 다인) 인물들로 가득 차 있다. 우리가 인간에 대해 제대로 알고자 한다면, 또는 유사한 시련이 다시 닥치게 될 때 우리의 영혼을 방어하고 싶다면, 아니면 그저 어떤 대형 산업 공장에서 일어나는 일을 이해하고자 한다 해도 이 인물들에 대해 반드시 알아야 한다.

특권층 포로는 라거의 전체 인구에서 소수였지만 생존자들 가운데에서는 압도적 다수를 차지했다. 실제로 과로, 구타, 추위와 질병은 차치하고라도 가장 적게 먹는 포로에게조차 배급식량이 절대적으로 부족했다는 사실을 기억할 필요가 있다. 인체의 생리적 비축분은 두 달이나 세 달 만에 소진되고, 굶어 죽거나 굶주림에서 비롯된 질병으로 죽는 것이 포로들의 일반적인 운명이었다. 오로지 추가적

가라앉은 자와 구조된 자

인 음식 섭취를 해야만 이 운명을 피할 수 있었고, 그러기 위해서는 크든 작든 특권을 손에 넣어야 했다. 다른 말로 하자면 부여받은 것이든 쟁취한 것이든, 약삭빠르든 폭력적이든, 합법적이든 불법적이든 평균 이상으로 스스로를 끌어올릴 방법이 필요했다.

말로 한 이야기든 글로 쓴 것이든 생환자들의 기억들 중 대부분이 이렇게 시작한다는 사실을 우리는 잊을 수 없다. 즉, 수용소의 현실에 맞닥뜨린 최초의 충격은 예견하지 못하고 이해할 수도 없었던 누군가의 공격이었는데, 관리자 포로라는 새롭고 이상한 적으로부터 시작됐다는 것이다. 이 관리자 포로는 손을 잡아주고, 안심시켜주고, 길을 가르쳐주는 대신 모르는 언어로 고래고래 소리 지르며 달려들어서는 얼굴에 주먹을 날렸다. 새로 들어온 사람을 길들이려 하고, 자신은 잃어버렸지만 상대는 아마도 아직 가슴 속에 간직하고 있을 존엄의 불씨를 꺼뜨리고자 했다. 그러나 만약 새로 들어온 사람이 자기 존엄을 지키고자 감히 반응을 보인다면 정말로 큰일 난다. 이는 일종의 불문율이자 철칙이다. **추릭슐라근**_zurückschlagen_, 즉 주먹에는 주먹으로 답하기인데, 오로지 '신입'의 머릿속에서만 떠오를 수 있는, 눈감아 줄 수 없는 위반행위인 것이다. 이러한 위반을 저지른 사람은 본보기가 되어야 했다. 곧바로 다른 관리자들이 위협받은 질서를 지키기 위해 달려오고, 죄인은 길들여지거나 죽을 때까지 체계적이고 분노에 찬 구타를 당한다. 특권은 그 정의상, 특권을 방어하고 보호한다. 특권을 가리키는 이디시어 방언이자 폴란드어가 "protekcja"였던 것이 머리에 떠오른다. '프로텍치아'로 발음되는 이 말은 이탈리아어나 라틴어 어원을 가진 것이 분명하다. 나는 한 이탈리아인 '신입'에 대한 이야기를 들은 적이 있다. 파르티잔이었던 그는 아직 한창 힘이 넘칠 나이에 정치 포로라는 꼬리표를 달고 강제수용소에 던져졌다. 죽이 배급되는 동안 두들겨 맞은 그는 배급관리자 포로를 감히 밀쳤다고 한다. 그러자 이 관리자의 동료들이 달려들어서는 청년의 머리를 죽통에 빠뜨려 익사시킴으로써 일벌백계로 다스렸다는 것이다.

라거에서뿐만 아니라 모든 인간 사회에서 특권층의 부상은 걱정스럽지만 반드시 일어나는 현상이다. 특권층은 유토피아에만 없다. 모든 부당한 특권에 대항해 전쟁을 하는 것은 의로운 인간의 과제이다. 하지만 이것은 끝이 없는 전쟁이라는 것을 잊어서는 안 된다. 소수 또는 한 사람이 다수에 대해 권력을 행사하는 곳에서 특권은 태어나고, 권력 자체의 의지에 반하면서도 특권은 증식한다. 그러나 한편, 권력이 특권을 용인하거나 조장하는 것은 당연하다. 우리는 라거에 국한해서 논하고 있지만 라거는 (소비에트판 라거에서도 마찬가지이지만) 하나의 '실험실'로서 족히 바라볼 수 있다. 관리자 포로라는 혼성 계층은 수용소의 골격을 형성하며, 동시에 극도의 불안감을 조성하는 특징을 갖고 있다. 이것은 주인과 하인의 두 영역을 나누는 동시에 연결하는, 경계가 불분명한 회색지대이다. 믿을 수 없을 정도로 복잡한 내부구조를 가지고 있으며 우리의 판단 욕구를 혼란시키기에 충분한 것을 그 안에 품고 있다.

'프로텍치아'와 협력의 회색지대는 다양한 뿌리로부터 탄생한다. 첫째, 권력층은 그 폭이 좁으면 좁을수록 그만큼 외부의 조력자가 더 필요해진다. 나치즘은 그들이 예속시킨 유럽의 내부 질서를 유지하고, 또 상대국들의 커가는 무력저항으로 고혈을 있는 대로 짜 낸 전선에 물자를 공급하기로 결정했을 때, 마지막 몇 년간은 이러 한 외부의 조력자들 없이는 안 되었다. 비단 점령국들로부터 노동 력을 조달받는 것뿐만이 아니었다. 이미 다른 곳에 기진맥진할 정 도로 전력하고 있던 나치에게는 점령국들로부터 독일 권력의 대리 인들과 관리자들, 질서유지군을 조달받는 것도 불가피한 문제였 다. 노르웨이의 크비슬링Vidkum Quisling[1], 프랑스의 비시 정부, 바 르샤바의 유대인평의회, 살로 공화국, 가장 추악한 임무들을 위해 (결코 전투를 위해서가 아니라) 도처에 고용된 발트해 연안국들과 우 크라이나의 용병들, 그리고 앞으로 우리가 논의해야 할 존더코만도 스Sonderkommandos[2]에 이르기까지 그 성격과 무게감은 다르지만 모두 이러한 범주로 분류해야 한다.

그러나 적진에서 온, 이제까지 적이었던 협력자들은 본질적으로 믿을 만한 사람들이 못 된다. 한 번 변절한 사람들이므로 또 다시 변 절하지 말란 법은 없다. 이런 그들에게 지엽적인 임무를 맡겨두는 것으로는 충분치 않다. 그들을 묶어두는 가장 좋은 방법은 범죄의 짐을 지게 하는 것이고 그들 손에 피를 묻히는 것이며 가능한 한 그 들을 연루시키는 것이다. 그렇게 함으로써 그들은 진짜 주범들과 공 범관계로 묶일 것이고, 더 이상 되돌아갈 수 없게 된다. 이러한 행동

---

1 비드쿤 크비슬링(1887~1945). 노르웨이의 정치가. 육군장교 출신으로 나치 점령기에 나치 에 협조하여 노르웨이에 괴뢰정부를 수립했다. 1945년 5월 노르웨이 해방과 함께 체포되어 반 역죄로 처형당했다.
2 수용소의 가스실과 화장터의 관리와 시체 처리의 임무를 맡은 포로들로 구성된 특수부대.

방식은 시대와 장소를 불문하고 범죄조직들에게 잘 알려져 있다. 마피아가 옛날부터 써온 방식이며, 게다가 1970년대 이탈리아 테러리즘의 극단적 행동들을 설명할 수 있는(달리는 해석 불가능한) 유일한 방식이다.

두 번째는 억압이 거셀수록 억압받는 사람들 사이에 기꺼이 권력에 협력하려는 의향이 더욱더 확산된다는 점이다. 이러한 의향은 미묘한 차이들과 다양한 동기의 조합으로 이루어져 있다. 이는 칭송 일색의 성인전 같은 수사학적인 어떤 정형화와는 대조적이다. 공포, 이데올로기적 유혹, 승자를 곧이곧대로 모방하는 것, 어떤 권력이건 간에―우스꽝스러울 정도로 시간과 장소에 제한된 권력이라 할지라도―그것을 향한 근시안적 욕망, 비겁, 명령이나 규율 자체를 교묘하게 피하려는 철저한 계산에 이르기까지 그 동기는 다양하다. 이 모든 동기들은 각개로든 서로 결합되어서든 이러한 회색지대를 만들어내는 데 작용했고, 이 회색지대의 구성원들은 특권을 갖지 못한 사람들에 대해 자신들의 특권을 지키고 강화하려는 의지로 서로 결속했다.

여기서 잠깐, 몇몇 포로들을 라거 당국과 다양한 규모로 협력하도록 내몬 동기들을 하나하나 논하기에 앞서, 이러한 인간의 행태에 대해 섣불리 어떤 도덕적 판단을 내리는 것은 신중치 못하다는 점을 강조하고 싶다. 가장 큰 잘못은 시스템에, 곧 전체주의 국가의 구조 자체에 있음을 분명하게 짚고 넘어가야 한다. 크고 작은 개별 협력자들(절대 비호감에 절대 투명하지 않은!) 쪽에서 범죄에 가담한 부분은 언제나 평가하기가 어렵다. 그러한 판단은 오로지 그런 환경에 있었

가라앉은 자와 구조된 자

던 사람, 그래서 강제 상태에서 행동한다는 것이 무엇을 의미하는지 몸소 확인할 수 있었던 사람에게만 맡기고 싶다. "선동가들, 탄압자들, 어떤 식으로든 타인을 해치는 모든 자들은 유죄다. 그들이 저지른 악행 때문만이 아니라 상처받은 사람들의 영혼을 타락으로 이끈다는 점에서 그렇다"고 한 만초니Alessandro Manzoni는 그것을 잘 알고 있었다. 억압당하는 환경이 면죄부를 주는 것은 아니다. 또한 종종 그 죄가 객관적으로 무겁기도 하다. 그러나 나는 그에 대한 심판을 맡길 만한 인간의 법정을 알지 못한다.

만약 내가 결정할 문제라면, 만약 내가 어쩔 수 없이 판단을 내려야 한다면 나는 가벼운 마음으로 범죄에의 협력 정도가 최소였고 강제 상태는 최대였던 모든 사람들에게 무죄를 선고할 것이다. 아무런 계급이 없는 포로들이었던 우리 주위에는 하위 계급의 관리자들이 가득했다. 그들은 도로 청소부, 솥단지 닦는 사람, 야간 경비원, (침상을 평평하고 네모반듯하게 정리하는 것에 대한 독일인의 터무니없는 집착을 미미하나마 자신에게 유리하게 이용한) 침상 펴는 사람, 이와 옴의 검사원, 명령 전달자, 통역관, 조수의 조수 등 형형색색의 군상을 이루고 있었다. 일반적으로 그들은 우리처럼 불쌍한 자들이었다. 다른 모든 사람들과 마찬가지로 하루 종일 노역을 했는데, 다만 죽 0.5리터를 더 받기 위해 이런 저런 "제3업종"의 역할들을 받아들였다. 이 역할들은 해롭지 않고 때로는 유용하기도 했으며 대개는 아무것도 아닌 것에서 꾸며낸 일거리들이었다. 이들이 폭력적인 경우는 드물었지만 전형적인 집단의식을 발전시켜 위에서건 아래에서건 일을 빼앗으려는 사람들에 대해 정력적으로 자신들의 '일자리'를 방어하는 경향이 있었다. 어쨌든 부가적인 수고와 피로를 수반하는 그들의 특권이 가져다주는 이익은 보잘것없었고, 남들이 다 겪는 고통이나 규율로부터 그들을 제외시켜주지도 않았다. 그들의 삶의 희망은 특권을 갖지 못한 사람들의 그것과 본질적으로 같은 것이었다. 그들은 거칠고 오만방자했지만 적으로 느껴지지는 않았다.

명령을 내리는 위치에 있던 사람들에 대한 판단은 더욱 까다롭고 다양해진다. 작업장과 막사의 카포들(Kapos. 이 독일어 용어는 이탈리아어 카포capo[3]에서 직접 유래한 것인데 탁 자르는 듯한 발음은 프랑스인 포로들에 의해 도입된 것이다. 여러 해가 지나서야 널리 퍼졌고 폰테코르보 감독의 동명 영화 《카포》 때문에 대중화되었다. 이탈리아에서는 이탈리아어 카포와 구별하려는 뜻에서 카포스라는 발음이 선호된다), 또 서기, 수용소의 행정 사무실, (사실상 게슈타포 부서인) 정치부, 노무부, 처벌 감방 등에서 색다르고, 때로는 굉장히 미묘한 일들을 하는 포로들의 세계(당시에 나는 상상조차 하지 못했다)에 이르기까지, 이들 중 몇몇은 자신들의 능력이나 행운 덕분에 자신이 속한 라거에 대한 가장 비밀스런 소식들을 접할 수 있었다. 아우슈비츠의 헤르만 랑바인 Hermann Langbein, 부헨발트의 유진 코곤Eugen Kogon, 마우트하우센의 한스 마르살렉Hans Marsalek 등과 같은 사람들처럼 훗날 역사학자가 되기도 했다. 그들의 개인적인 용기를 더 칭찬해야 할지 아니면 그들의 명민함을 더 칭찬해야 할지 모르겠다. 그 명민함 덕분에 그들은 자신들이 접촉하고 있던 SS 장교 한 사람 한 사람을 조심

3 '우두머리', '대장'을 의미하는 이탈리아어.

스레 연구할 수 있었다. 그리하여 SS 장교들 중 누가 매수될 수 있고 잔인한 결정들을 못 내리도록 누구를 만류할 수 있을지, 누구를 협박할 수 있고 누구를 속일만 한지, 누가 전쟁이 끝나고 **최후의 심판** *redde rationem*이 닥쳤을 때의 앞날에 겁을 내는지 탐지하면서, 여러 가지 방식으로 자신의 동료들을 구체적으로 도울 수 있었다. 예를 들어 위에 언급한 세 사람과 같이 그들 중 몇몇은 비밀저항조직의 회원이기도 했다. 따라서 자신들이 맡은 임무 덕분에 가지고 있던 힘은, '레지스탕스'이자 비밀을 가진 자로서 그들이 감당해야 했던 극단적인 위험으로 인해 상쇄되었다.

지금 묘사한 관리자들은 전혀 협력자가 아니었거나, 단지 겉보기에만 협력자인 사람들이었다. 아니, 오히려 적으로 위장한 사람들이었다. 그러나 명령을 내리는 위치에 있던 사람들 대부분은 그렇지 않았다. 평범한 모습에서 최악에 이르기까지 다양한 인간의 표본들을 몸소 보여주었다. 권력은 마모되지 않고 부패한다. 그들의 권력은 그 독특한 성질 때문에 더더욱 심하게 부패했다.

권력은 어느 정도 통제된 것이든, 찬탈한 것이든, 위로부터 수여받은 것이든, 아래로부터 인정받은 것이든, 정당한 자격이 있어서 부여받은 것이든, 공동의 연대로 부여받은 것이든, 아니면 피로써 또는 부로써 부여받은 것이건 간에 인간사회 조직의 모든 형태 속에 존재한다. 인간에 대한 인간의 일정 정도의 지배가 군생동물로서의 우리의 유전자 속에 새겨져 있다는 주장은 사실임직하다. 권력이 본질적으로 유해한 것이라고는 증명된 바 없다. 그러나 앞서 작업반 카포들에서 보듯, 우리가 이야기하고 있는 관리자들이 가졌던 권력은 낮은 계급의 관리자의 권력이라 해도 실질적으로 무제한적인 것이었다. 더 정확히 말하자면, 그들이 충분히 냉혹하다는 것을 스스로 보여주지 않으면 처벌받거나 자리에서 쫓겨났다는 의미에서 그들의 폭력에 지워진 하한선은 낮았지만 상한선은 없었다. 다시 말해 그들은 자기 아래 놓여 있는 사람들이 어떤 위반이라도 하면, 또는 아무런 이유 없이도 처벌이라는 명목으로 극악무도한 잔혹행위를 마음대로 할 수 있었다. 1943년 말까지 포로가 카포에게 맞아 죽는 일은 드문 일이 아니었다. 카포는 그 어떤 제재도 두려워하지 않았다. 단지 나중에 가서 노동력의 필요성이 더 절실해졌을 때에야 몇 가지 제한이 도입되었다. 카포들이 포로들에게 가할 수 있었던 학대가 노동력을 영구히 줄어들게 해서는 안 되었기 때문이다. 하지만 권력의 오용은 이미 만연해 있었고 규율이 늘 지켜지는 것도 아니었다.

　모든 권력이 위로부터 내려오고 아래로부터의 통제는 거의 불가능한 전체주의 국가의 위계구조는 보다 작은 규모로, 그러나 확대된 특징들을 보이면서 라거들 내부에서 비슷하게 재현되었다. 그러나 이 '거의'라는 말은 중요하다. 이러한 관점에서 진짜로 '전체주의'였던 국가는 존재한 적이 없었던 것이다. 총체적인 독단적 전횡에 대해 어떤 반작용이나 개선이 없었던 적은 없었다. 그것은 제3제국이나 스탈린 치하의 소련에서도 마찬가지였다. 이들 체제하에서도 여론, 사법부, 외신, 교회를 비롯한, 10~20년에 걸친 학정도 뿌리 뽑지 못하는 휴머니티와 정의에 대한 감정 등이 크고 작은 범위에서 제동장치 역할을 했다. 오직 라거 안에서만 아래로부터의 제어가 전무했고, 작은 총독들의 권력은 절대적이었다. 이 정도로 막대한 권력이 권력에 목마른 유형의 인간을 강력하게 끌어당긴다는 것은 이해할 수 있다. 절제된 본능을 가진 사람들도 맡은 직책에서 오는 많은 물질적 이점에 끌려 권력을 갈망한다는 것도, 그리고 자신들이 가진 권력에 치명적으로 중독된다는 점도 이해할 수 있다.

카포는 누가되었나? 다시 한 번 구분해볼 필요가 있다. 첫째, 가능성이 주어진 사람들, 즉 라거의 사령관이나 그의 대리인들이(흔히는 뛰어난 심리학자들이었는데) 협력자로서의 잠재력을 알아본 사람들이다. 둘째, 감옥에서 차출해온 일반 범죄자들이다. 그들에게 간수 일은 수감생활의 훌륭한 대안을 제공했다. 셋째, 5~10년의 고통의 세월에 쇠약해진, 아니면 어쨌든 도덕적으로 약화된 정치범들이다. 나중에는 유대인들도 카포가 되었는데, 자신들에게 주어진 보잘것 없고 미미한 권력에서 '최종 해결책'을 피할 유일한 방법을 찾게 된 사람들이었다. 그러나 이미 언급했듯이, 많은 사람들이 자발적으로 권력을 원했다. 특히 사디스트들이 권력을 원했다. 물론 숫자가 많지는 않았지만 그들은 커다란 두려움의 대상이었다. 왜냐하면 그들에게 특권의 지위란 밑에 있는 사람들에게 고통과 굴욕을 가할 기회를 제공했기 때문이다. 좌절한 사람들도 권력을 원했다. 그리고 이역시 라거라는 소우주 속에 전체주의 사회라는 대우주를 재현하는 특징이다. 당국에 경의를 기꺼이 표하는 자에게 권력이 자비롭게 주어지며, 이런 식으로 그들은 달리는 도달할 수 없는 사회적 진급을 이루게 되는 것이다. 마지막으로 억압받는 사람들 중의 많은 이들이 권력을 원했다. 그들은 억압하는 자들로부터 전염되었고 무의식적으로 억압하는 자들과 자신을 동일시하는 경향이 있었다.

이러한 미메시스에 대하여, 이러한 동일시나 모방, 압제자와 피해자 사이의 역할 교환에 대하여 무성한 논의가 이루어졌다. 사실들과 꾸며낸 것들, 충격적인 것들과 식상한 것들, 신랄한 것들과 어리석은 것들이 이야기되었다. 이 분야는 일종의 처녀지가 아니라 오히려 짓밟고 뒤집어놓은, 어설프게 갈아놓은 밭인 것이다. 릴리아나 카바니Liliana Cavani 감독은 자신의 한 편의 영화(아름답지만 사실이 아니다)의 의미를 짧게 표현해 달라는 질문을 받고 이렇게 표명했다. "우리는 모두 희생자이거나 살인자이며 이 역할들을 자진해서 받아들인다. 오직 사드와 도스토옙스키만이 이를 잘 이해했다." 그녀는 "모든 환경과 관계에는 거의 분명하게 나타나고 무의식적 수준에서 일반적으로 경험하게 되는 희생자-사형집행인이라는 역동성이 있다"는 것을 믿는다고도 했다.

나는 무의식과 인간의 깊은 마음속에 대해서 잘 알지는 못한다. 그러나 이 분야의 전문가는 소수이고, 그 소수는 매우 신중하다는 것은 알고 있다. 내 마음속 깊은 곳에 살인자가 도사리고 있는지 나는 모르겠고 알고 싶지도 않다. 그러나 나는 내가 무고한 희생자였고 살인자가 아니었다는 사실은 안다. 나는 살인자들이 존재했다는 것을 알고 있다. 독일에서만이 아니라는 것도, 은퇴했거나 여전히 현역으로 존재한다는 것도 알고 있다. 그리고 그들을 그들의 희생자들과 혼동한다는 것은 도덕적 병이거나 심미적 가장이거나 공모의 불길한 징후라는 것도 알고 있다. 무엇보다도 그것은 (자발적이건 아니건 간에) 진실을 부정하는 사람들에게 해주는 귀중한 봉사이다. 라거에서는, 그리고 보다 일반적으로 인간의 무대에서는 모든 일이 벌

가라앉은 자와 구조된 자 2. 회색지대

어진다는 것을 나는 알고 있다. 그래서 단일 사례가 보여주는 것은 별로 없다는 것도 알고 있다. 이 모든 것을 명확하게 말해 두고, 또 이 두 역할을 혼동하는 것은 정의正義에 대한 우리의 욕구를 토대부터 흔들어놓는 것이라는 것을 재차 확인해두고, 이제 몇 가지 검토를 해야겠다.

라거 안에도, 또 밖에도 타협할 준비가 되어 있는 모호한 회색 인간들이 존재한다는 것은 사실이다. 라거를 지배하는 극단적 긴장감은 그 사람들의 대형을 늘리는 경향이 있다. 그들이 저지르는 죄는 (죄가 클수록 반대급부로 얻는 선택의 자유는 더 크다) 온전히 자기 것이다. 이러한 죄 외에도 그들은 체제가 가진 죄의 매개체이자 도구였다. 억압자들의 대부분은 이 행위를 하는 중에나 (더 자주는) 후에 자신들이 하는(또는 했던) 짓이 부당하다는 것을 깨닫고 어쩌면 의심이나 불편함을 느꼈을지도 모른다. 또 일부는 처벌을 받기도 했다. 그러나 이러한 그들의 고통이 그들을 희생자 명부에 올리게 하기에는 충분하지 않다. 같은 이유에서 포로들의 실수와 굴복도 포로들을 그 관리자들과 같은 줄에 나란히 배치하기에는 충분치 않다. 라거의 포로들은 전 유럽 국가의 사회 각계각층에서 온 수십만의 사람들로 이루어져 있었다. 어떤 면에서 그들은 평균적이고 임의 추출된 인류의 표본이었다. 비록 그들이 갑자기 내팽개쳐진 지옥같은 환경을 고려하고 싶지 않다 하더라도, 그들에게 성인이나 스토아학과 철학자들에게서나 기대할 법한 행동을 요구하는 것은 비논리적이다. 언제나 또 모두가 그런 행동을 따랐다고 주장하는 것은 수사적이고 허위적이다. 실제로는 압도적 다수의 경우에서 나타나는 것처럼 그들의 행동은 엄격하게 강제된 것이었다. 불과 몇 주 또는 몇 달 만에 그들은 모든 것을 박탈당했다. 글자 그대로 생존 투쟁의 환경, 기아와 추위, 피로, 구타에 대한 일상적인 투쟁 상황으로 내몰린 것이다. 그러한 상황에서 선택(특히 도덕적 선택)의 여지란 아무것도 없었다. 그들 중, 극소수의 사람들만이 도저히 불가능할 것 같은 수많은 사건들의 총합 덕분에 시련에서 살아남았다. 한마디로 그들은 운이 좋아서 살아남은 것이다. 그들이 처음에 건강 상태가 양호했다는 것을 제외하면 그들로부터 공통점을 찾는다는 것은 별 의미가 없다.

협력의 극단적 예는 아우슈비츠와 기타 절멸 수용소의 **존더코만도스**Sonderkommandos에서 볼 수 있다. 여기서는 특권을 말하기가 머뭇거려진다. 존더코만도스에 속한 사람은 특권층이었지만(그러나 그 어마어마한 대가란!) 부러움을 받는 자리였기 때문에 특권층이었던 것은 물론 아니었다. 그들에게 주어진 특혜란 몇 달 동안 충분히 먹을 수 있다는 것 정도였다. SS는 "특수부대"라는 적당히 애매한 이름으로 포로들의 한 그룹을 지정한 뒤 화장터의 운영을 맡겼다. 그들은 가스실로 보내야 할 새로 도착한 사람들(대개는 자신들을 기다리고 있는 운명을 전혀 알지 못했다) 사이에 질서를 부여해야 했다. 가스실에서 시체들을 꺼내고, 턱에서 금니를 뽑고, 여자들의 머리카락을 자르고, 옷가지, 신발, 짐 가방의 내용물을 분류하며, 시체들을 화장터로 운반하고, 화로가 제대로 작동하는지 감독하고, 재를 꺼내 없애야 했다. 아우슈비츠의 특수부대는 시기에 따라 부대원의 수가 700명에서 1,000명을 헤아렸다.

이러한 특수부대들도 다른 모든 사람들에게 닥친 운명을 피하지는 못했다. SS 군은 여기에 참여했던 그 어떤 사람도 살아남아 이야기하지 못하도록 부지런하게 모든 행동들을 취했다. 아우슈비츠에는 12차례 특수부대가 계승되었다. 각 부대는 몇 달 동안 임무를 수행했고, 그 뒤엔 혹시라도 있을지 모를 저항을 방지하기 위해 매번 다른 계략으로 제거되었다. 그러면 뒤를 잇는 부대가 입회 절차로서 전임자들의 시체를 불태워야 했다. 1944년 10월, 마지막 특수부대가 SS에 반란을 일으켜 화장터 중 한 곳을 폭파했다. 이 부대는 압도적으로 불리한 전투에서 제거되었는데 이에 대해서는 나중에 언급할 것이다. 특수부대의 생존자들은 운 좋게 죽음을 모면한 극소수였다. 해방 후, 그들 중 누구도 흔쾌히 당시의 이야기를 전하지 않았고 자신들의 경악스러운 경험을 말하지 않았다. 이 부대들에 대해 우리가 알고 있는 정보는 이 생존자들의 빈약한 진술에서 나온 것이고, 여러 법정에서 재판받은 그들의 '교사자들'의 시인에서 나온 것이며, 우연히 특수부대와 접촉할 기회를 가졌던 독일인 또는 폴란드인 '민간인들'의 진술에 담긴 암시들로부터 나온 것이다. 마지막으로 이 부대의 몇몇 구성원들이 훗날의 증언을 위해 열병에 걸린 듯 정신없이 써내려간 일기장들에서(그들은 아우슈비츠 화장터 근처에 극도로 조심스럽게 묻어놓았다) 나온 것이다. 이 모든 출처들은 서로 일치한다. 그럼에도 그 사람들이 어떻게 하루하루를 살았고 그들 자신을 어떻게 바라봤는지, 자신들의 주어진 조건을 어떻게 받아들였는지 형상화하기란 어렵다. 아니 거의 불가능하다.

처음에 SS는 라거에 이미 등록되어 있던 포로들 가운데 특수부대원을 선택했다. 그리고 이러한 선택의 기준은 신체적 건장함만이 아니었다. 용모 또한 꼼꼼히 따져 이루어졌다는 증언이 있다. 몇몇 드문 경우에는 벌을 주기 위해 이름을 명부에 올리기도 했다. 나중에 가서는 각 수송열차가 도착할 때 플랫폼에서 직접 후보들을 선발하는 방법이 선호되었다. SS의 '심리학자'들은 혼란에 빠진 포로들, 자포자기 상태의 포로들에 주목했다. 여행에 지치고, 저항의 힘도 빼앗긴 사람들이 열차에서 내리는 그 결정적 순간에, 곧 이 세상의 것이 아닌 듯한 공포와 암흑의 기이한 공간 바로 문턱에 당도했다는 것을 모든 신입자가 정말로 느끼게 되는 그 순간에 신병을 모집하는 것이 더 쉽다는 것을 알아차렸던 것이다.

특수부대는 대부분 유대인으로 구성되었다. 어떤 면에서 이것은 놀랄 일이 아니다. 라거의 주된 목적이 유대인을 파멸시키는 것이었고 아우슈비츠에 있던 인구가 1943년부터 90~95퍼센트의 유대인으로 이루어져 있었다는 것을 생각하면 말이다. 또 다른 측면에서는 이러한 사악함과 증오의 폭발 앞에서 경악을 금치 못하게 된다. 유대인을 화로 속에 넣어야 했던 것도 유대인이었기 때문이다. 그렇게 하위 종족인 유대인, 인간 이하인 유대인들이 모든 굴욕에 굴복한다는 것이 증명되어야 했다. 심지어 자기 자신을 파괴하는 일에서조차. 반면, 모든 SS가 일상적인 임무로 기꺼이 학살을 받아들인 것은 아니었다는 점도 입증된다. 희생자 자신에게 작업의 일부를, 그것도 가장 추악한 부분을 대리하게 하는 것이 양심의 가책을 더는 데 필요했음이 틀림없다(아마도 실제로 덜어줬을 것이다).

이렇게 묵묵히 따르는 태도를 특정하게 유대인적인 어떤 특성으

가라앉은 자와 구조된 자

로 돌리는 것은 부당하다는 점은 분명히 해두자. 특수부대에는 비유대인들, 독일인과 폴란드인 포로들도 포함되어 있었지만 그들은 '좀 더 품위 있는' 카포들의 임무를 맡았다. 또 러시아인 전쟁포로들도 있었는데 나치는 그들을 유대인들보다 단지 한 계단 위에 있는 것으로 간주했다. 그들은 소수였다. 아우슈비츠에 수용된 러시아인들 자체가 소수였기 때문이다(그들은 대부분 먼저, 생포된 직후에 몰살되었는데, 거대한 공동매장 구덩이 가장자리에 세워놓고 기관총으로 쏘아 죽였다). 그러나 그들의 태도는 유대인들과 별반 다를 것이 없었다.

특수부대는 끔찍한 비밀을 알고 있었기 때문에 다른 포로들로부터, 그리고 외부 세계로부터 엄격히 격리되어 있었다. 그러나 유사한 경험을 한 사람이라면 누구라도 잘 알고 있듯이 그 어떤 장벽에도 틈은 존재한다. 소식은 불완전하고 왜곡된 것이라 해도 엄청난 침투력을 가지고 있어서 언제나 무언가는 새어나간다. 특수부대에 대해서도 수용소 생활을 하고 있던 우리 사이에서 이미 토막 난 막연한 소문들이 돌았고, 나중에는 앞서 언급한 다른 출처들에 의해 확인되었다. 그러나 이러한 끔찍한 환경에서 비롯한 공포는 그들에게 모든 증언에 일종의 미루는 태도를 심어놓았다. 그래서 수개월 동안 이런 일을 어쩔 수 없이 수행할 수밖에 없었다는 게 '무엇을 의미했는지' 그들에게는 그 이미지를 떠올리기가 오늘날에도 여전히 어렵다. 몇몇은 그 불쌍한 자들에게 막대한 양의 술이 제공되었으며, 완전히 심신이 피폐해진 채 늘 야수같은 상태에 있었음을 증언했다. 그중 한 명은 이렇게 단언했다. "이 일을 하게 되면 첫날 미쳐버리든가 아니면 익숙해지든가 둘 중 하나다." 반면에 또 다른 사람은 "나는 스스로 죽거나 죽임을 당하게 할 수도 있었다. 하지만 나는 살아남고 싶었다. 복수하기 위해 그리고 증언하기 위해. 여러분은 우리가 괴물이라고 생각해서는 안 된다. 우리는 당신들과 같은 사람들이다. 단지 훨씬 더 불행할 뿐"이라고 했다.

이러한 말들을, 그리고 그들이 한, 그들 사이에서 오간, 그러나 우리에게는 도달하지 못한 수없이 많은 다른 말들을 글자 그대로 받아들일 수 없다는 것은 명백하다. 이러한 극단적인 박탈의 상태를 겪은 인간들에게서 법률적인 의미에서의 진술을 기대할 수는 없다. 아니 오히려 한탄과 저주, 속죄, 정당화하려는 시도, 자기 자신을 되찾으려는 노력 사이에 있는 어떤 것을 기대할 수 있을 것이다. 메두사의 얼굴을 한 진실을 기대하기보다는 오히려 자신을 해방시켜주는 일종의 분출을 기대해야 하는 것이다.

특수부대를 기획하고 조직한 것은 국가사회주의의 가장 악마적인 범죄였다. 실용적인 측면(능력 있는 사람들은 아껴두고, 가장 가혹한 임무들은 다른 사람들에게 부과하는 것) 뒤에, 우리는 좀 더 미묘한 다른 것들을 감지할 수 있다. 이러한 기관을 통해서 다른 사람들에게, 정확히 말하자면 희생자들에게 죄의 짐을 떠넘기려고 시도한 것이다. 그럼으로써 희생자들에게는 죄가 없다는 안도감마저 남아있지 않도록 한 것이다. 이러한 사악함의 심연을 측량하는 것은 쉽지도 않거니와 즐거운 일도 아니다. 그럼에도 나는 그 일을 해야 한다고 생각한다. 왜냐하면 어제 저지를 수 있었던 일은 내일 또다시 시도될 수 있고, 언젠가는 나와 우리 아이들이 당할 수도 있기 때문이다. 얼굴을 찡그리고 머릿속에서 떨쳐버리고 싶은 유혹이 든다. 이것은 우리

가라앉은 자와 구조된 자

가 맞서야 하는 유혹이다. 사실 특수부대의 존재는 어떤 의미를 갖고 있었고 어떤 메시지를 담고 있었다. "지배 민족인 우리는 너희들의 파괴자이지만, 너희들은 우리보다 나은 것이 없다. 우리가 원하기만 한다면, 그리고 실제로 원하고 있지만, 우리에겐 너희의 육신뿐만 아니라 영혼을 파괴할 능력이 있다. 우리가 우리의 영혼을 파괴한 것처럼."

헝가리 의사 미클로스 니즐리Miklos Nyiszli는 아우슈비츠 마지막 특수부대의 극소수 생존자 가운데 한 사람이었다. 그는 해부학 병리학자로 유명했는데, 부검 전문가였다. 비르케나우 수용소 SS 친위대의 의국장이었던 저 유명한 멩겔레Josef Mengele[4]는―그는 정의의 심판을 받지 않고 몇 년 전에 죽었다―그런 니즐리의 일손을 확보했다. 그는 니즐리에게 호의적인 대우를 해주었고 그를 거의 자신의 동료로 생각해주었다. 니즐리는 특히 쌍둥이 연구에 몰두해야 했다. 사실 비르케나우 수용소는 동시에 살해당한 쌍둥이의 시체를 검사할 수 있었던 세상에서 유일한 장소였다. 이러한 특수임무와 더불어―첨언하자면 니즐리는 자신의 특수임무에 완강하게 반대한 것으로는 보이지 않는다―그는 특수부대의 주치의였고, 특수부대와 긴밀히 접촉하며 살았다. 자, 그런 그가 내가 보기에 의미심장한 어떤 사건에 대해 이야기하는 걸 들어보자.

앞서 말했듯이 SS는 라거에서 그리고 도착하는 화물열차에서 조심스럽게 특수부대의 후보들을 선택했다. 거부하거나 그들의 임무

4　요제프 멩겔레(1911~1979). 아우슈비츠 수용소에서 '죽음의 천사'라고 불린 나치 SS 친위대의 의사. 유대인 생체실험으로 악명 높다.

에 부적합하다고 생각되는 사람들은 그 자리에서 죽이기를 주저하지 않았다. 방금 뽑힌 부대원들에 대해서 SS는 모든 포로들에게 보이는, 특히 유대인들에게 보이는 것과 똑같은 경멸적이고 무심한 대도를 나타냈다. 이들의 머릿속에는 자신들이 경멸스런 존재이며 독일의 적이고 따라서 살 가치가 없는 존재라는 생각이 심어졌다. 가장 호의적인 경우라고 한다면, 기진맥진해서 죽을 때까지 일하도록 강요받는 경우였다. 그런데 특수부대의 베테랑들을 대하는 SS의 태도는 달랐다. 그들은 이 베테랑들을 확장된 동료로 인식했다. 곧, 이제는 자신들만큼이나 비인간적인 존재, 어쩔 수 없이 부과된 공범성이라는 추악한 굴레에 묶인 한 배에 탄 동료로서 말이다. 니즐리는 '작업' 중 휴식 시간 동안에 SS 대 SK(존더코만도Sonderkommando)의 축구 시합에 참관한 이야기를 한다. 이 시합은 그러니까 화장터를 감시하는 SS의 대표팀과 특수부대 대표팀 사이의 경기였다. 시합이 열리고 다른 SS 대원들과 특수부대의 나머지 부대원들이 참관했다. 그들은 편을 나눠 내기를 하고 박수갈채를 보내며 선수들을 독려했다. 마치 지옥의 문 앞에서가 아니라 어느 마을의 운동장에서 경기가 벌어지고 있다는 듯이 말이다.

다른 범주의 포로들과는 이와 유사한 일이 한 번도 일어나지 않았고 상상조차 할 수 없었다. 그러나 SS는 그들, '화장터의 까마귀들'과는 거의 나란히 운동장으로 내려갈 수 있었던 것이다. 우리는 이러한 휴전의 이면에 있는 악마적인 웃음을 읽을 수 있다. 그것은 이런 의미이다. '일은 완료되었다. 우리는 해냈다. 너희는 더 이상 다른 인종도 아니고, 반反인종도 아니고 라이히 천년왕국의 주된 적도 아니다. 너희들은 더 이상 우상을 거부하는 민족도 아니다. 우리는 너희를 끌어안았고 타락시켰으며 우리와 함께 바닥으로 끌고 내려갔다. 자부심 가득한 너희들은 이제 우리와 같다. 우리처럼 너희는 너희 자신의 피로 물들었다. 너희도 우리와 같이, 카인과 같이 형제를 죽였다. 어서 와, 우린 함께 경기할 수 있어.'

　니즐리는 성찰해볼 만한 다른 일화도 들려준다. 호송열차를 타고 방금 도착한 사람들이 가스실에 빽빽이 들어찬 뒤 죽임을 당했다. 특수부대는 매일같이 하는 끔찍한 일을 하고 있다. 얽히고설킨 시체들의 몸을 풀어 호스의 물로 씻고는 화장터로 시체들을 운반한다. 그러나 맨 밑바닥에서 그들은 아직 살아있는 소녀를 발견한다. 아주 예외적인, 전무후무한 경우였다. 아마 사람들의 몸이 그녀 주위로 장벽을 이루어 아직 숨 쉴 만한 한줌의 공기를 가두어 두었던 모양이다. 부대원들은 당황했다. 죽음은 매순간 하는 그들의 일이었고, "첫날 미쳐버리든가 아니면 익숙해지든가" 하는 얘기처럼 바로 그들의 습관이었기 때문이다. 그런데 그 여자애가 살아있었다. 그들은 소녀를 숨기고 몸을 따뜻하게 해주고 그녀에게 고깃국을 가져다주고는 이것저것 물어보았다. 소녀는 열여섯 살이었다. 공간감각도 시간감각도 없었다. 자신이 어디에 있는지도 몰랐다. 아무것도 이해하지 못한 채, 봉인된 기차, 잔혹한 예비 선발, 발가벗김, 아무도 살아 나가지 못한 그 방으로 들어온 것 등의 일련의 과정을 거쳤다. 그녀는 이해는 하지 못했지만, 눈으로 본 사람이었다. 그러므로 그녀는 죽어야 한다. 부대원들은 그것을 알고 있다. 똑같은 이유로 자신들이 죽어야 한다는 것을 알고 있는 것처럼. 하지만 알코올과 일상적인 살육으로 인해 야수가 된 이 노예들은 이제 변했다. 그들 앞에 있는 존재는 더 이상 이름 없는 사람들의 무리가 아니다. 열차에서 쏟아져 내리는, 놀라고 겁먹은 사람들의 강물 같은 쇄도가 아니다. 다만 한 사람이 있을 뿐이다.

소설 『약혼자들』에서 페스트로 죽은 어린아이 체칠리아의 어머니는 마차 위, 다른 시체들 사이에 딸의 시신이 아무렇게나 던져지는 것을 거부한다. 그런 체칠리아 앞에서, 그런 개별적인 경우에 맞닥뜨렸을 때 '추악한 페스트 시체운반자'가 보인 망설임과 '이례적인 존중'을 우리가 어떻게 기억하지 않을 수 있겠는가? 이와 같은 사건들은 우리를 놀라게 한다. 우리가 마음속에 품고 있는 인간의 상像, 자기 자신과 조화를 이루며 일관성 있고 단일한 덩어리로 이뤄진 바위 같은 인간의 상과 배치되기 때문이다. 그런데 어떻게 보면 놀랄 일이 아니다. 사실 인간은 그렇지 않기 때문이다. 연민과 잔혹함은 모든 논리에 반해서, 한 사람의 내면에 동시에 공존할 수 있다. 게다가 연민은 논리를 피해간다. 우리가 느끼는 연민과 그 연민을 불러일으킨 고통의 크기 사이에는 비율이 존재하지 않는다. 안나 프랑크Anne Frank라는 개별적인 인물이 그녀처럼 고통을 겪은 수많은 사람들보다 더 큰 감동을 불러일으킬 수 있지만, 익명으로 남은 그들의 이미지는 그늘에 가려져 있다. 어쩌면 그럴 필요가 있는지도 모른다. 만약 우리가 모든 이의 고통에 괴로워할 수 있고 또 괴로워해야 한다면 우리는 도저히 살아갈 수가 없을 것이다. 아마 오로지 성인聖人에게만 많은 사람에 대한 연민이라는 끔찍한 선물이 주어질 터이다. 시체 운반자들과 특수부대원들, 그리고 우리 모두에게는 최선의 경우라 해도 개별적인 한 사람, **미트멘쉬**Mitmensch, 곧 동료 인간(천우신조로, 근시안적인 우리의 감각이 미치는 곳에 서 있는 피와 살을 가진 인간)을 향한 산발적인 연민밖에는 남아있지 않았다.

의사가 불려오고 주사를 놓아 소녀를 소생시킨다. 그렇다. 가스는 그 효과를 발휘하지 못했고 소녀는 생존할 수 있을 것이다. 그러나 어디에서 어떻게 그럴 수 있단 말인가? 그 순간, 죽음의 시설을 담당하는 SS 대원들 중 한 명인 무스펠트가 다가온다. 의사가 그를 한쪽으로 불러 사건을 설명한다. 무스펠트는 망설이다 결정한다. '안 된다, 소녀는 죽어야 한다. 나이가 좀 더 들었다면 일은 달라졌을 것이다. 그녀는 좀 더 분별력이 있을 것이고 어쩌면 그녀에게 일어난 일에 대해 침묵하도록 그녀를 설득할 수도 있을 것이다. 하지만 그녀는 겨우 열여섯 살이다.' 결국 그녀를 믿을 수 없다는 것이다. 그렇지만 그는 제 손으로 죽이지 않고 자신의 부하를 불러 소녀의 목덜미를 쳐서 죽인다. 이 무스펠트는 연민을 지닌 사람이 아니었다. 그가 매일 저지르는 학살은 변덕스럽고 제멋대로인 일화들로 누벼졌고, 세련된 잔인함이 넘치는 창의력이 그의 특징이었다. 그는 1947년 재판을 받았고 사형선고를 받아 크라코비아에서 교수형에 처해졌다. 그것은 정당했다. 그러나 무스펠트조차도 단일 암체로 이뤄진 인간이 아니었다. 만약 그가 다른 시대, 다른 환경에서 살았다면 다른 모든 보통 사람들처럼 행동했을지도 모른다.

『카라마조프가의 형제들』에서 그루센카는 작은 양파에 대한 동화를 들려준다. 못된 노파가 죽어서 지옥에 간다. 그녀의 수호천사는 노파의 기억을 되살리려 안간힘을 써서, 딱 한 번 노파가 거지에게 자신의 텃밭에서 캐낸 작은 양파 한 뿌리를 준 일을 기억해냈다. 수호천사가 노파에게 작은 양파를 내밀자 노파는 그것을 움켜쥐고 지옥 불에서 끌어올려진다. 이 동화는 언제나 내게 혐오스러워 보였다. 어떤 괴물 같은 인간이 일생에 단 한 번도 작은 양파 한 뿌리를 선물한 적이 없겠는가? 남들에게는 아니더라도 자기 자식들에게나 부인에게, 또는 개에게 말이다. 금세 지워져버린 연민의 그 한 순간이 무스펠트를 사면하기에는 충분치 않을 것이다. 그러나 가장자리 맨 끝에라도 회색지대에, 공포와 복종 위에 세워진 체제들로부터 발산되는 모호함의 그 지대에 무스펠트 또한 위치시키는 데는 충분할 것이다.

무스펠트를 심판하는 것은 어렵지 않다. 그리고 나는 그에게 선고를 내린 법정이 의심을 품었을 거라고는 생각지 않는다. 그런데 이와는 반대로, 우리의 판단 욕구와 판단력은 특수부대 앞에서 흔들린다. 당장 질문들이, 인간의 본성에 대해 우리를 안심시킬 대답을 내놓기가 어려운 폭발적인 질문들이 쏟아져 나온다. 왜 그들은 그 임무를 받아들였는가? 왜 그들은 반항하지 않았는가? 왜 그들은 차라리 죽음을 원하지 않았는가?

어느 정도는 우리가 다루는 사건들로부터 답변을 이끌어낼 수 있을지도 모르겠다. 모두가 임무를 받아들인 것은 아니었다. 몇몇은 죽을 줄 알면서도 반항했다. 적어도 한 가지 경우에 관한 한 우리는 정확한 정보를 가지고 있다. 코르푸 출신의 유대인 400명이 1944년 7월에 특수부대에 편입되었는데, 전원이 똘똘 뭉쳐서 작업을 거부했고, 즉시 독가스로 살해된 경우다. 그 외에도 모두 처참한 죽음으로 즉각 처벌된 다양한 개별적 반란들에 대한 증언이 남아있다(특수부대의 극소수 생존자 중 한 명인 필립 뮐러는 SS 대원들이 산 채로 화로에 집어넣은 자신의 동료에 대해 이야기한다). 부대원으로 뽑힌 순간에 또는 그 직후에 자살한 많은 사례들도 있다. 마지막으로, 이미 언급했지만 1944년 10월 아우슈비츠 수용소 역사상 유일한 필사적인 반란의 시도가 바로 특수부대에 의해 조직되었다는 점도 기억해야 한다.

우리에게까지 도달한 이 사건에 대한 소식들은 완전하지도, 서로 일치하지도 않는다. 반란을 일으킨 사람들(아우슈비츠 – 비르케나우의 다섯 개 화장터 중 두 개의 담당자들)은 무장 상태가 형편없었고 라거 밖의 폴란드 파르티잔들과의 접촉이나 라거 안의 지하 저항조직과의 접촉도 없이 화장터를 3번 폭파했으며 SS와 교전했다. 전투는 일찌감치 끝났다. 그들 중 몇몇은 가시철조망을 자르고 밖으로 도망치는 데 성공했지만 곧 붙잡혔다. 그들 중 누구도 살아남지 못했다. 약 450명이 SS에게 죽임을 당했다. SS 쪽은 3명이 죽고 12명이 부상당했다.

우리가 알고 있는 저 비참한 학살 실행자들은 그러니까, 다른 사람들이다. 곧 즉각적인 죽음보다는 다만 몇 주라도 삶을(도대체 무슨 삶인가!) 연장하기를 바랐던 사람들이다. 그러나 그 어떤 경우에서도 자기 손으로 살인을 하진 않은 사람들이다. 반복하지만 그 누구도 그들을 심판할 권한은 없다고 나는 믿는다. 라거에서의 경험을 한 사람도 그렇고, 경험하지 못한 사람이라면 더더욱 그렇다. 나는 누구든지 감히 심판을 하고자 하는 사람은 자기 자신에 대해 솔직하게 추론적 실험을 해보라고 권하고 싶다. 할 수 있다면 수개월을, 수년을 게토에서 만성적 배고픔과 피로, 혼잡한 난리통과 굴욕감에 시달렸다고 상상해보라. 자신의 주위에서 한 사람 한 사람씩 소중한 사람들이 죽어가는 것을 보고 소식을 받거나 보내지도 못한 채 세상에서 잘려져 나갔다고 상상해보라. 결국에는 화물열차의 객차마다 80명, 100명씩 실려 무턱대고 미지의 곳으로 며칠 밤낮을 잠도 못자고 여행한다고 상상해보라. 그러고는 결국 해독 불가능한 어떤 지옥의 벽들 사이에 내던져졌다고 상상해보라. 여기서 가혹하면서도 정확치 않은 어떤 임무가 그에게 제안된다. 아니 부과된다. 그리고 그 대가로 그에게 생존이 제공된다. 내가 보기에는 바로 이것이 진정한 **베펠노트슈탄트***Befehlnotstand*, 즉 '명령에 따른 강제 상태'이다. 심판대에 끌려나온 나치주의자들과 그 후 (그들의 선례에 따라) 많은 다른 나라들의 전범들이 체계적이고 뻔뻔스럽게 들먹인 그것이 아니다. 전자는 즉각적인 복종이 아니면 죽음이라는 엄격한 양자택일을 의미하고, 후자는 권력의 중심에서 일어나는 내부적인 일이었다. 곧 몇 가지 조치로써 경력에 피해를 입거나, 완화된 처벌을 받거나, 최악의 경우들에서는 최전방으로 보내짐으로써 해결될 수 있는 것이었다(실제로 자주 그렇게 해결되었다).

내가 제안한 실험은 유쾌한 것은 아니다. 베르코르는 소설 『밤의 무기』(알뱅 미셸 출판사, 파리, 1953)에서 이 실험을 묘사하려고 시도했다. 이 소설은 "영혼의 죽음"에 대해 이야기하는데, 오늘날 다시 읽어보니 나로서는 참을 수 없을 만큼 유미주의와 과도한 문학적 욕망에 물들어 있는 듯 보인다. 그러나 영혼의 죽음을 다루고 있다는 것에는 의심할 여지가 없다. 오늘날 그 누구도 자신의 영혼이 굴

복하거나 부서지기 전까지 어떤 시련에, 또 얼마나 오랫동안 견뎌낼
수 있을 지 알 수 없다. 모든 인간은 비축해둔 힘을 가지고 있고, 그
크기가 얼마나 되는지 자신은 모른다. 클지도 모르고 작을지도 모른
다. 또는 아무것도 아닐지도 모른다. 오로지 극단적 시련만이 그것
을 가늠케 하는 것이다. 특수부대라는 한계상황은 차치하고라도, 우
리 생환자들에게도 우리가 겪은 일들에 대해 이야기할 때 상대방이
"내가 너의 입장이었다면 하루도 견디지 못했을 거야"라고 말하는
일이 종종 있다. 그러나 이런 식의 얘기는 실제로는 별로 의미가 없
다. 인간은 결코 타인의 입장이 되지 못하기 때문이다. 모든 개인은
너무나도 복합적인 존재라서 행동을 미리 예측해보라고 요구하는
것은 헛된 일이며, 극단적인 상황에서는 더더욱 그러하다. 자기 자
신의 행동을 예측하는 것 역시 불가능하다. 그러므로 나는 '화장터
의 까마귀들'에 대한 이야기를 연민과 준엄함을 동시에 가지고 성찰
해보기를 요청한다. 그러나 그들에 대한 판단은 유보해두자.

룸코프스키의 사례 앞에서 우리는 이와 똑같은 '판단 불능'(**임포
텐티아 유디칸디**impotentia judicandi)에 마비된다. 하임 룸코프스키
Chaim Rumkowski의 이야기는 라거 안에서 끝나지만 정확히는 라거
의 이야기가 아니라 게토의 이야기이다. 그러나 억압에 의해 치명적
으로 유발된 인간의 모호성이라는 근본 주제에 관한 굉장히 웅변적
인 이야기여서 우리의 논의에 너무나 잘 맞는 것으로 보인다. 다른
곳에서 이미 얘기한 적이 있지만 여기에서 다시 논하겠다.

아우슈비츠에서 돌아왔을 때 나는 주머니에서 별난 동전 하

나를 발견했는데 지금까지도 간직하고 있다. 긁히고 녹슨 이 동전의 한쪽 면에는 유대의 별("다윗의 방패")이 있고 1943년이라는 연도와 독일어로 *게토*라고 읽는 단어 *getto*가 있다. 다른 면은 *"QUITTUNG ÜBER 10MARK"*와 *"DER ÄLTESTE DER JUDEN IN LITZMANNSTADT"*, 즉 "10마르크 수령증"과 "리츠만슈타트의 유대인들의 원로"라고 적혀 있다. 그러니까 이것은 어느 게토의 내부에서 통용되던 동전이었다. 수년 동안 나는 이 동전의 존재를 잊고 있다가 1974년경에 그것과 관련된 이야기를 재구성할 수 있었다. 흥미롭고도 음울한 이야기다.

나치는 제1차 세계대전에서 러시아에 승리를 거둔 리츠만 장군을 기려 폴란드 도시 우치의 이름을 리츠만슈타트로 바꾸었다. 1944년 마지막 몇 개월 동안에 우치 게토의 최후 생존자들은 아우슈비츠로 이송되었다. 나는 더 이상 쓸모가 없어진 그 동전을 라거의 길바닥에서 발견했던 것 같다.

1939년 우치는 인구 75만 명에 폴란드 최고의 산업도시였고 가장 '근대적'이고 가장 추한 도시였다. 맨체스터와 비엘라 시처럼 우치의 주민들은 섬유산업을 생업으로 삼고 있었고, 당시에 이미 구식이었던 크고 작은 무수한 공장들로부터 영향을 받고 있었다. 점령된 동유럽의 어느 정도 중요한 모든 도시들에서와 마찬가지로 나치는 우치에 서둘러 게토를 건설했다. 나치의 게토는 중세의 반종교개혁적인 게토 체제를 나치의 근대적인 잔혹성으로 인해 더욱 악화된 모습으로 복구시킨 형태였다. 1940년 2월에 이미 문을 연 우치 게토는 시간상으로 첫 번째 생겨난 게토였고 수용 규모 면에서 바르샤바 게토에 이어 두 번째였다. 16만 명 이상의 유대인을 수용하기에 이르렀으며 1944년 가을에 가서야 해산되었다. 그러니까 우치 게토는 나치 게토들 가운데 가장 오랫동안 존속했던 것이다. 이는 두 가지 이유에서였다. 우치 게토의 경제적 중요성, 그리고 게토 위원장의 충격적인 성격이 바로 그것이었다.

게토 위원장의 이름은 하임 룸코프스키였다. 소기업을 경영하다 실패한 기업가로, 인생의 부침을 겪고 여러 여행을 거친 뒤 1917년 우치에 정착했다. 1940년 그는 거의 예순의 나이에 자식이 없는 홀아비였다. 어느 정도의 사회적 존경을 누렸고 유대인 자선단체들의 책임자로 유명했으며 정력적이면서도 교양 없고 권위주의적인 사람으로 알려졌다. 게토의 위원장(또는 원로)이라는 임무는 본질적으로 끔찍한 것이다. 그래도 그것도 하나의 자리라고 사회적 인정을 받고 신분을 한 계단 높여주는 것이었으며 권리와 특권들, 즉 권력을 부여해주는 자리였다. 룸코프스키는 권력을 열렬히 사랑했다. 그가 어떻게 이 자리에 올랐는지는 알려져 있지 않다. 아마도 사악한 나치식의 조롱에 의해 그렇게 되었을 것이다(룸코프스키는 선한 분위기를 풍기는 바보, 요컨대 이상적인 앞잡이였거나, 그렇게 보였다). 그의 마음속에는 권력에 대한 의지가 강했던 게 틀림없으므로 아마 선택받기 위하여 그 자신이 계략을 썼을 것이다. 그가 위원장으로 있던, 더 정확히 말해 그가 독재를 했던 4년간은 과대망상적 꿈과 원시적인 활력, 실제적인 외교력과 조직력이 뒤엉킨 놀랄만한 혼란의 시기였다. 얼마 안 가 그는 절대 계몽군주의 옷을 입은 자기 자신을 보게 되었고, 물론 그를 가지고 장난을 치고 있었지만 훌륭한 행정가이자 질서정연한 인간이라는 그의 재능을 높이 평가한 독일 주인들이 그 길로 그를 밀어주었다. 그들에게서 그는 화폐를 발행할 권한을 획득했고, 금속 화폐(내 동전과 같은)를 만들고 공식석으로 공급받은 비침무늬 종이 위에 지폐를 인쇄했다. 이 화폐로 게토의 지친 노동자들은 임금을 받았다. 노동자들은 가게에서 이 화폐를 사용하여 평균적으로 하루 800킬로칼로리에 이르는 배급식량을 구입할 수 있었다(말이 난 김에 상기하자면 절대휴식 상태에서도 생존을 위해서는 적어도 하루에 2,000킬로칼로리의 열량이 필요하다).

이러한 자신의 굶주린 신민들로부터 룸코프스키는 복종과 존경뿐만 아니라 사랑 또한 받기를 열망했다. 근대의 독재정권은 이 점에서 고대의 독재정권과 다르다. 그는 빵 4분의 1 덩어리를 얻기 위해 무엇이든 할 준비가 되어 있는 뛰어난 예술가들과 장인들의 부대를 보유하고 있었으므로, 그들에게 희망과 신앙의 빛 속에 새하얀 수염과 백발을 한 자신의 초상을 넣은 우표를 그리게 하고 인쇄토록 했다. 그는 뼈만 앙상한 경주용 말 한 마리가 끄는 마차를 가지고 있었는데 이 마차를 타고 거지들과 청탁을 하는 사람들로 넘쳐나는 자신의 조그만 왕국의 길을 누비고 다녔다. 그는 제왕의 망토를 가지고 있었고, 또 아첨꾼들과 청부 살인자들의 무리에 둘러싸여 있었다. 자신의 "굳건하고 강한 손"을 찬양하는 찬가들과 자신의 덕으로 인해 게토에 넘치는 평화와 질서를 찬양하는 찬가들을 궁정시인들로 하여금 작곡하게 했다. 매일같이 전염병으로, 영양실조로, 독일군의 약탈로 황폐해진 끔찍한 학교의 어린이들에게 "선견지명으로 앞날에 대비하는 우리의 사랑하는 위원장님"에 대한 칭송을 작문 주제로 내줄 것을 명령했다. 모든 독재자가 그러하듯이 그도 질서 유지라는 명목하에 경찰 병력을 서둘러 조직했다. 그러나 실상은 자신의 신변을 보호하고 자신이 만든 규율들을 집행하기 위해서였다. 이 경찰조직은 곤봉으로 무장한 600명의 경호원과 숫자가 불분명한 스파이들로 이루어져 있었다. 그는 수많은 연설을 했는데 그중 몇 개는 아직 남아있다. 그의 연설 스타일에는 독특한 특징이 있었다. 즉, 그는 영감 가득한 낭송 방식, 군중과 가상 대화를 하는 방식, 위압과 박수갈채를 통해 동의를 끌어내는 방식인 무솔리니와 히틀러의 웅변술을 도입했다. 아마도 이러한 그의 모방은 의도적이었을 것이다. 어쩌면 당시 전 유럽을 지배하던, 단눈치오Gabriele D'Annunzio[5]가 노래한 "없어서는 안 될 영웅"의 모델과 자신을 아마 무의식적으로 동일시했을 것이다. 그러나 그런 그의 태도는, 위로는 무능하고 아래로는 전능한 작은 폭군이라는 그가 처한 조건에서 나왔다고 보는 것이 더 그럴듯하다. 왕관을 쓰고 홀을 든 자, 반박을 당하는 것도 조롱을 당하는 것도 두려워하지 않는 자라야 그런 식으로 말할 테니까.

그러나 룸코프스키는 지금까지 여기서 볼 수 있는 것보다 훨씬 더 복잡한 인물이었다. 그는 변절자였을 뿐만 아니라 공범이었다. 메시아이자 자기 민족의 구원자라고 남들이 믿도록 만드는 것을 넘어, 어느 정도는 자기 스스로도 그렇게 서서히 확신하게 되었음에 틀림없다. 자기 민족의 이익을, 적어도 이따금씩은 그도 바랐음에

5 가브리엘레 단눈치오(1863~1938). 이탈리아의 시인 겸 극작가로 데카당스 문학의 대표자로 꼽힌다. 제1차 세계대전 참전 후에는 많은 애국시를 남기기도 했다.

틀림없다. 스스로 자비심 많은 사람이라 느끼려면 선행을 해야 한다. 스스로 자비심 많은 사람이라고 느낀다는 것은 부패한 총독에게도 흡족한 일이다. 역설적이게도 자신을 압제자들과 동일시하는 마음과 자신을 억압받는 사람들과 동일시하는 마음이 번갈아 교차하거나 나란히 존재하는 것이다. 왜냐하면 인간은, 토마스 만이 말하듯이 혼란스런 피조물이기 때문이다. 긴장 상태에 놓이게 될수록 더욱더 혼란스러워진다고 우리는 덧붙일 수 있을 것이다. 그렇게 그는 우리의 심판을 피해간다. 마치 나침판이 자극磁極에 미친 듯 반응하듯이.

룸코프스키는 독일군에 지속적으로 멸시받고 조롱당했음에도 노예로서가 아니라 왕으로서 자신을 생각했을 수 있다. 그는 자신의 권한을 진지하게 받아들였음에 틀림없다. 게슈타포가 사전통고도 없이 '자신의' 위원들을 체포했을 때 그는 용감하게 그들을 구하러 왔고, 조롱당하고 따귀를 맞으면서도 위엄 있게 견뎌낼 줄도 알았다. 다른 경우들에서도 그는 독일군과 흥정하려 노력했다. 독일군은 우치로부터 직물이 점점 더 필요했고, 트레블링카와 아우슈비츠의 가스실로 보낼 쓸모없는 군입들(노인들, 어린아이들, 병자들)이 점점 더 늘어갔던 것이다. 룸코프스키가 자신의 신민들의 반항의 움직임(다른 게토들에서와 마찬가지로 우치에도 시오니즘, 연맹주의 또는 공산주의에 뿌리를 둔 대담한 정치적 저항의 소그룹들이 존재했다)을 서둘러 진압할 때의 그 가혹함은 독일인에 대한 노예근성에서라기보다 차라리 제왕인 자신에게 가해진 모욕에 대한 분노에서 비롯된 것이었다.

가라앉은 자와 구조된 자

1944년 9월, 러시아 전선이 가까워오자 나치는 우치 게토를 해산하기 시작했다. 수만 명의 남녀가 독일 세계의 마지막 배수구인 *"세계의 항문"*anus mundi, 아우슈비츠로 강제이송되었다. 지쳐서 기진맥진해 있던 그들은 즉시 제거되었다. 게토에는 공장 설비들을 해체하고 참사의 흔적들을 지우기 위해 1,000명가량이 남았다. 그들은 얼마 안 가 러시아 붉은 군대에 의해 해방되었고, 지금 여기 전하는 소식들은 그들 덕분이다.

하임 룸코프스키의 마지막 운명에 대해서는 두 가지 설명이 존재한다. 모호함 속에 살았던 그 사람의 죽음을 그 모호함이 마치 계속해서 감싸고 있는 것처럼. 첫 번째 설명에 따르자면, 게토의 해산 과정에서 룸코프스키는 떨어지고 싶지 않았던 자신의 남동생의 강제이송을 저지하려고 했다. 이때 한 독일 장교가 그에게 자진해서 동생과 함께 떠날 것을 제안했는데, 그가 그 제안을 받아들였다는 것이다. 반면에 다른 설명은 이중성으로 뒤덮인 또 다른 인물, 한스 비보프Hans Biebow가 룸코프스키의 구출을 시도했다는 것이다. 이 수상쩍은 독일 기업인은 게토의 행정 책임 관리자인 동시에 게토와 계약을 맺고 있었다. 그러니까 그의 임무는 미묘한 것이었다. 우치의 직물 공장들은 군대를 위해 돌아가고 있었기 때문이다. 비보프는 포악한 맹수가 아니었다. 쓸데없는 고통을 일으키는 것에도, 유대인들을 유대인이라는 이유로 벌주는 것에도 관심이 없었다. 그저 합법적 방식으로든 다른 방식으로든 직물을 납품해서 돈을 버는 일에만 관심이 있었다. 그는 게토의 고통을 느꼈지만 단지 간접적인 방식으로일 뿐이었다. 그는 노예 노동자들이 일하길 원했다. 그래서 그들이

기아로 죽지 않기를 바랐고, 그의 도덕의식은 딱 거기까지였다. 사실 게토의 진짜 주인은 그였고, 종종 조악한 우정에서 비롯된 주문자 - 공급자라는 관계로 룸코프스키와 묶여 있있다. 인송에 대한 추악한 실험을 진지하게 받아들이기에는 너무나 냉소적인 작은 자칼 비보프로서는 최고의 사업이었던 게토의 해산을 끝까지 미루고 싶었을 것이다. 또 룸코프스키와의 공모를 신뢰하고 있었기 때문에 강제이송되지 않도록 그를 보호하고 싶었을 것이다. 여기서 우리는 현실주의자가 이론가보다 얼마나 객관적으로 더 나은지를 볼 수 있다. 그러나 SS 이론가들의 생각은 정반대였고, 그들은 가장 힘센 자들이었다. 그들은 **그륀틀리히***gründlich*, 즉 철저했다. 게토도 제거해버렸고 룸코프스키도 제거해버렸던 것이다.

연줄이 좋았던 비보프는 달리는 조치를 취할 수 없어서, 룸코프스키에게 그가 갈 라거의 사령관에게 보내는 편지를 한 통 써주었다. 그리고 그 편지가 그를 보호해줄 것이고 그에게 특별대우를 보장해줄 거라고 장담했다. 아마 룸코프스키는 비보프에게 자신의 지위에 어울리는 예의를 갖춰주기를 요청했을 것이다. 즉 특권 없는 일반 이송자들이 빼곡히 들어찬 군용화물열차 끝에 특별칸을 연결하여 자신과 가족이 타고 아우슈비츠까지 여행할 수 있도록 부탁하고 허락을 얻어냈을 것이다. 그러나 겁쟁이든 영웅이든, 겸손하든 오만하든 간에, 독일의 수중에 있던 유대인들의 운명은 오직 하나였다. 편지도 특별칸도, 유대인들의 왕 하임 룸코프스키를 구해줄 수는 없었다.

가라앉은 자와 구조된 자

이런 이야기는 그 자체 내에 갇혀 있지 않다. 의미들로 가득 차 있고 답을 주기보다 질문을 더 많이 던져준다. 회색지대의 주제 전체를 그 속에 함축하고 있으며, 숱한 의혹을 남긴다. 이해 받기 위해 소리치고 불러댄다. 하늘의 계시에서처럼, 꿈속에서처럼 그 이야기 속에서 우리는 하나의 상징을 엿볼 수 있다.

룸코프스키는 누구인가? 괴물도 아니고 평범한 인간도 아니다. 그러나 우리 주위의 많은 사람들이 그와 비슷하다. 그의 '경력' 앞에 있었던 실패들은 의미심장하다. 실패로부터 도덕적 힘을 끌어내는 사람들은 소수인 것이다. 정치적 강압은 모호함과 타협의 불분명한 영역을 만들어내며 이것은 거의 필연적이다. 룸코프스키의 이야기는 그 전형적인 형태를 보여주고 있는 것이다. 모든 절대 왕좌의 발치에는 우리의 룸코프스키와 같은 인간들이 한 줌의 작은 권력을 움켜쥐기 위해 몰려든다. 이것은 되풀이되는 광경이다. 제2차 세계대전 마지막 몇 달 동안, 히틀러의 궁정에서, 그리고 살로 공화국의 장관들 사이에서 벌어진 피비린내 나는 암투들이 다시 떠오른다. 이들 역시 회색 인간들로, 처음에는 맹목적이었다가 나중에는 범죄자가 되었고, 죽어가는 사악한 한 줌의 권력을 나눠가지려고 맹렬히 싸웠다. 권력은 마약과도 같다. 권력에 대한 욕망도, 마약에 대한 욕구도 경험해보지 않은 사람은 모른다. 그러나 (룸코프스키의 경우처럼) 우연하게라도 한 번 시작한 뒤에는 중독되고 필요한 투여량은 점점 더 많아진다. 또한 현실에 대한 부정과 전지전능을 갈구하는 유아적 꿈으로 돌아가는 일도 나타난다. 권력에 중독된 룸코프스키와 같은 사람에 대한 해석이 유효하다면, 중독이 우발적으로 일어난 게 아니라 게토의 환경에도 불구하고 일어난 것이라는 점을 인정해야 한다. 즉, 중독은 너무나 강해서 개인의 모든 의지의 불씨를 꺼뜨릴 정도로 보이는 환경에서조차 만연한다는 사실 말이다. 사실 룸코프스키에게서는 그의 모델이 된 더 유명한 사람들과 마찬가지로 장기 독재권력의 증후군이 분명하게 나타났다. 세상에 대한 비뚤어진 시각, 독단적인 오만함, 아첨에 대한 욕구, 조종간을 꽉 움켜쥐는 것, 법률에 대한 무시 등이 그것이다.

이 모든 것이 룸코프스키에게 면책 사유가 되어주는 것은 아니다. 우치의 고통으로부터 룸코프스키와 같은 인물이 나타났다는 것은 비통하고 괴로운 일이다. 만약 그가 자신의 비극으로부터 살아남았다면, 곧 자신의 엉터리 배우 이미지를 덧씌워 오염시킨 게토의 비극으로부터 살아남았다면 어떻게 되었을까? 어떤 법정도 그에게 무죄를 선고하지 않을 것이다. 우리 역시 도덕적 측면에서 그를 무죄라 할 수 없다. 그러나 그도 참작할 만한 정상은 있다. 국가사회주의와 같이, 무시무시한 부패 권력을 행사하는 지옥같은 체제로부터 자기 자신을 방어하기란 어려운 일이다. 이러한 체제는 자신의 희생자들을 타락시키고 그들을 자신과 비슷하게 만든다. 크고 작은 공범들을 필요로 하기 때문이다. 이 체제에 저항하기 위해서는 매우 단단한 도덕적 뼈대가 필요하다. 자신의 전全 세대와 마찬가지로 우치의 장사꾼 하임 룸코프스키의 도덕적 뼈대는 약했다. 그러나 우리의 뼈대, 오늘날 유럽인들의 도덕적 뼈대는 얼마나 강한가? 만약 불가피하게 몰릴 때, 동시에 유혹이 우리 마음을 부추길 때 우리들 각자는 어떻게 행동할 것인가?

가라앉은 자와 구조된 자   2. 회색지대

룸코프스키의 이야기는 라거의 관리자들과 카포들에 대한 매우 유감스럽고 우려스러운 이야기이다. 한 체제를 위해 일하고 그 체제의 죄에는 자진해서 눈감아버리는 하위 권력층들의 이야기이다. 서명에는 돈이 드는 것도 아니니까 모든 것에 죄다 서명을 하는 중간 간부들의 이야기이다. 고개를 가로젓지만 묵인하는 사람의 이야기이며, "내가 하지 않으면 나보다 더 못한 다른 사람이 할 것"이라고 말하는 사람의 이야기이다.

상징적이고 함축적인 인물, 룸코프스키는 절반의 양심인 이 범주에 위치시켜야 한다. 높은 위치인지 낮은 위치인지는 말하기 어렵다. 우리 앞에서 말할 수만 있다면 오직 그만이 밝힐 수 있을 것이다. 아마도 언제나 그랬겠지만 자기 자신에게도 거짓말을 하면서 말이다. 어쨌든 그의 말은 우리가 그를 이해하는 데 도움을 줬을 것이다. 모든 피고가 판사를 도와주듯이, 원하지 않더라도, 거짓말을 하더라도 말이다. 왜냐하면 어떤 역할을 연기하는 인간의 능력은 무한한 것이 아니기 때문이다.

그러나 이 모든 것은 이 이야기가 발산하는 절박감과 위협감을 설명하기에 충분한 것이 아니다. 아마 그것의 의미는 훨씬 더 방대할 것이다. 우리 모두는 룸코프스키에 비친 우리의 모습을 본다. 그의 모호함은 진흙과 영혼으로 빚어진 혼합체인 우리의 타고난 모호함이고, 그의 열망은 우리의 열망이다. "나팔 불고 북을 치며 지옥으로 내려간" 우리 서구 문명의 열병이다. 그의 비참한 장신구는 사회적 위신을 표상하는 우리의 상징에 대한 뒤틀린 이미지이다. 그의 광기는 『법에는 법으로』Measure for measure[6]에서 이사벨라가 묘사하

고 있는 교만하고 치명적인 인간의 광기이다. 인간은,

> [⋯] 일시적인 권력의 옷을 걸치고,
> 철석같이 믿어 의심치 않는 자신의 본질이
> 사실은 유리처럼 부서지기 쉬운 것임을 모른 채
> 성난 원숭이처럼
> 하늘 아래 온갖 바보 같은 광대짓을 해서
> 천사들을 울린다.

룸코프스키처럼, 우리 역시 권력과 위신에 현혹되어 우리의 본질적인 나약함을 잊어버린다. 우리 모두 게토 안에 있다는 것을, 게토 주위엔 담벼락이 둘려 있고 그 밖에는 죽음의 주인들이 있으며 그리 멀지 않은 곳에 기차가 기다리고 있다는 것을 잊어버린다. 그렇게 우리는 자발적이든 아니든 간에 권력과 타협하게 되는 것이다.

---

6 셰익스피어의 희극으로, 레비는 이 책의 2막 2장, 118~123의 구절을 인용하고 있다.

3 수치

문학과 시가 수도 없이 제시하고 축성했으며 영화가 수집한, 정형화된 어떤 이미지가 있다. 비바람이 몰아친 끝에 "폭풍 뒤의 고요"가 찾아오면 모두가 기뻐하는 그런 이미지다. "고통에서 벗어난다는 것은 / 우리에게 환희이다." 질병 뒤에는 건강을 회복하고, 우리의 포로생활을 끝내줄 해방자들이 깃발을 펄럭이며 당도한다. 군인은 가족의 품으로 돌아가 평화를 되찾는다.

많은 생환자들의 이야기와 내 기억들로 판단해보건대, 염세주의자 레오파르디Giacomo Leopardi[1]는 이러한 자신의 표현에 있어서는 진실 너머에 있었다. 뜻하지 않게 낙관주의자의 모습을 보인 것이다. 대부분의 경우 해방의 순간은 기쁘지도 홀가분하지도 않았다. 보통은 파괴와 대량학살의 비극적 배경 위로 고통의 종이 울렸다.

---

1 자코모 레오파르디(1798~1837). 이탈리아의 시인이자 철학자.

다시 인간이 되었음을 느낀 순간, 다시 말해 책임감을 느낀 그 순간에 인간적 고통이 되살아났다. 흩어진 또는 잃어버린 가족들에 대한 고통, 자신의 주위에 퍼져 있는 보편적인 아픔에 대한 고통, 이미 결정되어버리고 더 이상 치료될 수 없을 것 같은 자신의 기진맥진함에 대한 고통, 잔해더미 한가운데서 그 모든 것을 혼자서 다시 시작해야 하는 인생에 대한 고통 말이다. "기쁨은 괴로움의 자식"이 아니다. 괴로움이 괴로움의 자식이다. 고통으로부터의 해방은 단지 운 좋은 소수나 굉장히 단순한 영혼들에게만 잠시 환희를 가져왔을 뿐, 거의 언제나 불안의 양상과 겹쳐져 있었다.

불안은 유아기부터 모두가 안다. 대개는 막연하고 분명하게 구분되는 것이 아니라는 것도 안다. 불안이 그 이유가 분명하게 적힌 꼬리표를 달고 있는 경우는 드물다. 그런 경우, 대개 그 꼬리표는 거짓이다. 어떤 이유로 인해 자신이 불안하다고 말할 수도 또 그렇게 믿을 수도 있겠지만, 정작 그가 불안한 이유는 전혀 다른 데 있을 수도 있기 때문이다. 미래 앞에서 괴로워한다고 믿지만 거꾸로 자신의 과거 때문에 괴로워하는 것일 수도 있고, 남들 때문에, 연민 때문에, 동정 때문에 괴로워한다고 믿지만 사실은 어느 정도는 심오한 이유 때문에, 어느 정도는 털어놓을 수도 있고 또 털어놓기도 한 자기 자신의 이유 때문에 괴로워하는 것일 수도 있다. 가끔은 아주 깊어서 전문가만이, 영혼의 분석가만이 끄집어낼 수 있는 그런 이유 때문일 수도 있다.

물론 앞서 언급했던 영화 대본이 어떤 식으로든 거짓이라고 내가 감히 주장하려는 것은 아니다. 많은 해방의 순간들은 순수하고 벅찬 기쁨으로 경험되었다. 특히 군사적으로든 정치적으로든 투쟁에 참여한 전투원들이 그랬다. 그들은 그 순간에 자신의 투쟁 목표와 생의 열망이 실현되는 것을 보았던 것이다. 그 외에도 좀 덜 고통받았거나, 또는 좀 더 짧은 시간 동안 고통받았던 사람들, 아니면 가족이나 친구나 사랑하는 사람들 때문이 아니라 자기 혼자서만 고통받은 사람들이 그랬다. 또 다행스럽게도 인간이 모두 똑같은 것은 아니어서, 우리 중에는 맥석에서 순금을 뽑아내듯, 그 흥겨운 순간들을 따로 떼어내어 만끽하는 덕목과 특권을 가진 사람도 있었다. 그리고 마지막으로, 읽거나 들은 증언들 중에는 무의식적으로 정형화된 증언들도 있는데, 그런 증언들에서는 고정관념화된 생각이 순수한 기억보다 우세하다. "노예 상태에서 해방된 사람은 기뻐한다. 나도 노예 상태에서 해방되었다. 그래서 나 또한 기뻐했다. 모든 영화에서, 모든 소설에서, 《피델리오》Fidelio[2]에서처럼, 사슬을 끊어버린다는 것은 엄숙한 또는 격렬한 기쁨의 순간이다. 그래서 내 경우도 그랬다." 이것은 내가 1장에서 언급한 저 기억의 표류를 보여주는 특수한 경우다. 세월이 흐르면서, 또 자기 경험의 층 위로 남들의 경험이 쌓이면서(그것이 진짜 경험이든 추정한 경험이든 간에) 더 강해지는 것이다. 그러나 의도적이든 기질 때문이든 수사학을 멀리하는 사람은 보통 다른 어조로 말한다. 일례로 이미 언급한 필립 뮐러Filip Müller는 나보다 훨씬 더 끔찍한 경험을 한 사람인데, 그는 자신의 회고록 『아우슈비츠의 목격자─가스실에서의 3년』의 마지막 페이지에서

---

2 1805년 11월 20일 빈에서 초연된 베토벤의 오페라.

해방의 순간을 다음과 같이 적고 있다.

믿을 수 없겠지만 나는 총체적으로 무너져내림을 느꼈다. 3년 전부터 내 모든 생각과 은밀한 바람이 집중되어 있던 그 순간에 정작 내 안에서는 행복감도, 다른 어떤 느낌도 일어나지 않았다. 나는 내 침상에서 굴러 내려와 문까지 네 발로 엉금엉금 기어갔다. 일단 밖으로 나온 뒤 나는 앞으로 나아가려 애썼지만 허사였다. 그러다가 나는 숲속 바닥에 그저 드러누워버렸고 잠에 곯아떨어졌다.

나는 지금 『휴전』의 한 부분을 다시 읽는다. 이 책은 1963년에 가서야 출판되었지만(에이나우디 출판사, 토리노) 이 글은 1947년부터 써 놓았던 것이었다. 시신들과 죽어가는 사람들로 가득했던 우리 수용소 앞에 처음 나타난 러시아 적군들에 대한 이야기이다.

그들은 인사를 하지도, 미소를 짓지도 않았다. 음울한 광경에서 시선을 떼지 못하게 하고 입을 봉해버리는, 감히 무어라 할 수 없는 혼란스런 감정이 동정심과 더불어 그들을 짓누르고 있는 것 같았다. 그것은 우리가 익히 알고 있던 그 수치심이었다. 가스실로 보내질 인원 선발이 끝난 뒤, 그리고 매번 모욕을 당하거나 당하는 자리에 있어야 했을 때마다 우리를 가라앉게 만들던 그 수치심, 독일인들은 모르던 수치심, 타인들이 저지른 잘못 앞에서 의로운 자가 느끼는 수치심이었다, 그런 잘못이 존재한다는 사실이, 만물이 존재하는 세상 속으로 그것이 돌이킬 수 없이 들어와버렸다는 사실이, 그리고 자신의 선한 의

가라앉은 자와 구조된 자

지는 아무것도 아니었거나 턱없이 부족했고 또 그것을 막는 데 아무런 쓸모도 없었다는 사실이 의로운 그를 가책하게 만드는 것이었다.

나는 여기에 지우거나 고칠 말이 있다고 생각하지 않는다. 아니 오히려 덧붙일 말이 있다. 많은 사람들이(나 자신도) 포로생활 중에 그리고 그 후에 '수치심', 즉 죄의식을 느꼈다는 것은 수많은 증언들에 의해 확인되고 입증된 사실이다. 어처구니없어 보일지도 모르지만 정말로 그랬다. 나는 이에 대해 해석하고 또 남들의 해석을 논평해보고자 한다.

처음에 언급했듯이, 해방과 함께 따라왔던 뭐라 정의할 수 없는 그 마음의 불편함은 꼭 수치심은 아니었지만 그렇게 받아들여졌다. 왜일까? 여러 가지 해석을 시도해볼 수 있다.

이러한 검토에서 몇 가지 예외적인 경우를 배제할 것이다. 수용소 내부에서 자신의 동료들을 지키거나 유리하게 이끌어줄 가능성과 힘을 가졌던 포로들의 경우이다(서의 모두가 정치범이었다). 일반 포로의 대부분을 차지했던 우리는 그들에 대해 알지 못했고 그 존재조차 의심해보지 않았다. 이는 당연한 일이었는데, 명백한 정치적·치안적 필요성 때문에(아우슈비츠의 정치부는 게슈타포의 지부에 다름 아니었다) 그들은 독일군에 대해서뿐만 아니라 모두에 대해 비밀리에 작전을 수행해야 했기 때문이다. 내가 수용소에 있었던 시기에는 95퍼센트가 유대인으로 구성되어 있었다. 수용소 제국 아우슈비츠에서 이러한 정치적 조직망은 초기 단계였다. 나는 단 한 번, 괴로운 매일의 일상에 짓눌리지 않았다면 무언가 감지했을 법한 사건을 목격한 적이 있었다.

1944년 5월경, 별로 악하게 굴지 않았던 담당 카포가 교체되고 새로운 인물로 바뀌었다. 곧 신임 키포는 무시무시한 인물임이 드러났다. 모든 카포들은 때렸다. 이것은 명백히 그들의 임무에 속했고 대략적으로 받아들여지는 그들의 언어였다. 게다가 저 영원의 바벨탑에서 모두에게 진짜로 이해될 수 있는 유일한 언어였다. 그 다양한 뉘앙스들 속에서 이 언어는 노동을 재촉하는 것으로 이해되기도 하고 경고나 처벌로 이해되기도 했다. 그리고 이는 고통의 층위에서 가장 낮은 단계를 차지했다. 그런데 우리의 신임 카포는 다른 식으로 때렸다. 발작적이고 악의적이고 사악한 방식으로, 코를, 정강이를, 생식기를 때렸다. 그는 아프게 하기 위해 때렸고, 고통과 굴욕감을 유발시키기 위해 때렸다. 많은 다른 사람들이 그러듯이 맹목적인 인종적 증오 때문도 아니었다. 고통을 가하려는 의도를 공공연히 드러내며, 마구잡이로, 아무런 구실도 없이 자기 밑에 있는 모든 사람들에게 그랬다. 어쩌면 그는 정신병자였는지도 모른다. 그러나 분명한 것은 이러한 환자들에 대해 오늘날 우리가 당연히 느끼는 관용이 수용소의 그 환경에서는 어울리지 않는 것이라는 점이다. 나는 공산주의자였던 크로아티아 유대인 동료 하나와 그에 대해 이야기를 나누었다. 어떻게 할까? 어떻게 우리 자신을 방어하지? 집단행동을 취할까? 그는 아리송한 미소를 지으며 다만 이렇게 말할 뿐이었다. "두고 봐, 오래가지 못할 테니." 아닌 게 아니라, 그 구타자는 일주일 내에 사라졌다. 그런데 여러 해가 지나 생환자들의 한 회의에서 나는 수용소 내 노동 사무실에 소속되어 있던 몇몇 정치범들이 가스실

가라앉은 자와 구조된 자

로 가야 할 포로들의 목록에서 등록번호를 바꿀 수 있는 무시무시한 힘을 갖고 있었다는 사실을 알게 되었다. 그런 식으로 또는 다른 방식으로 라거라는 기계에 대항할 의지와 방법이 있었던 사람은 '수치심'으로부터 안전한 곳에 있다. 아니면 적어도 내가 지금 말하고 있는 수치심으로부터는 안전할 것이다. 왜냐하면 아마도 또 다른 수치심을 느낄 것이기 때문이다. 마찬가지로, 『이것이 인간인가』의 「오디세우스의 노래」 장에서 가볍게 언급하고 지나갔던 조용하고 침착한 사람인 시바디안은 이러한 수치심에서 분명 안전했을 것이다. 같은 회의에서 나는 그가 반란의 기회가 다가오자 수용소 안으로 폭발물을 들여왔다는 사실을 알게 되었다.

내 생각으로는 자유를 다시 획득함과 동시에 찾아온 수치심 또는 죄책감은 매우 복합적인 감정으로 보인다. 그 자체 내에 여러 가지 요소들을 개개인에 따라 서로 다른 비율로 담고 있다. 우리 각자가 객관적으로든 주관적으로든 자기 방식대로 라거를 경험했다는 사실을 기억해야 한다.

어둠에서 나왔을 때, 사람들은 자기 존재의 일부를 박탈당했다는 의식을 되찾고 괴로워했다. 원해서도 무기력해서도 아니었고 죄가 있어서도 아니었지만 우리는 수개월 또는 수년을 동물적인 수준에서 살았다. 우리의 나날들은 새벽부터 밤까지 배고픔과 피로와 추위, 두려움으로 채워져 있었고 사고하고 감정을 느끼기 위한 성찰의 자리는 없어졌다. 우리는 더러움과 사생활의 결핍과 자기 존재의 축소를 정상적인 삶이었을 때보다는 훨씬 덜 괴로워하면서 견뎠다. 우리의 도덕적 잣대가 변했기 때문이었다. 게다가 우리 모두는 도둑질을 했다. 부엌에서, 공장에서, 운동장에서, 요컨대 '다른 사람들에게서', 상대편에게서 훔쳤지만, 그래도 도둑질은 도둑질이었다. 소수의 몇몇 사람들은 심지어 자기 동료의 빵까지 훔치기도 했다. 우리는 우리의 나라와 문화뿐만 아니라 가족과 과거, 우리가 그렸던 미래 또한 잊어버렸다. 왜냐하면 우리는 동물들처럼 현재의 순간에만 국한되어 있었기 때문이었다. 이렇게 굴곡 없는 바닥 상태로부터 우리는 단지 드문 막간 동안에만 벗어날 수 있었다. 몇 안 되는 쉬는 일요일이나 잠에 곯아떨어지기 전의 짧은 순간, 공중폭격이 맹렬히 퍼붓는 동안이 그 순간이었다. 하지만 이것은 고통스런 순간이었다. 왜냐하면 그것은 우리에게 왜소진 우리 존재를 외부로부터 측정할 기회를 주었기 때문이었다.

해방 후(종종 해방된 직후에) 일어난 자살의 많은 경우들은 이와 같이 몸을 돌려 "위험한 물"을 바라보는 데서 기인했다고 나는 믿고 있다. 해방은 어쨌든, 반성과 우울함이라는 해일과 함께 찾아온 위기의 순간이었다. 이와는 대조적으로 소비에트 수용소들을 포함해서 라거를 연구하는 많은 역사학자들은, 포로생활 **도중에** 자살이 일어난 경우는 드물다는 사실에 동일하게 주목했다. 이러한 사실에 대해서는 여러 가지 해석이 시도되었다. 나는 세 가지 해석을 제시하는데, 이 해석들이 상호 배타적인 것은 아니다.

첫째, 자살은 동물의 행위가 아니라 인간의 행위라는 점이다. 즉, 심사숙고한 행위이고, 자연스럽지도 않고 충동적이지도 않은 하나의 선택이다. 라거에서는 선택의 기회가 별로 없었고 노예가 된 동물들처럼 살았다. 동물들은 종종 죽음을 거부하지 않고 받아들이기

가라앉은 자와 구조된 자

는 해도 자살하지는 않는다. 둘째, 흔히 말하듯이, "생각할 다른 일이 있었다"는 점이다. 하루 일과는 빡빡했다. 허기를 채우고, 어떤 식으로든 피로와 추위를 피하고 구타를 피할 생각을 해야 했다. 늘 코앞에 닥쳐온 죽음 때문에 죽음에 대한 생각에 집중할 시간이 없었다. 『제노의 의식』에서 스베보의 고찰은 거친 진실을 담고 있다. 이 작품에서 그는 아버지의 임종을 무자비하게 그리고 있다. "사람이 죽을 때는 죽음을 생각하는 것 말고 전혀 다른 할 일이 있지. 유기체인 그의 온몸은 호흡에 전념하고 있었지." 셋째, 대부분의 경우, 자살은 어떤 형벌도 덜어주지 못한 죄책감에서 생겨난다는 점이다. 이처럼 포로생활의 힘겨움은 형벌로 인식되었고 죄책감은(형벌이 있다면 죄가 있다는 것이므로) 해방 후에 다시 나타나기 위해 제2선으로 밀려나 있었다. 다른 말로 하자면 어떤 죄(진짜 죄든 추정적인 죄든 간에)로 인해 매일 고통당함으로써 이미 속죄를 하고 있는 마당에 자살로 자기 자신을 벌줄 필요가 없었던 것이다.

그런데, 무슨 죄인가? 모든 것이 끝났을 때, 우리가 휩쓸려 들어가 있던 체제에 대항해서 아무것도 하지 않았다는, 아니면 충분히 하지 않았다는 인식이 떠올랐다. 라거 내부의, 정확히 말하자면 몇몇 라거들 내부의 실패로 돌아간 저항에 대해서 너무 많이, 너무 가볍게 이야기되었다. 누구보다 해명해야 할 전혀 다른 죄들이 있었던 사람들 쪽에서 그랬다. 저항을 시도했던 사람은 적극적 저항이 가능했던 집단적·개인적 상황들이 존재했다는 것을 안다. 또한 적극적 저항이 불가능했던 상황들이 훨씬 더 일반적이었다는 것도 안다. 특히 1941년에 수백만의 소비에트 군인 포로들이 독일군의 손에 넘어갔다는 것은 잘 알려진 사실이다. 그들은 젊고 일반적으로 영양 상태가 좋았으며 건장했다. 또 군사적·정치적으로 훈련되어 있었고, 종종 계급별로 사병과 부사관, 장교로 구성된 건제부대建制部隊를 이루고 있었다. 소비에트 군인 포로들은 조국을 침략한 독일군을 증오하고 있었다. 그런데도 그들이 저항하는 경우는 드물었다. 영양 부족과 약탈, 그리고 기타 여러 가지 신체적 불편, 이런 것들은 너무나도 쉽게 별 힘 안 들이고 유발시킬 수 있는 것들이고, 나치는 그 방면에서 대가였다. 이런 것들은 즉각적인 파괴력을 가지며, 파괴시키기 전에 먼저 마비시킨다. 격리, 굴욕, 학대, 강제이주를 당하고, 가족 관계가 찢겨지고 세상과의 접촉이 단절될 때는 더더욱 그렇다. 바로 이것이 게토나 임시집결수용소라는 지옥의 전前 단계를 거쳐 아우슈비츠에 상륙한 포로들 대부분이 처한 상황이었다.

그러므로 이성적인 측면에서 보면 그다지 수치스러워할 일은 아닐 것이다. 그래도 수치심은 그대로 남았다. 무엇보다도 저항할 힘과 가능성을 가졌던 사람들의 몇몇 빛나는 본보기 앞에서 그랬다. 이에 대해 나는 『이것이 인간인가』의 「마지막 사람」 장에서 언급했다. 이 장은 무감하고 겁에 질린 포로들 앞에서 한 저항자가 공개 교수형을 당하는 사건을 묘사하고 있다. 이것은 당시에는 우리를 잠깐 스쳐갔다가 '나중에' 되돌아온 생각이다. 즉, 너도 할 수 있었을 텐데, 당연히 너도 했어야 하는데, 라는 생각이다. 그리고 이것은 생환자가 자신의 이야기를 듣고서 사후약방문 식으로 판단을 내리는 사람들(특히 젊은이들)의 두 눈에서 보는, 또는 본다고 믿는 심판이기도 하며, 아니면 사람들이 무자비하게 자신을 향해 내뱉는다고 느끼는 심판이기도 하다. 의식적으로든 아니든 생환자는 스스로를 피고로, 심판받는 사람으로 느끼며 자신을 해명하고 방어해야 할 것처럼 느끼게 된다.

인간적 연대감의 측면에서 실패했다는 자책 또는 비난은 더욱 현실적이다. 동료에게 의도적으로 해를 끼치고 빼앗고 구타한 데 대해 자신이 유죄라고 느낀 생존자들은 소수이다. 그런 일을 한 사람들은(카포들, 그러나 그들만이 아니다) 그 기억을 지운다. 그에 반해 거의 모든 사람들은 도움을 베풀지 않은 데 대해 자신이 유죄라고 느낀다. 더 약하고 더 서툴고 더 나이가 많거나 아니면 너무 어린 옆자리의 동료는 도움을 청함으로써, 또는 단순히 '있다'는 사실(이미 그 자체로 간청하고 있다)만으로 집요하게 괴롭힌다. 그런 동료는 라거에서의 삶에서 늘 존재한다. 연대감을 요구하거나, 인간적인 말이나 충고 한마디를 구하거나, 그저 들어주기라도 바라는 것은 매일 보편적으로 있는 일이었지만, 그런 요구가 충족되는 일은 드물었다. 시간도, 공간도, 개인석인 프라이버시도, 인내심도, 기운도 없었다. 보통 그런 요구를 받는 사람도 자기 입장에서는 도움이 필요한 처지에 있었다.

일종의 안도하는 기분으로, 나는 수용소에 막 도착한 18살짜리 이탈리아 청년에게 용기를 주려고 애썼던 것을 기억한다. 그는 입소 첫 며칠 동안 바닥없는 절망의 늪에 빠져 허우적대고 있었다. 내가 그에게 무슨 말을 했는지는 잊어버렸다. 내 25년 인생과 수용소 연장자로서의 3개월이 주는 권위를 가지고 해준, 분명 희망의 말이나 아마 "신입"을 위한 선의의 거짓말 몇 마디였을 것이다. 아무튼 나는 그에게 잠깐의 관심이라는 선물을 준 것이다. 그러나 또한, 불편한 마음으로, 훨씬 더 자주 다른 요청들 앞에서 참을성 없이 어깨를 으쓱하고 말았던 것을 기억한다. 이것은 내가 수용소에 들어온 지 거의 일 년이 다 되었던 때의 일이었다. 그래서 그즈음 나는 제법 많은 경험을 축적하고 있었다. 그리고 그곳의 주된 규칙, 즉 무엇보다 먼저 자기 자신을 돌보아야 한다는 그 규칙을 완전히 소화하고 있던 때이기도 했다. 나는 이러한 규칙이, 엘라 링엔스 – 라이너의 책『두려움의 포로들』(빅터 골란츠, 런던, 1958)에서만큼 솔직하게 표현된 것을 본 적이 없다(이 책에서 한 여류 박사가 이 규칙을 말하지만, 그녀는 자신의 말과는 반대로 관대하고 용기 있는 모습을 보이며 많은 목숨들을 구해냈다).

내가 아우슈비츠에서 어떻게 살아남을 수 있었느냐고? 나의 원칙은 이것이었다. 첫째도, 둘째도, 그리고 셋째도 내가 먼저라는 것. 그 다음은 아무것도 없다. 그 다음은 다시 나. 그러고 나서 다른 모든 사람들이라는 것이다.

1944년 8월, 아우슈비츠는 아주 무더웠다. 불볕더위가 내리쬐었고 열대성 바람이 비행기 폭격으로 부서진 건물들에서 먼지 구름을 일으켰다. 뜨거운 열기가 우리의 몸에서 땀을 말렸고 우리 혈관 속의 피를 걸쭉하게 만들었다. 우리 작업반은 한 창고에 무너진 벽의 잔해를 치우도록 보내졌다. 우리 모두는 갈증으로 괴로워하고 있었다. 갈증은 배고픔이라는 오래된 고통에 더해지는, 아니 배가되는 새로운 고통이었다. 수용소에도, 작업장에도 마실 수 있는 물은 없었다. 그즈음에는 마실 수는 없지만 몸의 먼지를 씻어내고 몸을 식히기에는 좋은 세탁실의 물조차 자주 부족했다. 기본적으로는 저녁에 나오는 죽과 오전 10시경에 배급되는 커피 대용품으로 갈증을 해소하기에 충분했다. 그러나 이제는 더 이상 그것으로 충분하지 않았고 갈증은 우리를 괴롭혔다. 갈증은 배고픔보다 더 시급한 문제이다. 배고픔은 신경神經에 복종하고 이따금 멈추기도 한다. 또 벅찬 감정이나 고통, 두려움 등에 의해 일시적으로 묻힐 수 있는 문제이다(우리는 이것을 이탈리아로부터 떠나올 때 기차 여행을 하면서 깨달았다). 그런데 갈증은 그렇지 않다. 갈증은 숨 돌릴 틈을 주지 않는다. 배고픔은 기진맥진하게 만들지만 갈증은 광폭하게 만든다. 그 당시에 갈증은 밤이고 낮이고 우리를 따라다녔다. 낮에는 정돈 상태(강박적인 독일식 정돈 상태가 우리는 싫었지만, 그래도 정돈된 상태로 유지되던 작업장은 논리적이고 확실한 것들의 장소였다)가 산산이 깨져버린 대혼란의 작업장에서 그랬고, 밤에는 환기가 안 되는 막사에서, 골백번도 더 들이마신 공기로 숨이 턱턱 막히는 동안에 그랬다.

카포가 잡동사니들을 치우도록 내게 할당한 곳은 창고의 구석자리였다. 이곳은 설치 중에 폭격으로 파손된 화학 설비들이 차지하고 있는 넓은 방 옆이었다. 수직의 벽을 따라 2인치짜리 파이프가 있었는데 바닥의 약간 위에서 끝나는 파이프에는 수도꼭지가 붙어 있었다. 수도관인가? 수도꼭지를 한번 돌려보았다. 나는 혼자였고 아무도 나를 보지 못했다. 수도꼭지는 꽉 잠겨 있었지만 돌을 망치 삼아 수도꼭지를 몇 밀리미터 돌리는 데 성공했다. 수도꼭지에서 물방울이 흘러나왔다. 냄새도 없었다. 나는 손가락을 모아 물방울을 모았다. 정말 물인 것 같았다. 담을 용기가 없었다. 물방울은 수압을 느낄 수 없게 천천히 흘러나왔다. 파이프에는 절반 정도만 물이 차 있는 것이 분명했다. 1리터쯤, 어쩌면 그것에도 못 미칠 것 같았다. 나는 그 물을 당장에 몽땅 마셔버릴 수도 있었다. 어쩌면 그것이 가장 확실한 방법이었다. 아니면 내일을 위해 좀 남겨둘 수도 있었다. 또 알베르토와 절반씩 나눌 수도 있었다. 그것도 아니면 작업반의 모든 동료들에게 비밀을 털어놓을 수도 있었다.

나는 세 번째 방법을 택했다. 오래전에 내 친구 하나가 "우리주의"라고 딱 맞게 이름붙인 이기주의가 가장 가까운 사람에게 확장된 것이었다. 우리는 그 물을 모두 마셨다. 찔끔찔끔 한 모금씩, 수도꼭지 밑에 번갈아가며, 우리 단 둘이서만 몰래 마셨다. 그러나 수용소로 돌아오는 행진길에 시멘트 가루로 온통 회색이 된 다니엘레가 내 옆에 서게 되었다. 그의 입술은 갈라지고 두 눈은 반짝이고 있었다. 나는 죄책감을 느꼈다. 알베르토와 눈짓을 교환하고는 단번에 서로를 이해했다. 아무도 보지 못했기를 우리는 바랐지만 다니엘레는 그 이상한 자세로, 벽의 잔해더미 가운데서 등을 바닥에 대고 누워 있는 우리를 흘끗 보았던 것이다. 다니엘레는 뭔가 의심했고, 결국 짐작했다. 수개월이 지나, 해방 뒤 백러시아에서 다니엘레는 굳은 목소리로 내게 그 일에 대해 말했다. 왜 너희 둘은 되고 나는 안 되지? 그것은 다시 떠오른 '일반인의' 도덕률이었다. 오늘날 자유로운 인간인 내가 보기에 이것은 잔인한 카포가 내리는 끔찍한 사형선고와 별반 다르지 않다. 아무런 변명도 하지 못하고 조용히, 지우개질 한

가라앉은 자와 구조된 자

번으로 생과 사가 결정되는 것이다. 뒤늦은 수치심은 합리화될 수 있을까, 없을까? 그 당시에도 나는 답하지 못했고 지금도 답하지 못하고 있지만, 수치심은 있었고 여전히 있다. 구체적이고, 무겁고, 영구적인 수치심 말이다. 다니엘레는 이제 죽고 없다. 그러나 우애 있고 애정 어린 우리 생환자 모임에서 하지 못한 그 행동, 나누지 못한 물 한 컵의 장막은 '큰 대가'를 요구하며 우리 사이에 투명하게 놓여 있었다. 비록 겉으로 드러나진 않았지만 우리는 그것을 분명하게 느낄 수 있었다.

도덕률을 바꾸는 것은 언제나 대가가 크다. 모든 이단자들과 변절자들, 반체제 인사들은 이것을 잘 알고 있다. 우리는 더 이상 당시의 도덕률에 따라 행한 우리의 행동과 타인의 행동을 오늘날의 도덕률을 바탕으로 판단할 능력이 없다. 그러나 라거를 경험한 적이 없는 '타인들' 중 누군가가 우리를 '변절자'로, 더 정확히 말해 재전향한 사람들로 비난할 자격이 있다고 여기는 데 대하여 우리가 느끼는 분노는 내가 보기에 정당한 것 같다.

다른 사람 대신에 살아남았기 때문에 부끄러운가? 특히, 나보다 더 관대하고, 더 섬세하고, 더 현명하고, 더 쓸모 있고, 더 자격 있는 사람 대신에? 그런 생각을 떨쳐버릴 수가 없다. 그래서 자신을 찬찬히 검토하고, 자신의 기억들을 모두 되살릴 수 있기를 바라면서 또 그 기억들 중 무엇도 가면을 쓰고 있거나 위장하고 있지 않기를 바라면서 스스로를 점검해본다. 그런데 아니다. 명백한 범법행위를 발견하지 못한다. 누구의 자리를 빼앗은 적도 없고, 누구를 구타한 적도 없으며(그럴 힘이라도 있었겠는가?), 어떤 임무를 받아들인 적도 없고(맡겨지지도 않았지만……), 그 누구의 빵도 훔친 적이 없다. 그럼에도 그런 생각을 떨쳐버릴 수가 없다. 각자가 자기 형제의 카인이라는 것, 우리 모두가(나는 이번에는 매우 광대한, 아니 보편적인 의미에서 "우리"라고 한다) 자기 옆 사람의 자리를 빼앗고 그 사람 대신에 산다는 것은 하나의 상상, 아니 의심의 그림자에 불과하다. 그러나 이와 같은 상상이 우리의 정신을 갉아먹는 것이다. 좀벌레처럼 우리 머릿속 깊숙이 자리 잡고 들어앉아 갉아먹으며 귀에 거슬리는 소리를 낸다.

수용소 생활에서 돌아온 뒤, 나보다 나이가 많은 한 친구가 나를 보러왔다. 온화하면서도 비타협적이고 자신의 종교를 수양하는 사람이었다. 내게는 그의 종교가 언제나 엄격하고 심각하게만 보였다. 그는 살아있는 나를 다시 보게 된 것을 기뻐했다. 일단 다치지 않았고, 전보다 더 성숙해지고 강인해졌으며 확실히 풍요로워진 것 같은 모습에도 기뻐했다. 그는 내가 살아남은 것이 우연일 리가 없고 (내가 주장했고 지금까지도 주장하듯이) 운 좋은 상황들이 축적되어 일어난 일일 리가 없다고 말했다. 오히려 신의 섭리에 의한 일이라고 했다. 나는 표식을 받은 사람이고 선택받은 자라는 것이었다. 신앙심이 없는 내가, 아우슈비츠의 세월을 보낸 뒤에는 신앙심을 더 잃어버린 내가 은총을 입은 사람이고 구원받은 사람이라는 것이었다. 왜 하필 저조? 그것은 알 수 없다고 그는 내게 대답했다. 아마도 내가 글을 쓰도록, 글을 써서 증언을 하도록 하기 위함일 것이라고 했다. 아닌 게 아니라 나는 그 당시 1946년에 내 포로생활에 대한 책 한

권을 쓰고 있지 않았던가?

이러한 견해가 내게는 기괴해 보였다. 나는 겉으로 드러난 신경이 건들린 것처럼 고통스러웠고, 앞서 말했던 의심이 되살아났다. '다른 사람 대신에, 다른 사람을 희생하여 내가 살아있는 것일 수도 있다, 다른 사람의 자리를 빼앗은 것일 수도, 그러니까 사실상 죽인 것일 수도 있다.' 라거의 '구조된 자들'은 최고의 사람들, 선한 운명을 타고난 사람들, 메시지의 전달자들이 아니었다. 내가 본 것, 내가 겪은 것은 그와는 정반대임을 증명해주었다. 오히려 최악의 사람들, 이기주의자들, 폭력자들, 무감각한 자들, '회색지대'의 협력자들, 스파이들이 살아남았다. 확실한 원칙은 아니었지만(인간사에서 확실한 원칙이란 없었고, 또 없다) 그래도 원칙이었다. 나는 물론 내가 무죄라고 생각하고 있었지만, 구조된 사람들 무리에 어쩌다 섞여 들어간 것처럼 느꼈다. 그래서 내 눈앞에서, 남들의 눈앞에서 끝없이 스스로를 정당화하려고 애쓰고 있다고 느꼈다. 최악의 사람들, 즉 적자適者들이 생존했다. 최고의 사람들은 모두 죽었다.

크라코비아의 시계상이자 신실한 유대인이었던 하임은 죽었다. 그는 외국인인 나에게 언어의 어려움에도 나를 이해하고 자신을 이해시키려고 노력하면서, 사악함으로 가득한 첫 며칠의 고비에서 수용소의 기본적인 생존 법칙들을 설명해주려고 애썼다. 과묵한 헝가리 농부 사보도 죽었다. 키가 거의 2미터여서 누구보다도 배가 고팠지만, 기력이 있는 한 더 쇠약한 동료들이 밀고 당기는 것을 도와주는 데 주저함이 없었다. 그리고 자신의 주위로 용기와 믿음을 발산하던 소르본느 대학의 교수 로베르도 죽었다. 5개 국어를 할 줄 알았던 그는 자신의 놀라운 기억 속에 모든 것을 기록하려 애썼고 만약 살아남았다면 내가 답할 수 없는 여러 의문들에 답을 주었을 것이다. 그리고 리보르노 항구의 부두 하역부였던 바루크도 죽었다. 첫날 바로 죽었는데, 처음 날아온 주먹에 주먹으로 답했기 때문이다. 연합한 세 명의 카포들에게 살해당했다. 이들과 다른 수많은 사람들은 자신들의 용기에도 불구하고 죽은 것이 아니라 자신들의 용기 때문에 죽은 것이다.

신앙심이 깊은 그 친구는 내가 증언하기 위해 살아남은 것이라고 말했다. 나는 할 수 있는 최대한으로 증언을 했다. 그리고 그러지 않을 수 없었던 것이다. 매번, 기회가 있을 때마다 나는 아직도 증언하고 있다. 그러나 이러한 나의 증언이 생존의 특권을, 그리고 큰 문제 없이 여러 해를 사는 특권을 내게 가져다준 것일 수도 있다는 생각은 나를 괴롭힌다. 왜냐하면 특권에 걸맞는 결과가 보이지 않기 때문이다.

반복하지만 진짜 증인들은 우리 생존자가 아니다. 이것은 불편한 개념인데, 다른 사람들의 회고록을 읽고 여러 해가 지난 뒤 내 글들을 다시 읽으면서 차츰차츰 인식하게 된 것이다. 우리 생존자들은 근소함을 넘어서 이례적인 소수이고, 권력 남용이나 수완이나 행운 덕분에 바닥을 치지 않은 사람들이다. 바닥을 친 사람들, 고르곤[3]을 본 사람들은 증언하러 돌아오지 못했고, 아니면 벙어리로 돌아왔다. 그러나 그들이 바로 "무슬림들", 가라앉은 자들, 완전한 증인들이고,

---

3 그리스 신화에 등장하는 끔찍한 모습의 세 자매 괴물, 스텐노, 에우리알레, 메두사. 그중 메두사는 고르곤을 대표하는 존재로 인식되었는데, 그 얼굴을 본 사람은 돌이 되었다고 한다.

자신들의 증언이 일반적인 의미를 지녔을 사람들이다. 그들이 원칙이고 우리는 예외이다. 또 다른 하늘 아래에서 비슷하면서도 다른 노예생활을 경험하고 돌아온 솔제니친도 그 점에 주목했다.

장기 복역자들, 생존자이기 때문에 당신들이 축하하는 그 사람들 거의 대부분은 두말할 나위 없이 **프리두르키**_pridurki_거나 수감생활 대부분의 시간 동안 프리두르키였다. 왜냐하면 라거는 절멸을 위한 것이기 때문이다. 이 점을 잊어서는 안 된다.

저 다른 수용소 세계의 언어에서 **프리두르키**는 어떤 식으로든 특권의 지위를 획득한 포로들로, 우리 쪽에서는 프로미넨테라고 불리는 사람들이다.

행운의 손길을 받은 우리는 크든 작든 지혜를 가지고 자신의 운명뿐만 아니라 다른 사람들, 정확히 말해 가라앉은 사람들의 운명에 대해 이야기하려고 노력했다. 그러나 그것은 '제3자를 대신한' 이야기, 자신이 직접 체험한 것들이 아니라 가까이서 본 것들에 대한 이야기였다. 최후의 말살, 그 완결된 작업에 대해서는 아무도 말하지 않았다. 자신의 죽음에 대해 말하기 위해 돌아온 사람이 아무도 없었던 것처럼 말이다. 가라앉은 사람들은 설령 종이와 펜이 있었다 하더라도 증언하지 못했을 것이다. 왜냐하면 그들의 죽음은 육신의 죽음에 앞서 시작되었기 때문이다. 죽기 수주, 또는 수개월 전에 그들은 이미 관찰하고, 기억하고, 가늠하고, 표현하는 능력을 잃었다. 그들 대신, 대리인으로서 우리가 말하고 있는 것이다.

우리의 이러한 작업이 말하지 못하게 된 사람들에 대한 일종의 도덕적 의무감 때문인지, 아니면 그들에 대한 기억으로부터 해방되기 위해서인지는 잘 모르겠다. 그러나 강력하고 지속적인 **충동** 때문에 이 일을 하고 있는 것은 확실하다. 나는 (우리의 얽히고설킨 복잡한 문제에 직업적 열정으로 뛰어든) 정신분석학자들이 이러한 충동에 대해 설명할 능력이 있다고는 믿지 않는다. 그들의 지식은 "바깥에서", 단순히 말해 우리가 민간이라 부르는 세상에서 구축되고 시험된 것이다. 그들은 그 속에서 충동에 대한 현상들을 추적하고 설명하려 하며, 또 일탈을 연구하고 고치려 한다. 그들의 해석은 대략적이고 단순화된 것으로 보인다. 내가 보기에는 브루노 베텔하임Bruno Bettelheim과 같이 라거의 시련을 겪은 사람의 해석 또한 마찬가지다. 마치 평면기하학의 정리들을 구면 삼각형의 해법에 적용하려는 것처럼 보인다. 해프틀링Häftling(죄수)의 사고 기제는 우리의 그것과 다르다. 이와 병행하여 신기하게도 해프틀링의 생리학과 병리학역시 우리와 다르다. 라거에서는 감기와 인플루엔자가 발생하지 않았다. 그러나 의사들이 한 번도 연구할 기회를 갖지 못한 질병들 때문에 포로들이 종종 갑자기 죽기도 했다. 위궤양이나 정신질환은 치유가 되었다(또는 증상이 없어졌다). 하지만 끊임없이 잠을 설치게 하는 이름 모를 불편함 때문에 모두가 시달렸다. 그것을 "노이로제"라고 정의하는 것은 너무 환원주의적이고 우스꽝스럽다. 차라리 「창세기」 2절에서 메아리 되어 울리는 인간 본연의 불안으로 보는 것이 더 적절할지도 모르겠다. 각자의 마음속에 새겨진 "혼돈"에 대한 불안, 성령 아래 짓눌린, 인간의 영은 아직 태어나지 않았거나 이미 소멸되어 존재하지 않는, 아무도 없이 텅 빈 우주에 대한 불안 말이다.

또 다른 좀 더 광범위한 수치심이 있다. 곧 세상에 대한 수치심이다. 존 던John Donne은 "어느 누구도 섬은 아니다"[4](적절히든 아니든 수없이 인용되고 있다)라며, 모두에게는 각자의 죽음의 종이 울린다고 기억할 만한 말을 남겼다. 그러나 타인과 자신의 죄 앞에서 그 죄를 보지 않도록, 그래서 느낄 수 없도록 등을 돌리는 사람들이 존재한다. 히틀러 치하의 12년간, 보지 않는 것이 모르는 것이며 모르는 것이 공모와 묵인에 대한 자신들의 부담을 덜어줄 것이라는 환상 속에서 대부분의 독일인들이 그렇게 행동했다. 그러나 자발적인 무지의 장막, 곧 T. S. 엘리엇이 말한 "부분적인 피신"partial shelter이 우리 포로들에게는 허용되지 않았다. 우리는 보지 않을 수 없었던 것이다. 과거와 현재의 고통의 바다는 우리를 둘러싸고 있었고, 그 수면은 해가 갈수록 거의 우리를 잠기게 할 정도로 차올랐다. 눈을 감거나 등을 돌리는 일은 소용없었다. 왜냐하면 그 고통의 바다는 온통 주위에, 수평선 끝까지 온 사방에 있었기 때문이다. 섬이 되는 것은 우리에게 불가능한 일이었고 우리가 원하지도 않는 일이었다. 우리 가운데 의로운 사람들은(더도 덜도 아니고, 여느 인간 집단에 있는 딱 그만큼 존재했다) 자신들이 아닌 타인들이 저지른 잘못 때문에, 그리고 자신들이 거기에 연루됐다는 생각 때문에 가책과 수치심이라는 고통을 느꼈다. 왜냐하면 자신들의 주위와 눈앞, 그리고 내부에서 일

---

4 "No man is an island". 17세기 영국 형이상학파의 대표 시인 존 던의 시 「누구를 위하여 종은 울리나」 중 일부.

어난 일이 돌이킬 수 없는 것이라고 느꼈기 때문이다. 그것은 결코 씻어낼 수 없을 것이다. 이는 인간 종, 곧 우리는 엄청난 고통을 만들어낼 수 있는 잠재력을 가지고 있으며, 그 고통은 어떤 비용이나 노력도 필요치 않은, 무에서 생겨나는 유일한 힘이라는 것을 증명한다. 보지 않고, 듣지 않고, 아무것도 하지 않는 것만으로도 충분한 것이다.

우리는 종종 '아우슈비츠'가 다시 돌아올 것인지 질문을 받는다. 마치 우리의 과거가 우리에게 예지력을 주기라도 한 것처럼. 다시 말해 일방적이고, 체계적이고, 기계화된 또 다른 대량학살, 정부 수준에서 의도되고, 무방비 상태의 무고한 사람들에게 자행되는, 그리고 경멸이라는 원칙에 의해 합법화되는 또 다른 대량학살이 일어날 수 있겠느냐는 것이다. 다행히 우리는 선지자가 아니지만 무언가는 말할 수 있을 것이다. 서방 세계에는 거의 무시된 유사한 비극이 1975년경 캄보디아에서 일어났다는 사실 말이다.[5] 독일의 학살은 많지 않은 몇 가지 요소들, 각각은 필수불가결하지만 혼자서는 충분치 않은 그 요인들의 조합(전쟁 상태, 독일의 조직적이고 기술적인 완벽주의, 히틀러의 의지와 뒤틀린 카리스마, 독일 사회에 민주주의의 단단한 뿌리가 없었다는 점)과 노예제도에 대한 열망, 정신의 빈약함으로 인해 촉발될 수 있었다. 그 후 이것들 스스로가 자양분이 되었다. 이러한 요인들은 다시 재현될 수 있으며, 부분적으로는 이미 전 세계 곳곳에서 재현되고 있다. 10년 또는 20년 안에(더 먼 미래에 대해 말하는

---

5 1975~1979년 사이, 민주 캄푸차 정권 시기에 크메르 루즈라는 무장단체가 저지른 학살. 킬링필드로 알려진 이 학살로 3년 7개월간 200만 명의 캄보디아 국민들이 희생당했다.

가라앉은 자와 구조된 자 3. 수치

것은 무의미하다) 이 모든 요인들이 재조합되는 일은 그다지 있을 법하지 않지만 불가능한 일도 아니다. 내 생각에 대량학살은, 특히 서방세계와 일본, 그리고 소련에서도 일어나긴 힘들 것 같다. 제2차세계대전의 라거가 여전히 많은 사람들의 기억 속에 존재하며(국민적 차원에서든 정부 차원에서든), 내가 앞서 말한 수치심과 같은 일종의 면역 방어체계가 작동하고 있기 때문이다.

세상의 다른 곳들에서 또는 나중에 일어날 수 있는 일들에 대해서는 판단을 유보하는 편이 좋을 것이다. 그리고 내가 택한 주제를 넘어서는 것이지만, 핵무기의 대재앙(분명히 쌍방 간에 일어나며 아마도 즉각적이고 결정적인 위기를 가져올 것이다)은 더 크고 전혀 다른, 생소하고 새로운 공포이다.

4 소통하기

1970년대에 크게 유행한 "소통불가능성"이라는 용어를 나는 한 번도 좋아한 적이 없다. 첫째, 이 용어가 언어적 괴물이기 때문이고, 둘째는 좀 더 개인적인 이유 들 때문이다.

오늘날 정상적인 세상, 곧 우리가 때때로 '문명화 된' 또는 '자유 로운'이라는 수식어로 관례적이고 대조적으로 표현하는 세상에서 는 총체적인 언어장벽과 충돌하는 일이 거의 일어나지 않는다. 우리 가 어떤 사람과 목숨을 걸고 반드시 소통해야 하는데 그러지 못하는 경우란 거의 일어나지 않는다. 영화 《붉은 사막》에서 안토니오니 감 독은 이에 대해 유명하지만 불완전한 예를 보여주었다. 여자 주인공 이, 모국어 외에는 한마디도 못하는 터키인 선원을 밤에 만나 자신 의 말을 이해시키려고 애쓰지만 허사에 그치는 이야기이다. 완벽한 예가 아닌 이유는 양쪽 다, 곧 선원 쪽에서도 소통의 의지는 있기 때 문이다. 아니면 적어도 접촉을 거부할 의사는 없기 때문이다.

가라앉은 자와 구조된 자

내가 보기에는 경솔하고 짜증나는 이론이지만, 그 당시에 유행한 한 이론에 따르면 "소통불가능성"은 인간의 조건 속에, 특히 산업사회의 삶의 방식 속에 내재하는 빠질 수 없는 요소이고 종신형과도 같은 것이라고 한다. 우리는 단자單子들이고 상호 메시지를 주고받는 능력이 없거나 단지 토막 난 메시지만을(출발 시 거짓이고 도착 시 곡해되는) 주고받을 줄 안다는 것이다. 담화는 허구이고, 순전한 소음이며 실존적 침묵을 덮어버리는 도색된 장막이다. 그러니, 오호 통재라, 우리가 짝을 지어 산다 해도(또는 그렇다면 특히 더) 외롭다는 것이다. 내가 보기에 이러한 한탄은 정신적 나태함에서 비롯된 것이며, 그 나태함을 분명하게 보여주는 것이다. 물론 위험스런 악순환 속에 정신적 나태함을 조장하기도 한다. 병리학적 무능력의 경우를 제외하면, 의사소통은 할 수 있고 또 해야 한다. 의사소통은 타인의 평화와 자기 자신의 평화에 기여하는 쉽고도 유용한 방식이다. 왜냐하면 신호의 부재인 침묵은 그 자체가 하나의 신호이지만 모호하고, 모호함은 불안과 의심을 낳기 때문이다. 의사소통의 가능성을 부정하는 것은 거짓이다. 의사소통은 언제나 가능한 것이다. 의사소통을 거부하는 것도 잘못이다. 우리는 생물학적으로 또 사회학적으로 의사소통에 대한 성향을, 특히 언어라는 고도로 진화되고 숭고한 형태의 의사소통의 성향을 갖고 있기 때문이다. 모든 인간은 말을 한다. 그러나 인간이 아닌 그 어떤 종도 말을 할 줄 모른다.

의사소통의 측면에서도, 아니 오히려 의사소통의 결여라는 측면에서도 우리 생존자들의 경험은 특이하다. 추위, 배고픔 또는 피로에 대해 누군가가(특히 자식들이!) 말할 때 참견하는 것은 우리의 고

약한 습관이다. 너희가 뭘 알아? 우리가 경험한 것을 너희가 겪어봤어야 하는데. 취향이 점잖다거나 좋은 이웃이라는 이유로 우리는 허풍선이식의 이러한 말참견의 유혹에 보통은 저항하려고 애쓴다. 그럼에도 나로서는, 의사소통의 부재 또는 불가능에 대해 말하는 것을 듣게 되는 바로 그때에는 이러한 유혹을 거부하기 힘들다. "우리가 경험한 것을 너희가 겪어봤어야 하는데"라고 말이다. 그것은, 예컨대 핀란드나 일본에 간 여행객의 경험과는 비교할 수도 없다. 자신과 다른 언어를 쓰지만 직업적으로 (또는 마음에서 우러나와서라도) 친절하게 선의를 가지고서, 자신의 말을 이해하려고 애쓰고 도와주려고 하는 대화 상대자와 마주하는 그런 경험 말이다. 모든 것을 제쳐두고라도, 영어 몇 마디쯤 더듬댈 줄 모르는 사람이 전 세계 구석 어디 있단 말인가? 그리고 여행객의 요구사항은 많지도 않고 늘 그게 그거다. 그러니 해결하기 어려운 문제는 드물고 '서로 못 알아듣는 것'이 심지어 하나의 놀이처럼 되기도 한다.

물론 100년 전에 미국으로 건너간 이탈리아 이민자나, 오늘날 독일 또는 스웨덴으로 가는 터키인, 모로코인, 파키스탄인 이민자의 경우는 훨씬 더 극적이다. 이것은 더 이상 여행사가 사전 답사한 노정을 따라 예상대로 흘러가는 짧은 탐험의 문제가 아니다. 어쩌면 최종적인 이식移植의 문제이다. 좀처럼 단순하지 않은 일을 해야 하는 현장으로 들어가는 것으로, 여기서는 말로든 글로든 반드시 이해가 필요한 것이다. 또한 집 주변의 이웃들, 가게 점원들, 직장 동료들, 상사들과 반드시 인간관계를 맺어야 한다. 일터에서 길에서 바에서, 관습이 다르고 종종 적대적인 외국인들과 인간관계를 맺어야

가라앉은 자와 구조된 자

하는 것이다. 그럼에도 이들을 위한 구제수단은 반드시 존재한다. 자본주의 사회는 자신의 이윤이 "이주 노동자"의 적응과 복지에 폭넓게 일치한다는 것을 이해할 만큼 똑똑하다. 결국 그것이 이주 노동자의 산출 성과를 좌우하기 때문이다. 이주 노동자에게는 가족을, 즉 조국의 일부를 데려가는 것이 허용되고, 좋든 나쁘든 숙소를 마련해주며, 그들은 어학교를 다닐 수 있다(때로는 그래야만 한다). 또 기차에서 내린 벙어리에 귀머거리는 도움의 손길을 받는다. 비록 사랑의 손길이나 대단한 도움이 아닐지라도. 그리고 빠른 시간 안에 다시 언어능력을 획득한다.

우리는 더 극단적인 방식으로 소통불가능성을 경험했다. 내가 말하는 것은 특히, 이탈리아인, 유고슬라비아인, 그리스인 강제이송자들에 대한 것이다. 좀 더 작은 규모로는 프랑스인 강제이송자들에 대한 것으로, 이들 중에는 폴란드계나 독일계가 다수를 차지했다(몇몇은 알자스 지방 출신이어서 독일어를 잘 알아들었다). 또한 농촌 출신의 수많은 헝가리 강제이송자들에 대한 것이기도 하다. 우리 이탈리아 이송자들에게 언어장벽의 충돌은 이미 강제이송 이전에 극적으로 일어났다. 아직 우리가 이탈리아에 있을 때, 이탈리아 보안국 관리들이 마지못해 SS 당국에 우리를 넘겨주던 바로 그 순간에 말이다. 1944년 2월, SS는 모데나 지방 포솔리 임시집결수용소의 관리권을 인계받았다. 우리는 검은 패치를 단, 경멸을 드러내던 남자들과의 첫 접촉에서부터 독일어를 아느냐 모르느냐가 생존의 분수령이 된다는 것을 곧바로 알아차렸다. 그들의 말을 알아듣고 또박또박 대답하는 사람은 인간관계 비슷한 것을 구축할 수 있었다. 그러나 그들의 말을 알아듣지 못하는 사람에게 검은 남자들은 무시무시하고 경악을 금치 못할 방식으로 반응했다. 사람들이 복종하리라는 것을 알고 있는 자의 차분한 목소리로 명령은 내려졌고, 분노에 찬 목소리로 똑같은 명령이 크게 반복되었으며, 그 다음에는 목청껏 지르는 고함으로 바뀌었다. 마치 귀머거리에게 하듯이, 더 정확하게는 메시지의 내용보다 음조에 더 민감한 가축에게 하듯이 말이다.

만약 누군가가 머뭇거리면(모두가 머뭇거렸다. 말도 알아듣지 못했고 또 공포에 사로잡혀 있었기 때문에) 주먹세례를 퍼부었고, 이것이 같은 언어의 다른 형태라는 것은 자명한 일이었다. 생각을 소통하기 위해 언어능력을 구사하는 것, 곧 인간을 인간이게끔 하는 필요충분의 기제는 여기서 더 이상 사용되지 않았다. 그것은 저들에게 우리가 더 이상 인간이 아니라는 하나의 신호였다. 소나 노새가 그러하듯, 우리에게는 고함이나 주먹질이나 근본적으로 아무런 차이가 없었다. 말을 뛰거나 서게 하거나 방향을 돌리게 하는 것, 고삐를 당기고 푸는 것은 말과 합의를 볼 일이 아니며, 자세한 설명을 해 줄 필요도 없는 것이다. 다양하게 배합된, 그러나 뜻은 한 가지인 몇 가지 신호들의 모음이면 충분하다. 그 신호들이 청각적인 것이든, 촉각적인 것이든, 시각적인 것이든 별로 중요치 않다. 고삐 당기기, 박차 가하기, 고함, 몸짓, 채찍 소리, 입술로 휙 부르는 소리, 어깨 툭툭 치기 모두 다 괜찮다. 말에게 말을 하는 것은 혼자 말하는 것처럼 바보 같은 짓이거나 우스꽝스럽고 감상적인 짓이다. 그래봤자 말이 뭘 알아듣는단 말인가? 마르자렉은 자신의 저서 『마우트하우젠』(라 피에트라 출판사, 밀라노, 1977)에서, 아우슈비츠보다 훨씬 더 여러 언어를

가라앉은 자와 구조된 자

쓰는 이 라거에서 고무채찍을 **"데어 돌메쳐"***der Dolmetscher*, 즉 모두가 자신의 말을 알아듣도록 하는 사람인 통역자라 불렀다고 이야기한다.

사실 교양 없는 사람은 (그리고 히틀러의 독일인들은, 특히 SS 군은 무서울 정도로 교양이 없었다. 그들은 "계발되지" 않았던 것이다) 자신의 언어를 이해하지 못하는 사람과 **그냥** 이해하지 못하는 사람을 정확히 구별할 줄 모른다. 젊은 나치스트들에게 세상에는 오로지 하나의 문명, 곧 독일 문명만이 존재한다는 생각이 머릿속에 단단히 주입되어 있었다. 따라서 과거의 것이든 현재의 것이든 다른 모든 문명들은 오직 그 자체 내에 독일적 요소를 담고 있는 한에서만 그들에게 받아들여질 수 있었다. 그러므로 독일어를 이해하지 못하고 말하지 못하는 사람은 정의상 야만인이었다. 만약 포로가 자신의 언어로, 아니 자신의 비非언어로 표현하려고 고집스레 애쓴다면 몽둥이질을 해서 입을 다물게 하고, 밀고 당기고 운반하는 등의 일을 하는 제자리에 갖다 놓을 필요가 있었다. 왜냐하면 그들은 **맨쉬***Mensch*, 곧 인간이 아니었기 때문이다. 적절한 일화 하나가 떠오른다. 대부분 이탈리아인, 프랑스인, 그리스인으로 구성된 작업반에 초보 카포 한 명이 있었다. 그는 작업장에서 SS 감독반에서 가장 무서운 사람 중 하나가 자신의 등 뒤로 다가오는 것을 알아차리지 못했다. 그는 휙 하고 몸을 돌리고는 완전히 당황하여 차렷 자세를 하더니 정해진 **멜둥***Meldung*(보고)을 시작했다. "83부대, 42명." 당황하여 허둥대면서 그가 한 말은 정확히 "츠바이운트피어치히 만"zweiundvierzig Mann(42명), 곧 "사람들"이었다. SS 군인은 무뚝뚝하고 아버지 같은 목소리로 그의 말을 교정해주었다. 그렇게 말하는 게 아니지, "츠바 이운트피어치히 해프트링에"zweiundvierzig Häftlinge(42 해프틀링)라고 하는 거야. 그는 젊은 카포이므로 용서받을 수 있지만, 하는 일과 사회적 관습과 위계적 거리를 제대로 배워야 한다는 것이었다.

이렇게 "말을 안 해주는 것"은 신속하고 파괴적인 효과를 나타냈다. 자신에게 말을 하지 않거나 발음도 분명치 않은 고함을 질러대는 사람에게는 감히 말을 붙이기가 어렵다. 만약 운 좋게도 누군가 같은 언어를 하는 사람이 곁에 있다면, 정말로 다행스러운 일이다. 자신의 느낌을 교환할 수 있고, 그와 상의하고 속 이야기를 할 수 있을 테니까. 만약 아무도 없다면, 며칠 지나지 않아 말은 말라버리고 말과 함께 생각도 말라버린다.

게다가 당장에 명령과 금지 사항들을 이해하지 못하고, 어떤 것들이 쓸데없고 조롱하는 지침인지, 또 어떤 것들이 핵심적인 지침인지 해독하지 못한다. 요컨대 텅 빈 공동空洞 속에 있게 되며, 의사소통이 정보를 만든다는 것과 정보 없이는 살 수 없다는 것을 온몸으로 대가를 치르고 깨닫게 된다. 독일어를 모르는 포로들 대부분은, 그러니까 거의 모든 이탈리아인들은 도착한 지 10~15일 안에 죽었다. 언뜻 보기에는 굶주림과 추위, 피로, 병 때문인 것 같지만, 좀 더 조심스럽게 살펴보면 정보의 부족이 주된 이유였다. 만약 그들이 자신보다 먼저 들어온 동료들과 소통할 수 있었다면 좀 더 잘 대처할 수 있었을 것이다. 옷가지와 신발, 불법적인 음식물을 구하는 것을 우선적으로 배웠을 것이고, 더 고된 노동을 피하는 법, SS 군인과의 치명적인 접촉을 피하는 법을 배웠을 것이다. 또한 불가피한 질병들을 결정적인 실수 없이 관리하는 법을 배웠을 것이다. 그들이 죽지 않았을 것이라고 말하려는 것이 아니다. 하지만 좀 더 오래 살 수 있었을 것이고, 또 잃었던 기반을 회복할 가능성이 더 많았을 거라는 점을 얘기하고 싶은 것이다.

우리 생존자들 가운데는 다국어 사용자가 드물었다. 모두의 기억 속에 라거에서의 첫 며칠은 초점도 맞지 않는 광란의 영화 같은 형태로 각인되어 있다. 시끌벅적하고 분노로 가득한 소리들이 넘쳐나지만 무의미한 영화. 귀청이 터질 듯한 배경 소리에 잠겨 허우적대는, 이름도 얼굴도 없는 사람들의 난리법석. 그럼에도 그 위로 인간의 말은 떠오르지 않는 영화. 잿빛과 검은빛의 영화, 유성영화인데도 말이 없는 영화.

나는 나 자신과 다른 생환자들로부터 이러한 텅 빈 공동의 기이한 효과와 의사소통의 필요성을 확인했다. 40년이 지난 후에도 우리는 당시에도 몰랐고 나중에도 배우지 못한 언어들로—예를 들어 내 경우에는 폴란드어나 헝가리어—우리 주변에서 오고가던 그 낱말들과 문장들을 순전히 음향의 형태로 기억하고 있다. 오늘날까지 나는 어떤 막사의 근무 당번표에서 내 앞에 있던 포로의 수인번호(내 수인 번호가 아니라)를 헝가리어로 어떻게 발음했는지 기억하고 있다. 아이들의 알아들을 수 없는 말처럼 조화롭게, "스테르지쉬 스테리"(이 두 단어가 '44'를 의미한다는 것을 이제는 안다) 비슷한 소리로 끝나는 얽히고설킨 음들의 실타래였다. 사실 그 막사에서는 죽을 나누어주는 사람도, 포로들의 대부분도 폴란드인이어서 폴란드어가 공식언어였다. 자신의 번호가 불릴 때에는 순서를 놓치지 않도록 반합을 들고 만반의 준비가 되어 있어야 한다. 그래서 기습당하지 않도록 바로 앞 번호의 동료가 불릴 때 재빨리 움직이는 것이 좋았다. 그 "스테르지쉬 스테리"는 파블로프의 개들을 길들인 종鐘처럼 즉각적으로 나의 침샘을 자극했다.

주린 위가 소화하기 힘든 음식도 재빨리 소화시키듯, 외국어 음성들은 마치 빈 테이프에 녹화되듯 우리들의 기억 속에 각인되었다. 음성들의 의미가 기억을 도와준 것은 아니었다. 우리는 그것들의 의미를 몰랐기 때문이다. 그러나 훨씬 뒤에 우리는 그 음성들을 이해할 수 있는 사람들에게 암송하여 들려주었는데, 그것들은 보잘것없고 평범한 의미를 갖고 있었다. 그것들은 욕설이나 저주였고, "몇 시야?", "걸을 수가 없어", "날 그냥 내버려 둬"와 같은 자주 반복되는 일상의 짧은 문장들이었다. 그것들은 희미함으로부터 뜯겨져 나온 조각들이었다. 무의미함을 깎아 의미를 추려내려는 쓸데없고 무의식적인 노력의 결과였다. 그래도 없는 것보다는 나으니까, 감자 껍질을 찾아 부엌 주위를 두리번거리게 만든 음식 섭취에 대한 우리의 육체적 욕구에 맞먹는 정신적 욕구이기도 했다. 영양결핍인 두뇌도 나름의 특정한 굶주림으로 괴로워한다. 아니면 아마도, 쓸데없고도 역설적인 이러한 기억이 또 다른 의미와 또 다른 목적을 가진 것이었는지도 모른다. 경험의 모든 단편들이 거대한 모자이크를 맞추는 조각이 되어줄 "훗날"을 위한, 도저히 가능할 것 같지 않은 생존을 위한 무의식적인 준비였는지도 모른다.

나는 『휴전』앞부분에서, 필요하지만 결여된 의사소통의 극단적 경우를 이야기한 바 있다. 세 살배기 어린아이 후르비넥의 경우였

가라앉은 자와 구조된 자

다. 라거에서 아마도 몰래 태어났고 아무도 말을 가르쳐주지 않았지만, 말하려는 강렬한 욕구를 그 가여운 온몸으로 표현했던 아이. 이러한 측면에서도 라거는, 그 전과 후에 다른 어떤 곳에서도 나타난 적 없는 상황들과 행동들을 목격할 수 있었던 잔인한 실험실이었다.

몇 해 먼저, 내가 아직 학생이었을 때, 화학과 물리학의 교재들을 이해하려는 목적으로 나는 독일어 몇 마디를 배웠다. 물론 내 생각을 적극적으로 전하기 위해서도 구어口語를 알아듣기 위해서도 아니었다. 파시스트 인종법이 있던 시절이어서 내가 독일인과 만난다거나 독일을 여행한다거나 하는 것은 별로 가능한 일도 아니었다. 아우슈비츠에 내던져진 후, 초기의 혼란에도 불구하고(오히려 아마도 바로 그 혼란 덕분에) 나는 내 빈약하기 그지없는 **보르트샤츠**Wortschatz가 극히 중요한 생존 요소가 되었음을 일찌감치 이해할 수 있었다. 보르트샤츠는 "어휘 유산"을 의미하지만 글자 그대로는 "말이라는 보물"을 뜻한다. 이보다 더 적절한 용어는 없었다. 독일어를 안다는 것은 곧 생명이었다. 내 주위를 둘러보는 것만으로도 충분히 알 수 있었다. 독일어를 모르는 이탈리아인 동료들, 그러니까 트리에스테 출신 몇몇을 제외한 거의 대부분은 '못 알아들음'이라는 폭풍우 몰아치는 거센 바다에 빠져 한 사람씩 죽어가고 있었다. 그들은 명령들을 못 알아들었고, 이유도 모르고 뺨을 맞고 발길질을 당했다. 수용소의 기본 윤리는 위반-처벌-반성의 과정이 용이하게 확립되도록 구타는 어떤 식으로든 합리화되어야 한다고 규정하고 있었다. 그래서 카포나 카포 대리자들이 으르렁대며 주먹질을 동반하는 일이 빈번했다. "왜인 줄 알아?"라는 말 뒤에 아주 간략한 '범죄 사실의 통지'가 뒤따랐다. 그러나 새롭게 벙어리 – 귀머거리가 된 사람들에게 이러한 의식은 아무 소용이 없었다. 그들은 등 뒤를 엄호하려고 본능적으로 구석으로 피신했다. 공격은 사방에서 들어올 수 있었으니까. 그들은 덫에 걸린 동물들처럼 당황한 눈으로 주위를 두리번거렸다. 아닌 게 아니라 그들은 실제로 그런 동물들이 되어 있었다.

많은 이탈리아인들에게 프랑스와 스페인 동료들의 도움은 없어서는 안 될 중요한 것이었다. 프랑스어와 스페인어는 독일어보다 덜 '외국어'였던 것이다. 아우슈비츠에 스페인 사람들은 없었던 반면, 프랑스 사람들(더 정확하게는, 프랑스나 벨기에에서 이송되어 온 사람들)은 다수로, 1944년에는 아마 전체의 10퍼센트 정도를 차지했다. 일부는 알자스 지방 사람들이거나, 그전 10년간 프랑스에서 피난처를 찾아다녔지만 결국 그 피난처는 덫이었음을 깨달은 독일과 폴란드의 유대인들이었다. 그 사람들 모두는 잘하든 못하든 독일어나 이디시어를 알고 있었다. 다른 사람들, 그러니까 프롤레타리아든 부르주아든 지식인이든 대도시 출신의 프랑스인들은 우리가 겪은 것과 비슷한 선발을 1, 2년 전에 먼저 겪었다. 그들 중 말을 못 알아듣는 사람들은 일찌감치 무대에서 사라졌다. 남은 사람들은 거의 모두가 "메떼끄"métèques[1]로, 과거 프랑스에 그다지 좋은 대접을 받지 못하고 울며 겨자 먹기로 받아들여진 사람들이었는데, 결국 슬픈 설욕을

---

[1] 프랑스 거류 외국인들을 지칭하는 말로 다소 경멸적인 의미가 담겨 있다.

114   가라앉은 자와 구조된 자   **4. 소통하기**

한 셈이었다. 그들이 자연스럽게 우리의 통역사가 되었다. "기상", "집합", "빵 배급 줄을 서라", "누구의 신발이 망가졌나?", "3열로", "5열로" 등, 그들은 우리를 위해 다양한 명령들과 하루 일과의 기본적인 소식들을 통역해주었다.

물론 그것으로 충분치 않아서 나는 그들 중 알자스인 한 명에게 속성 개인교습을 해달라고 간청했다. 소등시간부터 잠이 들 때까지 여러 수업으로 나누어서 귓속말로 해달라고, 다른 통화는 없었으므로 수업료는 빵으로 지불하겠다고 했다. 그는 수락했다. 나는 빵이 이보다 더 가치 있게 쓰인 적은 없었다고 생각한다. 그는 나에게 카포들과 SS의 포효하는 고함소리가 무슨 뜻인지 말해주었다. 또 막사 지붕들에 고트어로 쓰인 진부하거나 풍자적인 문구들과 가슴의 수인 번호 위에 달고 다니던 삼각형 색깔들의 의미에 대해서도 설명해주었다. 그렇게 해서 나는 저속함과 욕설로 가득하고 으르렁거리는, 해골같이 앙상한 라거의 독일어가 내가 알고 있던 독일어(나의 화학 텍스트들의 정확하고 엄격한 언어, 또 내 동창 클라라가 낭송해주던 하이네 시들의 세련되고 음악적인 독일어)와는 단지 흐릿한 관계뿐이라는 사실을 알게 되었다.

나는 라거의 독일어가 별개의 언어라는 것을 당시에는 인식하지 못했고, 훨씬 나중에 가서야 알게 되었다. 라거의 언어는 독일어로 정확히 말하자면, **오르트 운트 차이트게분덴**ort-und-zeitgebunden, 즉, '장소와 시간에 결부된' 말이었다. 다시 말해 유대계 독일인 언어학자 클렘퍼러Victor Klemperer(1881~1960)가 *Lingua Tertii Imperii*, 즉 '제3제국의 언어'라고 이름 붙인 '언어의 야만적 변형'

이었다. 클렘퍼러는 제3제국의 언어를 두문자어 *LTI*로 부르자고 제안했다. 여기엔 당시 독일에서 중요했던 다른 100개의 두문자어들(NSDAP, SS, SA, SD, KZ, RKPA, WVHA, RSHA, BDM……)을 비꼬는 의도가 담겨 있었다.

LTI에 대해서, 그리고 이탈리아어로 그에 해당하는 언어에 대해서는 언어학자들 쪽에서도 이미 많은 글이 나와 있다. 그들이 주장하는 것처럼 인간에 대한 폭력이 행해지는 곳에서는 언어에 대한 폭력도 행해진다는 고찰은 분명해 보인다. 또한 이탈리아에서 우리는 방언에 반대한 파시스트들의 우스꽝스러운 캠페인을 잊지 않고 있다. 이들은 "이민족의 언어"에 반대했고, 발 다오스타와 발 디 수사, 알토 아디제 등의 지명에 반대했으며, "노예와 외국인을 지칭하는 **당신***lei*"이란 호칭에도 반대했다. 그러나 독일에서의 상황은 전혀 달랐다. 이미 수세기 전부터 독일어는 비非독일적인 기원을 갖는 말들에 대해 반감을 드러냈다. 이 때문에 독일 과학자들은 기관지염을 "공기 – 관 – 염증"으로, 십이지장은 "손가락 – 열두 마디 – 장"으로, 초성포도산은 "태우는 – 포도 – 산" 등으로 새로운 이름을 붙이기에 바빴다. 그러므로 이러한 측면에서 보면 모든 것을 정화하고 싶어 했던 나치즘에 실제로 정화할 것은 별로 남아 있지 않았다. LTI는 괴테의 독일어와는 달랐다. 무엇보다도 어떤 의미변이들과 몇몇 단어들의 남용 때문이었는데, 예를 들면, 형용사 **푈키쉬***völkisch*("민족적인, 국민적인")는 모든 곳에 편재하게 되었고 국수주의적 오만함으로 가득해졌으며, 형용사 **파나티쉬***fanatisch*("광신적인, 열광적인")는 부정적이었던 의미가 긍정적으로 바뀌었다. 그러나 독일 라거들의

가라앉은 자와 구조된 자

군도群島에서는 특정 분야의 언어가 모습을 나타냈다. 그것은 각 라거의 특수한 하위 은어들로 세분된 "라거 은어"로, 프러시아 병영에서 쓰던 옛 독일어와 SS의 새로운 독일어와 밀접한 연관이 있었다. 이것이 소비에트 노동 수용소의 은어와 유사함을 보이는 것은 이상한 일이 아니다. 소비에트 노동 수용소의 은어들은 솔제니친에 의해 인용된 적이 있는데, 라거 은어에는 이것들 각각에 정확히 들어맞는 용어들이 있다. 따라서 솔제니친의 『수용소 군도』를 독일어판으로 번역하는 데는 그다지 어려운 점이 없었을 것이다. 혹시 있었다 해도 용어상의 어려움은 아니었을 것이다.

모든 라거에 **무젤만**Muselmann이라는 용어는 공통적으로 사용되었다. "무슬림"이라는 뜻의 이 용어는 회복할 수 없이 지치고 기진맥진한 죽음에 임박한 포로들을 일컫는다. 이에 대해 두 가지 설명이 제기되었는데 둘 다 그다지 설득력이 있지는 않다. 하나는 운명론이고, 다른 하나는 터번과 비슷하게도 볼 수 있는 머리에 감은 붕대이다. 이 용어는 냉소적인 아이러니를 보인다는 점에서도 러시아어 **도코쟈가**dochodjaga에 정확히 반영된다. 글자 그대로 풀면 '끝에 도달한', '종결된'이란 뜻이다. 라벤스브뤼크 수용소(유일한 여성전용 수용소)에서는 이와 똑같은 개념이 거울에 비춘 듯한 두 개의 명사 **슈무츠슈튀크**schmutzstück와 **슈무크슈튀크**schmuckstück로 표현되었다고 리디아 롤피Lidia Rolfi[2]가 내게 말해주었다. 거의 동음이의어인 이

---

2 리디아 베카리아 롤피(1925~1996). 이탈리아 여류작가로, 레지스탕스 활동을 하다가 파시스트 군에 체포되어 라벤스브뤼크 나치 수용소로 강제이송되었다. 그 경험을 담은 『라벤스브뤼크의 여자들』을 출판했다.

두 단어는 각각 '쓰레기'와 '보석'을 의미하는데, 서로가 서로에 대한 패러디이다. 이탈리아 여성 포로들은 그 오싹한 의미를 이해하지 못했기 때문에 이 두 단어를 합쳐서 "**스미스티그**"smistig라고 발음했다. **프로미넌트**Prominent도 모든 하위 은어들에서 공통적으로 사용되었다. 출세한 포로들인 "프로미넌트"에 대해서 나는 『이것이 인간인가』에서 길게 설명한 바 있다. 그것이 수용소 사회학에서 필수불가결한 요소인 만큼, 프로미넌트는 소비에트 수용소에서도 역시 존재했고 (제3장에서 언급했듯이) **프리두르키**라고 불렸다.

아우슈비츠에서 "먹다"는 **프레선**fressen으로 표현되었는데, 올바른 독일어에서 이 동사는 오직 동물들에게만 쓰이는 말이다. "꺼져!"에는 **하우압**hau'ab이라는 표현이 사용되었다. 이것은 동사 **압하우엔**abhauen의 명령형으로, 정확한 독일어로는 "자르다, 절단하다"라는 뜻이지만 라거의 은어로는 "지옥에 가다, 비키다"를 의미한다. 한번은 전쟁이 끝난 지 얼마 되지 않았을 무렵, 사업상의 회의를 마치고 예의 바른 바이엘 사의 임원들에게 인사를 하기 위해 나는 좋은 뜻으로 그런 표현(**예츠트 하우엔 비어 압**Jetzt hauen wir ab)을 쓴 적 있었다. 그것은 마치 "이제 꺼집시다"라고 한 것과 같았다. 그들은 어안이 벙벙해서 나를 쳐다보았다. 그런 용어는 우리가 여태 나눈 대화의 어휘와는 다른 세계에 속하는 말이었고, "외국어" 교육과정에서 당연히 가르치지 않는 말이었다. 나는 그들에게 독일어를 학교에서 배운 것이 아니라 아우슈비츠라는 이름의 라거에서 배웠다고 설명했다. 나의 설명은 그들을 난감하게 했다. 그러나 내가 구매자의 입장이었기 때문에 그들은 나를 계속해서 정중하게 대해줬다. 나

가라앉은 자와 구조된 자

는 내 발음이 조악하다는 것을 나중에야 깨달았지만 일부러 고상하게 고치려 하지 않았다. 마찬가지 이유에서 나는 내 왼쪽 팔에 새겨진 문신을 결코 지우려 하지 않는다.

라거의 은어는, 당연한 얘기지만 라거 안에서와 그 주변에서 말해지던 다른 언어들로부터 강한 영향을 받았다. 곧 폴란드어, 이디시어, 실레지아 방언, 나중에는 헝가리어와 같은 언어들이었다. 내 수용소 생활의 처음 며칠 동안 시끌벅적한 배경소리 위로 네댓 개의 표현이 금세 부상했다. 이 말들은 독일어는 아니었는데 반복적으로 나타났다. 처음에 나는 물, 빵, 노동과 같은 어떤 사물이나 기본적인 행위를 뜻하는 말이라고 생각했다. 이 말들은 내가 앞서 설명한, 기이한 기계적 방식으로 내 기억 속에 각인되었다. 훨씬 더 나중에 가서야 폴란드 친구 하나가 마지못해 내게 설명해주었는데, 이 말들은 "콜레라", "개 피", "천둥", "창녀의 자식", "엿 먹은"을 의미했고, 앞의 세 단어는 감탄사의 기능을 한다는 것이었다.

이디시어는 수용소에서 실질적으로 제2의 언어였다(나중에는 헝가리어로 대체되었다). 나는 이디시어를 전혀 이해하지 못했을 뿐만 아니라, 그것의 존재도 어렴풋하게 아는 정도였다. 그마저도 헝가리에서 몇 년간 일하셨던 아버지가 들려주신 몇 가지 우스개 이야기나 인용구 덕분이었다. 폴란드, 러시아, 헝가리의 유대인들은 우리 이탈리아 유대인들이 이디시어를 못한다는 사실에 놀라워했다. 우리는 믿지 못할, 수상한 유대인들이었다. SS에게는 우리가 당연히 "바돌리오[3]들"이었고, 프랑스인들, 그리스인들, 정치범 포로들에게는 "무솔리니들"이었다. 의사소통의 문제는 차치하고라도 이탈리아 유대인이라는 사실은 편한 일이 아니었다. 싱어 형제[4]와 다른 많은 이들의 저서가 응당 누려야 할 성공을 거둔 뒤로 이미 잘 알려져 있듯이, 이디시어는 본질적으로 고대 독일어 방언이며 이휘와 발음에서 근대 독일어와는 다르다. 이디시어는 내가 전혀 이해하지 못했던 폴란드어보다도 더한 불안감을 안겨주었다. 내가 "마땅히 알아들어야 하는 언어"였기 때문이다. 나는 바짝 긴장하여 주의 깊게 이디시어를 경청했다. 내게 말하는 문장이나 내 주위에서 말해지는 문장이 독일어인지 이디시어인지 아니면 혼합된 형태인지, 나로서는 종종 이해하기가 어려웠다. 사실 선의를 가진 몇몇 폴란드 유대인들은 내가 이해할 수 있도록 자신들의 이디시어를 가능한 한 독일어화 해서 말하려고 노력했다.

나는 들은 풍월로 배운 이디시어의 독특한 흔적을 『이것이 인간인가』에서 재발견했다. 「크라우스」 장에 어떤 대화가 실려 있는데, 폴란드계 프랑스 유대인 구낭이 헝가리인 크라우스에게 "랑잠, 두 블뢰더 아이너, 랑잠, 페어슈탄덴?"Langsam, du blöder Einer, langsam, verstanden?이라고 말하는 대목이다. 한 단어씩 번역하자면, "천천히, 너 멍청이 하나, 천천히, 알았어?"이다. 이 문장은 좀 이상하게 들리긴 했지만 나는 딱 그렇게 들은 것 같았고(1946년에 썼으니 얼마 지나지 않은 기억이었다), 그래서 나는 들은 그대로 옮겨 적었다. 내 책의

---

3 피에트로 바돌리오Pietro Badoglio(1871~1956). 이탈리아의 군인이자 정치가. 1943년 7월 25일 무솔리니가 체포된 뒤 국왕으로부터 총리직을 임명받고, 연합군과 휴전협정을 체결. 독일군에 선전포고를 했다.
4 이스라엘 조슈아 싱어Israel Joshua Singer(1893~1944)와 아이작 바셰비스 싱어Isaac Bashevis Singer(1904~1991). 이디시어로 작품을 쓴 폴란드 태생의 미국 작가 형제.

독일인 번역자는 확신을 갖지 못했다. 내가 잘못 들었거나 잘못 기억한 게 분명하다는 것이었다. 서신으로 긴 토의가 오간 뒤 그는 내게, 자신이 보기에는 받아들일 수 없는 그 표현을 좀 손질해 줄 것을 제안했다. 실제로 나중에 출판된 번역에서는 "랑잠 두 블뢰더 하이니Langsam, du blöder Heini……"로 되어 있는데, 여기서 하이니Heini는 하인리히Heinrich의 줄임말이다.[5] 그런데 최근에 나는 이디시어의 역사와 구조를 다룬 좋은 책 한 권에서(『메임 로쉔』Mame Loshen[6]) "카모예르 두 아이너!"Khamòyer du eyner!("얼간이 너 하나!")의 형태가 이 언어에서는 전형적이라는 사실을 발견했다. 기계적 기억이 제대로 작동했던 것이다.

부족하거나 결핍된 의사소통에 대하여 모두가 같은 정도로 괴로워한 것은 아니었다. 괴로워하지 않는 것, 말의 소멸을 받아들이는 것, 그것은 결정적 무관심의 도래를 알리는 불길한 징후였다. 고독한 천성을 타고났거나, 이미 자신들의 "민간인" 생활에서 고립에 익숙한 몇몇 소수의 사람들은 그에 대해 별로 괴로워하는 모습을 보이지 않았다. 그러나 초기의 위기 단계를 극복한 포로 대부분은 각자 나름의 방식으로 자신을 방어하려고 애썼다. 정보 조각들을 구걸한다거나, 진짜든 가짜든 또는 지어낸 것이든 간에 승전보나 참담한 소식을 분별없이 퍼뜨린다거나, 사람들과 땅, 하늘이 주는 모든 신

---

5 남자 이름 하인리히Heinrich는 이탈리아어에서는 엔리코Erico, 영어에서는 Henry이다.

6 John Geipel, *Mame Loshn: The Making Of Yiddish*, Journeyman Press, London, 1982.

호들을 모으고 또 해석하려고 애썼다. 눈을 부릅뜨고 귀를 쫑긋 세우면서 말이다. 그러나 내부의 의사소통 결핍에다 외부세계의 의사소통 결핍까지 더해졌고, 몇몇 라거에서 이와 같은 고립은 전면적이었다. 내가 있었던 모노비츠-아우슈비츠 수용소는 이러한 측면에서는 특혜를 받았다고 볼 수 있다. 점령된 유럽의 모든 나라들에서 거의 매주 '새로운' 포로들이 도착했고 최근의 소식들을, 종종 직접 목격한 소식들을 가져왔다. 금지 규정과 게슈타포에 고발될 수 있는 위험에도 불구하고 방대한 작업장에서 우리는 폴란드 노동자들과 독일 노동자들, 또 가끔은 심지어 영국 전쟁 포로들과도 이야기를 나누었다. 우리는 쓰레기통에서 며칠 지난 신문들을 찾아내어 탐독하곤 했다. 알자스 출신인지라 2개 국어를 하고 직업이 기자였던, 진취적인 내 작업반 동료 하나는, 심지어 당시 독일에서 가장 권위 있는 일간지였던 『민족의 파수꾼』*Völkischer Beobachter*의 정기구독에 가입했다. 그러고는 '이보다 더 간단할 수 있겠어?'라며 동료들에게 자랑하기도 했다. 그는 믿을 만한 독일 노동자에게 금니 하나를 빼주고 정기구독에 가입하라고 간청해서는 그 구독권을 넘겨받은 것이었다. 아침마다, 점호를 기다리는 긴 시간 동안 그는 자신의 주위에 우리를 모아 놓고 그날의 소식을 꼼꼼히 요약해주었다.

1944년 6월 7일, 우리는 영국인 포로들이 작업하러 가는 것을 보았는데, 그들에게는 무언가 다른 점이 있었다. 그들은 가슴을 펴고 미소를 짓고 있었다. 그러고는 잘 정렬된 상태로 아주 빠르게 호전적인 걸음으로 행진해나갔다. 그들을 호송하던, 그다지 젊다고 할 수 없는 지방군 독일 보초병이 그들의 뒤를 따라가기 버거워할 정도였다. 그들은 승리의 V자를 표시하며 우리에게 인사했다. 그 다음 날 우리는 그들이 자신들의 지하 라디오 방송 하나에서 연합군의 노르망디 상륙 소식을 들었다는 것을 알게 되었고, 그날은 우리에게도 대단한 날이었다. 자유는 손에 잡힐 듯 가까워보였다. 그러나 대부분의 수용소에서 상황은 훨씬 더 나빴다. 새로 입소한 포로들은 다른 라거나 다른 게토에서 온 사람들이었다. 각자 나름대로 세상으로부터 잘려나간 사람들이어서 참혹한 지역 소식들만 전해주었다. 그들은 우리처럼 열두어 나라에서 온 자유 노동자들과 접촉하면서가 아니라, 농장이나 작은 공장, 돌이나 모래를 캐는 채석장, 심지어 광산에서 노동을 했던 포로들이었다. 특히 광산 라거에서의 상황은 옛 로마제국의 전쟁노예나 스페인 점령자들에게 예속됐던 인디오들이 경험했던, 그들을 죽음으로 몰고 갔던 상황과 똑같았다. 너무나 치명적이어서 아무도 살아 돌아와 그 상황을 묘사해주지 못했다. 앞서 말했듯이 '세상으로부터의' 소식은 간헐적으로 그리고 모호하게 도달했다. 중세의 지하 비빌감옥에 버려져 죽어간 사형수들처럼 그들은 자신이 잊혔다고 느꼈다.

유대인들, 곧 적의 대명사이자 불순한 자들, 불순함의 씨를 뿌리는 자들이자 세상의 파괴자들에게는 가장 소중한 의사소통인 고향이나 가족과의 접촉도 금지되어 있었다. 망명을, 그 많은 형태들 중 어떤 식으로든 그것을 경험해본 사람은 이러한 신경이 끊어질 때의 고통이 얼마나 견디기 힘든 것인지를 안다. 그 고통으로부터, 버림받았다는 치명적인 감정과 부당하다는 억울함이 생겨난다. 왜 나한테 편지를 쓰지 않는 거지, 왜 나를 도와주지 않는 거지, 자유의 몸인 그들이? 그때 우리는 의사소통의 자유가 자유라는 거대한 대륙의 중요한 한 지역이라는 것을 잘 이해할 수 있었다. 건강이 그렇듯이 의사소통의 자유를 잃어버린 사람만이 그것이 얼마나 소중한지를 깨닫게 되는 것이다. 그러나 개인적인 차원에서만 고통을 겪는 것은 아니다. 의사소통이 금지된 나라에서는, 또 그런 시대에는 다른 모든 자유도 곧 시들게 된다. 토론은 영양실조로 죽게 되며, 타인의 견해에 대한 무지가 만연하고 강요된 견해들이 맹위를 떨치게 된다. 토론의 부재 속에, 20년간 수확을 망쳤던 리센코Trofim Lysenko[7]가 소련에 설파한 말도 안 되는 유전학은 이에 대한 유명한 예이다 (리센코의 반대자들은 시베리아로 유배되었다). 비관용은 검열의 경향을 띠고, 검열은 타인의 논지에 대한 무지, 즉 비관용 자체를 증폭시킨다. 이것은 깨기 어려운 단단한 악순환의 고리이다.

우리의 '정치범' 동료들이 매주 집에서 온 편지를 받는 시간은 우리에게는 가장 우울한 시간이었다. 우리가 타인이라는 생각, 멀어진 사람들이라는 생각, 조국에서, 아니 인류로부터 잘려나갔다는 생각이 온몸을 짓눌러 오는 시간이었다. 우리 팔의 문신이 상처처럼 타는 듯 따갑게 느껴지고, 우리 중 그 누구도 살아 돌아가지 못할 것이라는 확신이 산사태처럼 우리를 엄습하는 시간이었다. 그러나 한편으로 보자면, 편지를 쓰는 것이 우리에게 허락되었다 하더라도 누구에게 보낼 수 있었겠는가? 유럽의 유대인 가정은 이미 사라졌거나

---

7 트로핌 리센코(1898~1976). 러시아의 농업생물학자. 가을에 심는 밀을 인위적으로 저온에 저장하여 봄에 심는다는 춘화처리법春化處理法을 실시했다. 이후 농업생산 분야에서의 부진과 과도한 정치적 행동 때문에 비판받았다.

흩어졌거나 파괴되었는데.

나에게는 가족과 몇 통의 편지를 교환할 수 있는 드물기 그지없는 행운이(『리리트』에서 이야기한 바 있지만) 있었다. 이에 대해 나는 서로 매우 다른 두 사람에게 빚을 졌다. 한 사람은 거의 문맹인 나이 지긋한 벽돌공이고, 다른 한 사람은 용기 있는 젊은 여성, 비앙카 귀넷티 세라인데 지금은 유명한 변호사이다. 이것이 내가 살아남을 수 있었던 요인들 중 하나였다는 것을 나는 안다. 그러나 앞서 말했듯이, 우리 생존자들은 각자가 여러 가지 방식으로 예외적인 경우이다. 과거를 쫓아버리기 위하여 우리 자신은 이 사실을 잊어버리려 애쓰는 것이다.

5 쓸데없는 폭력

　　　　　　　　　이 장의 제목은 도발적으
로 보이거나 심지어 모욕적으로 보일 수도 있을 것이다. 쓸모 있는
폭력이란 것이 존재하는가? 불행하게도 그렇다. 유발된 죽음이 아
니더라도, 또 가장 자비로운 죽음이더라도 죽음은 폭력이다. 그러나
슬프게도 유용하다. 불사의 존재들(스위프트의 **스트롤드부르그**[1]들)의
세계는 상상하기 어렵겠지만, 살 만한 곳도 못되고 지금의 폭력적인
세계보다 더더욱 폭력적일 것이다. 일반적으로 살인도 쓸모없지는
않다. 라스콜니코프[2]는 고리대금업자인 노파를 죽이면서, 하나의 목
표(비록 잘못된 목표였지만)를 가지고 있었다. 사라예보에서의 프린치
프Gavrilo Princip[3]도, 파니 가街에서의 알도 모로Aldo Moro[4]의 납치

1　스트롤드부르그Struldbrug. 조나선 스위프트의 『걸리버 여행기』에 나오는 루그나그 나라에
사는 종족. 겉보기엔 사람과 같지만 불사의 존재들이다. 그러나 역설적으로 젊음을 유지하지 못
하고 영원히 늙기만 하는 비극적 존재들로 그려진다.
2　도스토옙스키의 『죄와 벌』의 주인공.

범들도 그랬다. 광기로 인한 살인의 경우를 제외하면 살인자는 보통 자신이 왜 상대를 죽이는지 알고 있다. 돈 때문에, 진짜 적이든 추정적인 적이든 적을 진압하기 위해서, 받은 모욕에 복수를 하기 위해서 등등 분명한 동기를 갖고 있는 것이다. 전쟁은 혐오스러운 것이고 국가 간 또는 당파 간의 갈등을 해결하는 최악의 방법이지만, 무용하다고 단정할 수는 없다. 전쟁은 나쁘거나 사악한 목표라 하더라도 어떤 목표를 겨냥한다. 전쟁은 이유 없이 일어나는 것이 아니며, 고통을 가하는 것을 목표로 하지 않는다. 물론 고통은 있다. 집단적이고 가혹하며 부당한 고통이다. 그러나 그것은 전쟁의 추가적인 부산물일 따름이다. 히틀러의 12년은 다른 많은 역사적 시공간들과 폭력을 공유한다. 그럼에도 나는 그 시기만의 특징이 쓸데없는 폭력의 만연이었다고 믿는다. 오로지 고통을 유발하려는, 폭력 그 자체가 목적인 폭력 말이다. 그 폭력이 때로 어떤 목표를 위한 것이었다 하더라도, 언제나 너무 지나쳤고 언제나 목표 자체에 비하여 균형을 벗어난 것이었다.

유럽을, 또 결국은 독일 자신도 폐허로 만든 그 12년 세월을 뒤늦은 지혜로 돌이켜보면, 우리는 두 가지 판단 사이에서 고민하게 된다. 그러니까 우리가 목도한 것이 과연 비인간적인 계획의 합리적 전개인가, 아니면 (지금까지 역사상 유일무이하며, 여전히 제대로 설명하

---

3 가브릴로 프린치프(1894~1914). 사라예보에서 오스트리아 – 헝가리 제국의 왕위 후계자 프란츠 페르디난트 대공 부부를 암살한 세르비아 민족주의자.

4 알도 모로(1916~1978). 이탈리아 제54대(1963~1968), 제60대(1974~1976) 총리를 역임한 주요 정치인. 1978년 극좌 과격 테러조직인 붉은 여단Brigate rosse에 납치당하여 같은 해 시체로 발견되었다.

지 못하고 있는) 집단적 광기의 발현인가? 악을 목적으로 한 논리인가 아니면 논리의 부재인가? 인간사에서 흔히 그렇듯이 두 가지 대안이 공존했다. 국가사회주의의 밑그림이 나름의 합리성을 가지고 있었다는 데는 의심의 여지가 없다. (독일의 오랜 꿈인) 동방 진출, 노동운동의 탄압, 유럽 대륙에 대한 패권 장악, 히틀러가 극단적으로 단순화하여 동일시한 볼셰비즘과 유대교의 전멸, 영국·미국과의 세계 권력 분할, 정신병자와 쓸데없는 군입들을 '스파르타식'으로 제거함으로써 게르만족을 이상적으로 만드는 것 등이 바로 그것이다. 이 모든 요소들은 서로 병존할 수 있었고, 이미 『*나의 투쟁*』*Mein Kampf*에 부인할 수 없이 명료하게 드러난 명제들, 즉 오만함과 급진주의, 교만과 철두철미, 광기가 아닌 거만한 논리 등과 같은 몇몇 소수의 명제들에 의해 추론될 수 있는 것들이었다.

목표에 도달하기 위해 강구된 수단들 역시, 혐오스럽지만 정신이상적인 것은 아니었다. 군사적 공격 또는 무자비한 전쟁을 촉발시킬 것, 내부의 제5열[5]들을 지원할 것, 전 주민을 이주시키거나 노예로 삼거나 불임시키거나 몰살할 것 등이었다. 니체도 히틀러도 로젠베르크Alfred Rosenberg[6]도, 초인(그 독단적이고 타고난 우월함을 인정함으로써 모든 것이 허락되는)의 신화에 대한 설교로 자기 자신과 그 추종자들을 취하게 만들었을 때 미치광이가 아니었다. 그러나 이들 스승

---

5 스페인 내란 당시 파시스트 혁명 장군이었던 에밀리오 몰라 비달이 처음 사용한 말로, 제5부대라고도 한다. 오늘날에는 적국에 있으면서 외부세력과 연계해 각종 모략활동을 하는 조직적인 무력집단, 또는 간첩을 의미한다.
6 알프레드 로젠베르크(1893~1946). 나치스 독일의 정치가이자 이론가. 독일 민족의 세계 정복을 정당하다고 주장했다.

과 제자 모두가 현실로부터 서서히 멀어져, 그들의 도덕이 모든 시대와 모든 문명에 공통적으로 나타나는 도덕(우리 인류 유산의 일부이고 결국에는 인정해야만 하는)으로부터 떨어져나갔다는 사실에 대해서는 성찰해볼 만하다.

합리성은 사라지고 신봉자들은 쓸데없는 잔인함의 실행이라는 바로 그 점에서 스승을 큰 폭으로 능가했다(그리고 배신했다!). 니체의 견해는 나에게 깊은 반감을 불러일으킨다. 나는 그의 견해에서 내가 좋아하는 생각과 반대되지 않는 그 어떤 주장도 발견하기 힘들다. 신탁을 전하는 것 같은 그의 어조도 내게 불쾌감을 준다. 그러나 거기에는 남들의 고통을 원하는 바람이 어디에도 나타나지 않는다. 무관심은 거의 모든 글에서 보이지만, 일부러 고통을 겪게 만드는 기쁨은커녕 *샤덴프로이데Schadenfreude*, 즉 이웃의 불행을 기뻐하는 마음도 전혀 보이지 않는다. 그에게 서민, 기형아들, 볼품없는 사람들, 고귀하게 태어나지 못한 사람들의 고통은 선택받은 자들의 왕국이 도래하기 위해 지불해야 할 대가이다. 이는 비교적 작은 악이지만 그래도 악은 악이며, 그 자체로 바람직하지 않다. 그러나 히틀러의 신조와 실천은 이와는 전혀 다른 것이었다.

나치가 저지른 쓸데없는 폭력들 중 많은 부분은 역사에 새겨져 있다. 아르데아티나 동굴[7], 오라두르, 리디체[8], 보베스, 마르차봇토의 '도를 넘는' 학살들과 너무나 많은 다른 학살들을 생각해보라. 그 것은 이미 그 자체로도 비인간적인 것이지만 보복의 범위를 크게 넘어선 것이었다. 그러나 다른 작은 규모의 개별적인 폭력들은 큰 그림의 세부인, 우리 강제이송자들 각자의 기억 속에 지워지지 않는

글씨로 남아있다.

거의 언제나 생환자가 꺼내 놓는 일련의 기억들 첫머리에는 미지의 세계를 향한 출발을 알리는 기차가 등장한다. 단지 시간적 순서 때문만은 아니고, 차라리 강제수송열차의 이유 없는 가혹함 때문이었다. 포로 수송에는 그 예사롭지 않은 목적에 사용되지 않았다면 무해했을 일반 화물열차들이 동원되었다.

많은 우리의 일기나 글에서 기차가 등장하지 않는 경우는 없다. 이것은 상업용 운송수단을 이동식 감옥이나 심지어 죽음의 도구로 개조한 봉인된 열차였다. 언제나 만원이었지만, 매번 열차에 꽉 채워진 사람들의 수를 대략적으로 집계해보면, 이동 거리와 나치 체제가 수송되는 '인간 물자'에 부과한 위계적 등급에 따라 50~120명에 이르는 것으로 보인다. 이탈리아에서 출발한 열차는 칸마다 '단지' 50~60명만(유대인, 정치범, 파르티잔, 길에서 갈퀴로 긁어모은 불쌍한 사람들, 1943년 9월 8일[9]의 난리 이후 체포된 군인들) 태웠다. 이동 거리를 고려한 것이었을 수도 있고, 이동 경로를 따라 있을 수 있는 목격자들에게 이 열차가 줄 인상을 고려한 것이었을 수도 있다. 동유럽으

7 아르데아티나 동굴의 학살. 1944년 3월 24일, 로마에서 벌어진 나치 점령군의 만행을 말한다. 아르데아티나 가 근처에 위치한 고대 화산회 동굴에서 이탈리아 군인과 민간인 335명을 학살했다.
8 체코의 프라하 북서쪽에 위치한 옛 광산촌. 1942년 5월, 이 마을에서 나치 장교가 암살되자 나치는 그 보복으로 마을 주민 가운데 14세 이상 남성 전원을 몰살했다.
9 이탈리아가 연합군과의 휴전을 선언한 날이다. 그보다 앞선 9월 3일, 이탈리아 왕국과 연합군 사이에 비밀리에 휴전협정이 조인되었고, 이 협정으로 독일에게 이탈리아는 더 이상 동지가 아닌 적이 되었다.

로부터의 이송은 이와 정반대였다. 슬라브인들, 특히 유대인인 슬라브인들은 가치가 떨어지는, 아니 아무런 가치도 없는 상품이었다. 어차피 그들은 죽어야 했으므로 여행 중에 죽든, 후에 죽든 그건 중요하지 않았다. 폴란드 유대인들을 게토에서 라거로, 라거에서 라거로 이송한 열차들은 칸마다 120명까지 채워 넣었다. 짧은 여행이었던 것이다. 이제 화물열차 한 칸에 탄 50명의 사람들은 불편하기 그지없다. 모두가 동시에 누울 수는 있지만 몸을 닥지닥지 붙여야 한다. 인원이 100명 이상이 되면 몇 시간밖에 안 걸리는 여행일지라도 지옥이 따로 없다. 서 있어야 하거나 교대로 쪼그려 앉는 수밖에 없다. 또 종종 이송자 가운데는 노인, 병자, 어린이, 수유하는 여자, 미치광이도 있었다. 여행 중에 미치거나 나중에 그 영향으로 미쳐버리는 사람들도 있었다.

나치의 철도수송 실행에 있어서 가변적인 것들과 변함없이 거듭되는 것들을 구별해볼 수 있다. 이러한 수송이 어떤 규정에 근거한 것이었는지, 아니면 책임을 맡은 관리들이 자유재량을 가지고 있었는지 우리로서는 알 수 없다. 가능한 모든 것들을 지참하라는 위선적 권고(또는 명령)가 늘 되풀이되었다. 특히 금, 보석, 귀중품, 모피의 지참을 권고했고, 몇몇의 경우(헝가리와 슬로바키아에서 오는 유대인 농부들을 이송하는 경우)에는 심지어 작은 가축들까지 가져갈 것을 주문했다. 호위대원들은 공모의 분위기를 풍기며 "모든 물건이 너희들에게 다 쓸모가 있을 거야"라고 우물거리곤 했다. 사실 이것은 일종의 자기약탈로 광고도, 관료주의적 복잡함도, 특수 운송차량도, 도중에 절도를 당할 걱정도 없이, 귀중품을 제3제국으로 옮기려는 단순하고도 기발한 계략이었다. 아닌 게 아니라 도착했을 때 모든 것은 압수되었다. 2주간 지속될 수도 있는 여행(살로니카에서 이송되는 유대인의 경우)을 위해 독일 당국은 식량도, 물도, 나무 바닥을 덮을 깔개나 짚도, 생리현상을 해결할 용기도, 글자 그대로 아무것도 마련해주지 않았다. 또한 지역 당국이나 집결수용소의 책임자들(있을 경우)에게 이송 상황을 알리고 어떤 식으로든 병참 물품을 조달하는 데에도 전혀 신경 쓰지 않았다. 통지를 하는 것에 비용이 드는 것도 아니었을 텐데 말이다. 바로 이러한 체계적인 태만은 결국 쓸데없는 잔인함으로, 고통 자체가 목적인 고통의 고의적 유발로 변모했다.

　강제이송이 예정된 포로들 가운데 일부는 경험을 통해 무언가를 터득할 수 있었다. 다른 열차들이 떠나는 것을 본 그들은 전임자들로부터, 필요한 모든 병참 물품들을 스스로, 독일군이 정해 놓은 한도에 맞춰 최대한 마련해야 한다는 것을 배웠다. 네덜란드의 웨스터보크 집결수용소에서 출발한 기차들이 그 전형적인 예이다. 매우 방대한 이 수용소는 수만 명의 유대인 포로들을 수용하고 있었는데, 베를린 당국은 지역 사령관에게 매주 기차 한 대에 대략 1,000명의 이송자를 실어 출발시키라고 명령했다. 결국 웨스터보크에서 총 93대의 열차가 아우슈비츠와 소비부르, 좀 더 규모가 작은 다른 수용소들을 향해 떠났다. 생존자들은 약 500명 정도 되었는데, 이들 가운데 먼저 떠난 기차를 타고 온 사람은 아무도 없었다. 그들은 사나흘간의 여행에 필요한 가장 기본적인 물품들을 당국이 공급해줄 것이라는 헛된 희망을 품고 무턱대고 떠났던 것이다. 결국 돌아와 이야기해준 사람은 아무도 없었기 때문에, 이송 중에 몇 명이나 죽었는지, 얼마나 끔찍한 여행이었는지 우리는 알 수가 없다. 그러나 몇 주 후, 명민하게 관찰하던 웨스터보크 수용소 의무실 담당자 한 사람이 화물열차들이 늘 똑같은 열차라는 사실을 알아차렸다. 그 열차들은 출발 수용소와 도착 수용소 사이를 왕복하고 있었던 것이다. 그리하여 그 이후에 이송된 사람들 중 몇몇은 텅 비어서 돌아오는 열차 칸에 메시지를 숨겨서 전달할 수 있었고, 그때부터 적어도 식량이나 물, 변기통 같은 것들은 준비할 수 있었다.

1944년 2월, 내가 이송되었던 열차는 포솔리의 집결수용소에서 출발한 첫 번째 열차였다(다른 열차들은 로마와 밀라노에서 그보다 먼저 출발했지만, 아무런 소식도 오지 않았다). 얼마 전에 이탈리아 치안당국으로부터 수용소의 운영권을 빼앗은 SS 군은 여행에 대한 어떠한 정확한 지침도 주지 않은 채 단지 긴 여행이 될 거라는 것만 알려줬다. 그리고 내가 앞서 언급한, 이해관계가 있는 아이러니한 충고("금과 보석들, 특히 모직 옷과 모피를 가져가라. 너희들은 추운 나라로 일하러 가는 거니까")를 흘렸다. 수용소의 책임자도 강제이송되었는데, 슬기롭게도 상당량의 음식을 마련했지만 물을 준비할 생각은 하지 않았다. 물은 돈이 드는 것도 아니잖아, 안 그래? 게다가 독일인들은 아무것도 선사해주지 않지만, 조직하는 일은 잘하잖아……. 그는 열차 칸마다 공중화장실 역할을 할 용기를 비치할 생각도 하지 않았는데, 이는 엄청나게 심각한 실수였음이 드러났다. 그것은 갈증이나 추위보다도 훨씬 더한 고통을 불러일으켰다. 내가 탄 칸에는 상당수의 남녀 노인들이 있었다. 그중에서도 베네치아의 유대인 요양원에 있던 사람들 전원이 함께 타고 있었다. 모두에게, 그러나 특히 이들에게는 사람들 앞에서 용변을 본다는 것은 고통스럽기 그지없거나 불가능한 일이었다. 이것은 문명사회에 있던 우리가 미처 대비하지 못한 트라우마였고 인간의 존엄성에 가해진 깊은 상처였으며 불길한 징조로 가득한 추악한 공격이었다. 그리고 의도적이고 터무니없는 사악함을 보여주는 것이기도 했다. 우리의 역설적인 행운(그러나 이러한 상황에서 행운이라는 단어를 쓰기가 망설여진다) 덕분에, 우리의 화물칸에는 몇 개월 안 된 아기들을 데리고 탄 두 명의 젊은 엄마가 있었고 그녀들 중 한 명이 요강을 가지고 있었다. 여행한 지 이틀이 지나고 나서 우리는 판자벽에 박힌 못들을 발견했다. 못 두 개를 빼내 한쪽 구석에 다시 박고 줄을 쳐서 담요를 걸고 임시변통으로 몸을 가릴 곳을 만들었다. 이것은 본질적으로 상징적인 의미를 담고 있다. 우리는 아직 짐승이 아니라는, 우리가 저항하려고 노력하는 한 우리는 짐승이 안 될 것이라는.

이러한 최소한의 장치도 없는 다른 칸들에서 어떤 일이 벌어졌는지는 상상하기 어렵다. 화물열차는 탁 트인 들판에서 두세 번 정차했고, 열차 칸의 문들이 열리고 포로들에게 내리는 것이 허락되었다. 하지만 철로에서 멀어지거나 따로 떨어지는 것은 허락되지 않았다. 또 한 번은 오스트리아의 중간 정거장에서 열차 칸의 문이 열렸다. SS 호위대는 기차에서 내린 사람들이 플랫폼이나 선로 중간에 아무데나 쭈그려 앉는 것을 보면서 즐기는 표정을 감추지 않았다. 지나가던 독일 사람들은 공공연하게 혐오감을 드러냈다. 이런 놈들은 비극적 운명을 맞아도 싸다, 하는 행동을 보면 알잖아. 저들은 **멘**

쉔*Menschen*, 인간이 아니다, 짐승이다, 돼지들이다, 너무나 명약관화하지 않은가.

사실 이것은 서막에 불과했다. 앞으로 이어나가야 할 삶에서, 라거의 일상적 리듬 속에서 적어도 초기에는, 기본적인 인간성에 대한 침해가 총체적 고통의 중요한 부분을 차지했다. 거대한 공동화장실, 의무적으로 정해진 짧은 시간, 차례를 기다리는 다른 사람들 앞에서 익숙해지는 일은 결코 쉽지 않았고 적지 않은 고통을 안겨주었다. 서서, 참을성 없이, 때로는 애원하며, 또 때로는 윽박지르면서 10초마다 "하스트 두 게마흐트"Hast du gemacht(아직 멀었어?)라고 물어온다. 그럼에도 몇 주 안에 불편함은 줄어들더니 결국 사라졌고, 그 자리에 익숙함이(모두가 그런 것은 아니고!) 찾아왔다. 이는 인간에서 동물로의 변화가 순조롭게 진행되고 있음을 말해주는 자비로운 방식이었다.

나는 이러한 변화가 나치 위계의 어떤 단계에도, 어떤 문서에도, 어떤 "노동 회의"에서도 분명하게 계획되고 확립된 것은 아니었다고 믿는다. 이것은 체제의 논리적 귀결이었다. 비인간적인 체제는 자신의 비인간성을 사방으로, 특히 낮은 곳을 향해서 퍼뜨리고 확장한다. 저항이 없으면, 그리고 이례적으로 강인한 성격이 아니라면, 그 체제는 자신의 희생자와 반대자를 부패시킨다. 기본적 인간성을 침해하는 일, 곧 그와 같은 쓸데없는 잔인함은 모든 라거들에 영향을 미쳤다. 비르케나우 수용소의 여성 포로들은 일단 반합(에나멜 금속으로 만든 우묵한 그릇)을 갖게 되면 분명히 다른 세 가지 용도로 사용해야 했다고 이야기한다. 매일 죽을 배급받는 데, 화장실 가는 것이 금지된 밤에 볼일 보는 데, 세탁실에 물이 있을 때 몸을 씻는 데.

모든 수용소의 급식에는 매일 1리터의 죽이 포함되어 있었는데, 우리 라거에서는 우리가 일하던 화학 공장의 허가로 2리터의 죽이 배급되었다. 그래서 몸 밖으로 배출할 수분이 많았고, 우리는 공동 화장실에 자주 보내달라고 하거나 작업장 구석에서 다른 식으로 해결할 수밖에 없었다. 포로들 중에는 자신을 조절하지 못하는 사람도 몇 명 있었다. 방광이 약한 탓이거나 겁에 질려서, 또는 노이로제 때문이었는데, 이들은 급하게 소변을 봐야 했고 자주 그대로 옷을 적셔버렸다. 그 때문에 이들은 처벌을 받고 조롱을 당했다. 3층 침상에서 잠을 자던, 나와 동년배인 한 이탈리아인은 어느 날 밤에 사고를 쳐서 아래 침상에 있던 동료들을 적셨고 이들은 즉시 막사반장에게 그 사실을 알렸다. 그 이탈리아인은 막사반장이 덮치자, 상황이 뻔한데도 자신이 한 게 아니라고 부인했다. 그러자 반장은 그에게 자신의 무죄를 증명하기 위해 그 자리에서 당장 오줌을 눠보라고 명령했다. 그는 당연히 그러지 못했고 실컷 두들겨 맞았다. 그러나 그의 합리적인 요구에도 불구하고, 그는 좀 더 아래층 침상으로 옮기지 못했다. 이는 일종의 행정 조치로, 막사 서기의 일을 너무 복잡하게 만들 거라는 이유에서였다.

배설에 대한 강압과 비슷한 것이 바로 나체에 대한 강압이다. 라거에는 나체로 들어오게 되어 있었다. 아니 나체 그 이상이었다. 옷과 신발만 없는 것이 아니고(사실 압수당했다) 머리카락과 온몸의 털이란 털은 하나도 없이 들어오니까 말이다. 군대의 병사兵舍에 들어갈 때에도 비슷한 일이 벌어지거나 또는 과거에 그러기도 했지만,

가라앉은 자와 구조된 자   5. 쓸데없는 폭력

이곳 라거에서의 털 깎기는 총체적이고 또 매주 일어나는 일이었다. 이처럼 공개적이고 집단적인 나체화는 되풀이되는 전형적 상황으로 많은 의미를 담고 있었다. 이 역시 어떤 필요에 뿌리를 둔(샤워를 하거나 의료 진찰을 받기 위해 옷을 벗어야 하는 것은 분명하다), 그러나 쓸데없는 과도함 때문에 모욕적인 하나의 폭력이었다. 라거의 하루는 이 검사, 의복 수색, 옴의 진찰, 아침 세면 등 수없이 강압적으로 옷을 벗어야 하는 일들로 가득했다. 게다가 '위원회'의 정기 선발, 곧 아직 노동에 적합한 사람과 제거될 사람을 결정하는 과정에서도 마찬가지였다. 맨발에 벌거벗은 인간은 온몸의 신경과 힘줄이 잘려나가는 기분을 느낀다. 그는 속수무책인 먹잇감이다. 비록 배급받는 게 더러운 옷이라 해도, 밑창이 나무로 된 형편없는 신발이라 해도, 의복이란 보잘것없지만 필수불가결한 최소한의 방어다. 의복이 없는 사람은 자기 자신을 인간으로 인식하지 못한다. 차라리 스스로를 땅바닥에 기어다니는 지렁이처럼 벌거벗고 느리고 비천한 존재로 인식한다. 그렇게 그들은 자신들이 언제라도 짓이겨질 수 있다고 느낀다.

포로생활 첫 며칠 동안 숟가락이 없다는 사실은 이와 똑같은 무력감과 박탈감을 불러일으켰다. 어릴 적부터 여러 개의 수저들(아무리 가난한 집의 부엌이라도 수저는 있다)에 익숙한 사람에게는 이것이 하찮게 보일 수도 있는 작은 세부사항이지만, 결코 하찮지 않은 문제였다. 숟가락 없이는 매일 죽을 개처럼 핥지 않고는 먹을 수가 없었다. 오랜 견습 기간(여기서도 곧바로 이해하고 자신의 말을 이해시키는 것이 얼마나 중요했던지!)이 지난 뒤에야, 수용소에 물론 숟가락은 있지만 암시장에서 죽이나 빵을 주고 사야 한다는 것을 알게 되었다. 숟가락 한 개의 값은 보통 빵 반개나 죽 1리터였지만 새로 들어온 물정 모르는 사람들에게는 언제나 훨씬 더 많은 양을 요구했다. 그런데 아우슈비츠 수용소가 해방되었을 때 우리는 창고에서, 막 도착한 강제이송자들의 짐꾸러미에서 나온 알루미늄, 강철, 심지어 은으로 된 숟가락 수만 개 외에도, 완전히 새것인 투명 플라스틱 숟가락 수천 개를 발견했다. 그러니까 이것은 근검절약의 문제가 아니라 굴욕감을 주려는 정확한 의도에서 나온 것이었다. 구약성서의 「사사기」 7장 5절에 나오는 일화가 머리에 떠오른다. 기드온[10] 장군은 자신의 병사들이 강에서 물을 마실 때 행동하는 방식을 관찰하고 그중에서 최고의 병사들을 뽑았다. "개가 하듯이" 물을 핥아 먹거나 무릎을 꿇는 병사들은 제외하고, 서서 손을 입으로 가져가 물을 마시는 병사들만을 받아들였다.

라거에 대한 모든 회고록이 하나같이 그리고 반복적으로 묘사한 기타의 강압들과 폭력들을 전적으로 쓸데없는 것이라고 정의하기에는 망설여진다. 모든 수용소에서 하루에 한두 번 점호가 있다는 것은 잘 알려져 있다. 물론 호명하는 점호는 아니었다. 수천 또는 수만 명의 포로들에게 그것은 불가능한 일이었을 것이다. 게다가 포로들은 한 번도 이름으로 불리지 않았고 대여섯 자리의 등록번호로 불렸으니 더더욱이나 불가능했을 것이다. 그것은 **첼라펠**Zählappell, 곧 집계점호로 복잡하고 힘든 작업이었다. 전날 저녁 다른 수용소나 의

---

10 구약성서 「사사기」에 나오는 군사 지도자. 길르앗산에 모인 3만 2,000명 가운데 300명을 선발하여 미디안의 대군을 격파. 7년간 학대받던 이스라엘 민족을 구출했다.

가라앉은 자와 구조된 자   5. 쓸데없는 폭력

무실로 옮긴 포로들과 밤사이 죽은 포로들을 고려해야 했고, 전체 숫자가 전날의 자료들과, 또 일하러 가는 작업반들이 행진하는 동안에 다섯 명 단위로 세는 집계와 정확하게 일치해야 했기 때문이다. 부헨발트에서는 죽은 사람들과 죽어가는 사람들도 저녁 점호에 나타나야 했다고 유진 코곤은 말한다. 서서가 아니라 땅바닥에 늘어진 채, 셈을 쉽게 하기 위해 그들도 5열로 줄을 서야 했다는 것이다.

이러한 점호는 날씨와 상관없이 실시되었고(물론 옥외에서) 적어도 한 시간은 걸렸다. 셈이 맞아떨어지지 않으면 두 시간이고 세 시간이고 계속되었다. 탈출이 의심되면 심지어 스물 네 시간이나 그 이상까지 이어졌다. 눈이 오거나 비가 오거나 혹한의 날씨에는 노동 그 자체보다 더 심한 고문이 되었고, 저녁이면 노동의 피로에 고스란히 보태졌다. 점호는 무의미하고 의례적인 행사로 인식되었다. 그러나 아마도 꼭 그런 것은 아니었다. 다른 경우들처럼 점호도 쓸데없는 것은 아니었다. 이렇게 해석해볼 때 굶주림도, 기진맥진하게 만드는 노동도, 또 (나의 냉소를 용서해주기 바란다. 나는 지금 내 것이 아닌 논리로 추론해보려 하고 있다) 가스에 의한 어른들과 아이들의 죽음도 무용한 것이 아니었다. 이 모든 고통들은 특정한 주제의, 열등한 민족을 노예로 만들거나 제거하겠다는 우월한 민족의 추정적 권리라는 주제의 전개로 나타난 것들이었다. 점호도 바로 그런 것이었다. 피로와 추위와 굶주림과 좌절감을 그 안에 압축해서 보여주며 '훗날' 우리의 꿈속에서 라거의 상징 그 자체가 되었다. 점호가 불러일으키는 고통, 겨울이면 매일같이 몇몇은 쓰러지고 몇몇은 죽게 만드는 그 고통은 체제 속에, 또한 **드릴**Drill, 즉 프러시아의 유산이며 뷔히너가 그의 희곡 『보이체크』[11]를 통해 불멸을 가져다준 가혹한 군사 훈련의 전통 속에 들어 있는 것이었다.

게다가 수용소 점호의 고통스럽고 어처구니없는 측면들에서 볼 수 있듯, 수용소 세계는 독일 군대를 각색한 버전에 다름 아니었다. 라거의 포로 군대는 적절하게 표현해보자면 군대의 불명예스러운 복사판, 더 정확히는 그것을 희화한 것임에 틀림없었다. 군대에는 군복이 있다. 군인의 군복은 깨끗하고 영광스러우며 배지로 가득하지만, 해프틀링의 군복은 더럽고 칙칙하며 잿빛이다. 그러나 양쪽 다 단추가 다섯 개씩 달려 있어야 한다. 그렇지 않으면 큰일난다. 군대는 밀집대형으로 군악대의 소리에 맞춰 군대식 걸음으로 행진한다. 따라서 라거에도 군악대가 있어야 하며, 군악에 맞춘 행군은 사열대 앞을 "좌로 봐!" 동작으로 완벽하게 해낼 정도로 제대로 이루어져야 한다. 이러한 의식은 제3제국의 반유대주의 법률보다도 더 중요하게 여겨질 만큼 필수적이고 또 분명한 것이었다. 제3제국의 반유대주의 법률은 편집증적 궤변을 늘어놓으며 유대인 음악가와 오케스트라가 아리아인 작곡가들의 악보를 연주하는 것을 금했다. 이 악보들이 오염될 수 있기 때문이라는 것이었다. 그러나 유대인들의 라거에는 아리아인 음악가들은 없었고, 어쨌든 유대인 작곡가들이 쓴 행진곡도 많지 않았다. 그래서 순수성의 규칙에서 예외적으로 아우슈비츠는 독일의 유대인 음악가들이 아리아인 음악을 연주할 수 있었던, 아니 연주해야 했던 유일한 장소였다. 필요 앞에 법률은

---

11 독일 작가 게오르그 뷔히너Georg Buchner(1813~1837)의 미완성 유작. 사회의 부조리로 점점 파멸로 치닫는 가난한 병사 보이체크의 비극적 삶을 다루고 있다.

가라앉은 자와 구조된 자

없는 것이다.

'침대 정리'의 의식도 병사兵舍의 유산이었다. 분명히 말해두지만, '침대 정리'란 용어는 넓게 봐서 완곡하게 표현한 말이다. 3층 침대가 있는 곳에, 각 침상에는 대팻밥이 든 얇은 매트리스 하나와 담요 두 장, 지푸라기를 넣은 베개가 고작이었다. 그리고 한 침상에 보통 두 명씩 잤다. 침대 정리는 일어나자마자 막사 전체에서 동시에 이루어져야 했다. 따라서 아래층에 있는 사람들은, 나무판 가장자리 위에서 불안정하게 균형을 잡고 같은 일에 열중하고 있는 위층 사람들의 다리 사이에서 매트리스와 담요들을 정리해야 했다. 곧바로 빵 배급이 시작되기 때문에 모든 침대는 1, 2분 안에 정리되어야 했다. 광란의 순간이었다. 병사의 공기는 뿌연 먼지와 팽팽한 긴장감, 온갖 언어로 주고받는 욕설들로 가득했다. '침대 정리'(*베텐바우엔Bettenbauen*. 이것은 전문 용어였다)는 엄격한 철칙에 따라 시행되어야 할 신성한 작업이었다. 곰팡이 냄새가 진동하고 여기저기 수상한 얼룩들로 가득한 매트리스는 툭툭 털어 부풀려야 했다. 그러라고 매트리스 홑청에는 손을 넣을 두 개의 틈이 있었다. 담요 두 장 중 한 장은 그 끝을 매트리스 밑에 끼워 넣어야 했고 다른 한 장은 베개 위로 올라오도록 펼쳐놓아야 했는데, 모서리가 생생하게 살아 있어 반듯한 계단을 이루는 형태가 되어야 했다. 작업이 끝났을 때 전체적으로는 모든 면이 매끈한 직육면체 위에 작은 직육면체 베개가 얹어진 모양을 하고 있어야 했다.

수용소의 SS 군에게, 그리고 결과적으로 모든 막사반장들에게 **베텐바우엔**은 이해할 수 없는 일차적 중요성을 가진 것으로, 아마도 정리와 규율의 상징이었다. 침대 정리를 잘 못했거나 잊어버린 사람은 공개적으로 엄하게 처벌받았다. 뿐만 아니라 각 막사에는 한 쌍의 관리자인 **베트나흐찌어***Bettnachzieher*("침대 점검자." 나는 이 용어가 일반적인 독일어에 존재하지도 않으며 당연히 괴테도 알아듣지 못했을 거라고 생각한다)가 있었다. 이들의 임무는 개개의 침대 상태를 확인하는 것과, 그러고 나서는 침대들이 횡적으로 나란한지 살피는 것이었다. 이러한 목적에서 그들은 막사만큼이나 긴 줄을 가지고 있었는데, 정리된 침대들 위쪽 끝으로 그 줄을 편 다음 혹시라도 들쑥날쑥한 것들은 센티미터까지 맞춰가며 다시 옮겼다. 고통 이상의 이러한 정리벽은 터무니없고 기괴해보였다. 사실 굉장히 신경 써서 매끈하게 편 매트리스는 아무런 지속력도 없어서 저녁이면 무게에 눌려, 매트리스를 받치는 널빤지에 닿을 정도로 납작해졌다. 사실상 나무판 위에서 잠자는 것과 다를 바 없었다.

지평을 훨씬 더 확장해보면, 히틀러 치하의 독일 전체에서 병사의 규정과 예의범절은 '중산층'의 전통적인 그것을 대체했다는 인상을 받게 된다. **드릴**의 어리석은 폭력은 1934년부터 교육 분야를 침범하기 시작했고 독일 국민들 자신에게 부메랑이 되어 돌아왔다. 보도와 비평에 대한 어느 정도의 자유를 가지고 있었던 당시의 신문들을 보면, 준準군사훈련이라는 틀에서 청소년들에게 기진맥진할 만큼 힘든 행군이 부과되었다. 어깨에 배낭을 메고 하루에 50킬로미터까지 행군해야 했고 낙오자에게 자비란 없었다. 감히 항의를 하는 부모들과 의사들은 정치적 처벌의 위협을 받았다.

아우슈비츠의 자생적 발명인 문신은 전혀 다른 이야기이다. 1942년 초부터 아우슈비츠와 그에 좌우되는 다른 라거들(1944년에는 40여 개를 헤아렸다)에서 포로들의 등록번호는 더 이상 옷 위에 꿰매 붙이기만 한 것이 아니라 왼쪽 팔뚝에 문신으로 새겨졌다. 이러한 규정에서 면제된 것은 유대인이 아닌 독일인 포로들뿐이었다. 문신 작업은, 이전에 자유의 몸이었던 사람이건 다른 수용소나 게토에서 온 사람이건 간에 새로 도착한 사람들의 등록 시에 전문화된 '서기'들에 의해서 체계적으로 신속하게 시행되었다. 독일의 전형적인 분류 재능에 따라 하나의 진짜 규칙이 곧 윤곽을 드러냈다. 남자는 팔뚝의 바깥쪽에, 여자는 팔뚝의 안쪽에 문신이 새겨져야 했고, 집시들의 번호 앞에는 Z가 와야 했다. 유대인들의 번호 앞에는 1944년 5월(헝가리 유대인들이 대거 도착했다)부터는 A가 와야 했고 얼마 후에는 B로 대체되었다. 1944년 9월까지 아우슈비츠에는 어린이들이 없었다. 도착하자마자 모두 가스로 죽임을 당했기 때문이다. 그 시점 이후로, 바르샤바의 봉기가 있는 동인에 미구잡이로 체포된 폴란드인들이 가족 단위로 도착하기 시작했다. 갓난아기까지도 포함해서 그들 모두에게 문신이 새겨졌다.

문신 작업은 그다지 아프지 않았고 1분 이상 걸리지 않았다. 하지만 트라우마를 안겨주었다. 문신의 상징적인 의미는 모두에게 너무나 분명했다. 즉, 이것은 지워지지 않는 표식이다. 이곳에서 너희들은 결코 나갈 수 없다, 이것은 도살될 운명인 짐승들과 노예들에게 찍히는 낙인이다. 너희들은 바로 그런 것이 되었다, 너희들은 더 이상 이름이 없다, 이것이 바로 너희의 이름이다. 문신의 폭력은 아무런 이유가 없는, 폭력 그 자체가 목적인 폭력이었고 순전한 모욕이었다. 바지에, 상의에, 겨울용 망토에 천으로 꿰매 붙인 숫자 세 개로 충분치 않았던가? 아니, 충분치 않았다. 그 이상이 필요했다. 무고한 사람이 살 속에 새겨진 자신의 형벌을 느끼도록, 말의 형태가 아닌 다른 메시지가 그들에게는 필요했다. 문신은 또한 이민족의 귀환을 의미하는 것으로, 정통파 유대교도들에게는 더더욱 충격적인 일이었다. 아닌 게 아니라 유대인을 '이민족'과 구별하려는 바로 그 이유로, 문신은 모세의 율법(「레위기」 19장 28절)[12]에 의해 금지되어 있었기 때문이다.

40년의 세월이 지나, 나의 문신은 내 몸의 일부가 되었다. 나는 내 문신을 부끄러워하지도 자랑스러워하지도 않으며, 드러내 보이지도 숨기지도 않는다. 순전히 호기심에서 보여 달라고 하는 사람에게는 마지못해 보여준다. 믿지 못하겠다는 사람에게는 화가 나서 선뜻 보여준다. 흔히 젊은이들이 나에게 왜 문신을 지우지 않느냐고 질문하는데 이는 나를 놀라게 한다. 내가 왜 그래야 한단 말인가? 이러한 증거를 지니고 있는 우리는 세상에 얼마 되지도 않는데.

가장 무력한 사람들의 운명에 대해 말할 결심을 하려면 자기 자신에게 폭력을(유용한 폭력일까?) 가할 필요가 있다. 물론 한 번 더 나는 내 것이 아닌 논리를 따라야겠다. 정통 나치주의자에게는 모든 유대인들이 죽임을 당해야 한다는 것이 명백하고 뚜렷하고 분명

---

12 「레위기」의 이방 풍속 금지에 관한 구절(19장 28절). "죽은 자를 위하여 너희는 살을 베지 말며 몸에 무늬를 놓지 말라."

한 사실이었음에 틀림없다. 그것은 하나의 신조였고 자명한 명제였다. 아이들은 물론이고, 임신한 여자들도, 아니 임신한 여자들은 특히 더 죽임을 당해야 했다. 미래의 적이 태어나지 못하도록. 그러나 자신들의 방대한 제국의 모든 도시와 마을에서 광란의 습격을 벌이는 가운데, 왜 죽어가는 사람들의 집 대문 역시 치고 들어가야 했단 말인가? 왜 그들을 머나먼 곳에서, 무의미한 여행 끝에 폴란드의 가스실 문턱에서 죽게 만들려고 굳이 끌고 가 기차에 태우는 그 고생을 해야 했단 말인가? 내가 탄 열차에는 포솔리의 의무실에서 끌려온 다 죽어가는 아흔 살 노파 두 명이 있었는데, 그중 한 명은 딸들이 곁에서 돌봤지만 헛되이 여행 중에 죽었다. 열차 안의 집단적인 고통 속에 그들의 고통을 보태 넣기보다, 그들을 자신들의 침대에서 그냥 죽게 내버려두거나 차라리 그 자리에서 죽이는 것이 더 간단하고 더 '경제적'이지 않았을까? 나는 제3제국에서 최선의 선택, 위로부터 강요된 선택은 포로들에게 최대한의 괴로움, 최대한의 정신적·도덕적 고통을 짜내는 것이 아니었는지 정말로 생각해보게 된다. '적'은 죽어야 할 뿐만 아니라 고통 속에 죽어야 하는 것이다.

라거의 노동에 대해서 쓴 많은 글들이 있다. 나 자신도 예전에 그에 대해 기술한 적 있다. 노동은 무임금의, 그러니까 노예노동이었고 수용소 체계의 세 가지 목적 중 하나였다. 다른 두 가지 목적은 정적들의 제거와, 이른바 열등한 인종들의 절멸이었다. 부연하자면 소련의 수용소 체제는 세 번째 목적이 없었고 첫 번째 목적에 중점을 두었다는 점에서 나치 수용소 체제와 본질적으로 달랐다.

초기 라거들이 생겨난 것은 히틀러의 정권 장악과 거의 때를 같이 한다. 이들 라거에서 노동은 순전히 박해하려는 의도에서 나온 것이었지, 실제로 생산 목적에는 쓸모없는 것이었다. 영양실조에 걸린 사람들에게 석회를 푸게 하거나 돌을 쪼개게 하는 것은 오로지 박해의 목적에만 쓰이는 것이었다. 어쨌든 나치즘과 파시즘의 수사학으로서는 '노동은 고귀하게 하며'—이 점에서는 부르주아 수사학을 계승한 것인데—따라서 노동이란 말의 일반적 의미에서 봤을 때 체제의 비천한 적수들은 노동할 자격이 없는 사람들이다. 그들의 노동은 고통을 주는 것이어야 한다. 전문성의 여지가 없는 것이어야 하며, 짐을 나르는 짐승들의 노동, 밀고 당기고 짐을 옮기고 바닥으로 등을 구부려야 하는 노동이어야 한다. 이것 역시 쓸데없는 폭력이다. 아마도 현재의 저항을 진압하고 과거의 저항을 벌하는 데에만 유용할 것이다. 라벤스브뤼크 수용소의 여자 포로들은 격리 기간 동안에(즉, 공장 작업반에 배치되기 전에) 사구砂丘의 모래를 삽으로 푸면서 보낸 끝없이 긴 하루하루에 대해 이야기한다. 7월의 뙤약볕 아래 포로들은 원을 두르고 서서 각각 자신의 모래더미에서 모래를 퍼서 오른쪽 옆 동료의 모래더미로 옮겨야 했다. 결국 모래는 왔던 데로 돌아갔으니, 목적도 없고 끝도 없는 원무圓舞를 그렸던 것이다.

그러나 신화적이고 단테적인 이러한 정신적·육체적 고문이, 적극적 저항의 핵이나 자기 방어의 형성을 방지하기 위해 고안되었는지는 의심스럽다. 라거의 SS들은 교묘한 악마라기보다는 둔감한 야수들이었다. 그들은 폭력적이 되도록 교육받았다. 폭력은 그들의 혈관 속에 흐르고 있었다. 그것은 당연했고, 분명했다. 그들의 얼굴에

가라앉은 자와 구조된 자

서, 그들의 몸짓과 언어에서 폭력은 새어나왔다. '적'에게 굴욕감을 주고 고통을 겪게 만드는 것이 날마다 하는 그들의 업무였다. 이런 것들에 대해 그들은 이성적 사고를 하지도 않았고, 다른 목적을 갖고 있는 것도 아니었다. 그것이 유일한 목적이었다. 나는 그들이 우리와 다른, 사악한 물질로 만들어진 인간들이라고 말하려는 것이 아니다(사디스트, 사이코패스는 그들 중에도 있었지만 소수였다). 그저 그들은 지금의 도덕이 전복된 상태로 되어 있던 학교에 몇 년 동안 있었던 것뿐이다. 전체주의 체제에서 교육과 프로파간다와 정보는 아무런 장애물도 만나지 않는다. 그것들은 무제한적인 권력을 가지고 있다. 이런 것을 다원성의 체제에서 나고 자란 사람이 상상하기란 어렵다.

내가 방금 묘사한 것과 같이 순전히 박해하려는 의도에서 나온 노동이 피로를 불러왔다면, 때론 노동이 하나의 방어가 될 수도 있었다. 특히 재단사, 신발 수선공, 목수, 대장장이, 벽돌공 같이 라거에서 자신의 원래 직업과 관련된 일에 배치된 소수의 사람들에게 그랬다. 이들은 자신들이 늘 하던 일을 다시 하게 되면서, 어느 정도는 인간의 존엄성을 회복할 수 있었다. 물론 다른 많은 이들에게도 마찬가지였다. 그들에게 노동은 일종의 정신 운동이었고, 죽음에 대한 생각으로부터 벗어나는 길이었으며, 하루를 살아내는 방법이었다. 어쨌든 비록 고통스럽고 괴로운 일이라 해도 매일같이 하는 일은, 가장 심각하지만 아직은 먼 위협으로부터 우리가 다른 데로 생각을 돌리는 데 도움을 주었으며, 이것은 우리가 공통적으로 경험하는 일이었다.

나는 종종 내 동료들에게서 (가끔은 나 자신에게서도) 흥미로운 현상 하나를 발견했다. '잘된 일'에 대한 열망이 매우 뿌리 깊다는 사실이다. 그들은 주어진 것이 가족이나 자신에게 해롭고 적대적인 노동이라 할지라도 '잘하도록' 무던히 애썼으며, '잘 못'하기 위해서는 의식적인 노력이 필요할 정도였다. 나치의 노동에 대한 사보타주는 위험천만한 일일 뿐만 아니라 인간 본연의 내적 저항을 뛰어넘어야 하는 일이기도 했다. 이것은 『이것이 인간인가』와 『리리트』에서 묘사한 바 있는, 내 목숨을 구해준 폿사노 출신의 벽돌공도 마찬가지였다. 그는 독일과 독일인들, 그들의 음식, 그들의 말, 그들의 전쟁을 혐오했지만, 폭탄에 대비한 방호벽을 쌓아올리는 일이 맡겨졌을 때에는 벽돌들을 제대로 교차시키고 필요한 모든 석회를 발라가며 곧고 단단한 벽을 세웠다. 명령을 존중해서가 아니었다. 전문적인 일에 대한 존엄성 때문이었다. 『이반 데니소비치의 하루』에서 작가 솔제니친은 이와 거의 같은 상황을 묘사하고 있다. 아무런 죄도 없이 10년간 강제노동을 선고받은 주인공 이반은 벽을 최대한 잘 쌓아올리면서, 그리고 벽이 완벽하게 수직으로 세워진 것을 확인하면서 큰 기쁨을 느낀다. 이반은 "그렇게 바보같은 사람이었다. 포로수용소에서 지난 8년간의 세월도 그가 그 습관을 버리게 하는 데는 아무 소용이 없었다. 그는 모든 것, 모든 일을 소중히 여겼고 쓸데없이 망쳐지는 것을 용납할 수 없었다." 유명한 영화 《콰이 강의 다리》를 본 사람은, 포로로 잡힌 영국군 장교가 일본군을 위해 매우 독창적인 목조 교량을 혼신의 힘을 다해 건설할 때의 그 어처구니없는 열의를 기억할 것이다. 그는 영국 공병들이 그 다리에 폭탄을 설치했

가라앉은 자와 구조된 자

다는 사실을 알고 큰 충격을 받는다. 알다시피 잘된 노동에 대한 애정은 굉장히 애매모호한 덕목인 것이다. 그 애정은 미켈란젤로에게 그의 생애 마지막 날들까지 생기를 불어넣어 주었지만, 다른 한편으로 트레블링카의 부지런하기 이를 데 없는 학살자 슈탕글에게도 작용했던 것이다. 그는 인터뷰 도중 질문자에게 짜증을 내며 다음과 같이 대답했다. "나는 나의 자유의지로 했던 모든 일을 할 수 있는 한 최대로 잘해야 했다. 나는 그런 사람이다." 아우슈비츠의 사령관 루돌프 회스도 마찬가지였다. 그는 자신의 가스실 발명을 이끈 창조적 고통에 대해 이야기할 때, 이와 똑같은 미덕을 자랑스러워했다.

마지막으로 나는, 어리석으면서도 동시에 상징적인 폭력의 극단적 예로서 인간의 신체를 마치 물건처럼, 곧 아무것도 아닌 것인 양 자의적으로 마음대로 해도 되는 것처럼 다룬 무자비한 사용에 대해 좀 더 언급하고자 한다. 다하우, 아우슈비츠, 라벤스브뤼크와 그외 다른 곳에서 행해진 의학적 실험들에 대해 이미 많은 글들이 쓰였다. 책임자들이 모두 의사였던 것은 아니고, 흔히는 임시변통으로 의사 일을 맡게 된 사람들이었는데, 그중 몇몇은 처벌받기도 했다(그 모든 이들 중에서도 가장 책임이 크고 가장 사악했던 조제프 멩겔레는 처벌받지 않았다). 이러한 실험의 범위는 아무것도 모르는 포로들을 대상으로 한 새로운 치료법의 검사에서부터, 히믈러의 명령으로, 또 나치 공군 루프트바페Luftwaffe를 위하여 다하우에서 행해진 고문처럼 과학적으로도 쓸모없는 무의미한 고문에 이르기까지 폭넓었다. 다하우에서는 미리 선택된 사람들을 생리학적 정상상태로 되돌리기 위하여 가끔 충분한 영양을 공급하기도 했는데, 이들은 얼음장같이 차가운 물속에 오랜 시간 들어가거나, 인간의 혈액이 어느 고도에서 끓기 시작하는지 알기 위하여 2만 미터 상공(당시의 비행기가 도달하기에는 매우 높은 고도였다!)의 희박한 공기를 시뮬레이션한 감압실에 들어가 있어야 했다. 이것은 아무 실험실에서나 희생자 없이 최소의 비용으로 얻어낼 수 있는, 심지어 일반적인 도표를 보고 추론해낼 수도 있는 자료였다. 내가 보기에는 오늘날과 같이 실험실의 동물들에게 고통스런 과학 실험을 하는 것이 어느 선까지 적법한 것인지에 대해 정당하게도 토론이 벌어지고 있는 시대에, 이러한 혐오스러운 것들을 상기하는 것은 의미심장한 일이다.

이와 같이 전형적이고, 상징성이 크다는 것 말고는 뚜렷한 목적도 없는 잔인함은 그것이 상징적이라는 바로 그 이유 때문에 죽음 뒤의 인간의 유해에까지 확대되었다. 까마득한 선사시대부터 모든 문명이 존중하고 경의를 표하고 때로는 두려워하기도 한 인간의 유해에까지 말이다. 라거들에서 인간의 유해를 대상으로 한 처치는, 그것이 인간의 유해가 아니라 아무렇게나 다뤄져도 개의치 않을 짐승의 사체, 최선의 경우 몇몇 산업적 용도를 위한 재료였음을 보여주었다. 라거나 가스실로 보내진 여성들의 잘린 머리카락이 수톤 씩 아무렇게나 전시되어 있는 아우슈비츠 박물관의 진열장은 수십 년이 지난 뒤에도 공포와 혐오감을 불러일으킨다. 세월이 흘러 그 머리카락은 퇴색하고 상했지만 계속해서 방문객에게 속삭이며 소리 없는 고발을 하고 있다. 독일군은 이 머리카락들을 목적지로 보낼 시간이 없었던 것 같다. 이 특이한 상품은 독일의 몇몇 섬유기업이 구입해서 침대 카버나 다른 산업용 직물로 제조하는 데 사용되었다.

가라앉은 자와 구조된 자

그것을 사용한 사람들이 이것이 무슨 재료로 만들어진 것이었는지 몰랐을 가능성은 희박해 보인다. 판매자, 곧 라거의 SS 당국이 거기서 실질적인 이윤을 뽑아냈을 가능성 또한 희박해 보인다. 이윤을 얻으려는 동기보다 잔학한 폭력의 동기가 우위에 있었던 것이다.

하루에 수톤 씩 화장터에서 나온 인간의 재는 대개 치아나 척추 뼈가 들어 있었기 때문에 쉽게 알아볼 수 있었다. 그럼에도 이것은 다양한 목적으로 사용되었다. 습지대를 메우기 위해, 목조 건물의 벽 사이에 넣을 단열재로, 심지어 인산비료로 말이다. 특히 수용소 옆에 위치한 SS 군의 마을길을 포장하는데 자갈 대신에 사용되었다. 나는 이것이 순전한 냉담함에서 비롯된 것이었는지, 아니면 그 재의 출처 때문에, 곧 그것이 짓밟아야 할 재료이기 때문에 그렇게 한 것인지 잘 모르겠다.

나는 문제의 깊은 바닥까지 도달했다고 생각하지도 않고, 또 쓸데없는 잔인함이 제3제국의 전유적인 유산이자 그 이념적 전제들의 필연적 결과였다는 것을 증명했다고 착각하지도 않는다. 예를 들어, 우리가 폴 포트 치하의 캄보디아에 대해 이해하는 것은 또 다른 해석들을 제기하지만, 캄보디아는 유럽에서 멀리 떨어져 있고 우리가 그에 대해 아는 것은 별로 없으니, 어떻게 우리가 그에 대해 논의할 수 있겠는가? 확실히 쓸데없는 잔인함은 라거의 내부에서만 있었던 것은 아니지만, 히틀러주의의 근본적인 특징들 중 하나였다. 그리고 내가 보기에, 이에 대한 최고의 논평은 이미 언급한 바 있는 트레블링카의 전前 사령관 프란츠 슈탕글과 지타 세레니의 긴 인터뷰(『그

암흑 속에서』, 아델피 출판사, 밀라노, 1975)에서 발췌한 다음과 같은 두 문장 속에 축약되어 있는 것 같다.

"그들을 어차피 다 죽일 것이었는데…… 굴욕감을 주고 잔혹행위를 하는 것이 무슨 의미가 있었나요?" 뒤셀도르프의 감옥에서 종신형에 처해 있던 슈탕글에게 작가가 묻자 그는 이렇게 대답했다. "실질적으로 임무를 수행해야 했던 사람들을 길들이기 위해서. 그들에게 자신들이 하고 있었던 일을 하는 것이 가능하도록." 다른 말로 하자면 희생자는 죽기 전에 인간 이하로 비하되어야 했다. 죽이는 자가 자신의 죄의 무게를 덜 느끼게끔 말이다. 이것은 전혀 터무니없는 설명은 아니다. 그러나 이것이 바로 쓸데없는 폭력의 유일한 유용성이라고 하늘에 외치고 있다.

6 아우슈비츠의 지식인

이미 죽은 자와 논쟁하는 것은 당혹스럽고 그다지 진솔하지 못한 일이다. 고인이 잠재적 친구이자 특별한 상대일 때에는 더더욱 그렇다. 그러나 이는 어쩔 수 없이 내딛어야 하는 걸음이다. 자살한 철학자이자 자살의 이론가인, 장 아메리로 알려진 한스 마이어에 대한 이야기다. 그에 대해 나는 이미 이 책의 25쪽에서 인용한 바 있다. 이 두 개의 이름 사이에, 평화도 없고 평화를 구하지도 않는 그의 삶이 펼쳐져 있다. 그는 1912년 빈에서 태어났다. 그의 집안사람은 대부분 유대인이었지만 오스트리아 – 헝가리 제국에 융합되고 동화되어 있었다. 정식으로 그리스도교로 개종한 사람은 아무도 없었지만 그의 집에서는 반짝이로 장식한 크리스마스 트리 옆에서 성탄절을 지냈고, 집안에 사소한 사고가 일어날 때면 그의 어머니는 예수, 요셉, 마리아를 불렀다. 아버지는 제1차 세계대전 때 전선에서 돌아가셨는데, 그가 남긴 기념사진에는 수염이 덥수룩한 유대인 현자가 아니라 티롤 지방의 산악부대 카이저예거의 제복을 입은 장교의 모습이 담겨 있었다. 19세까지 한스는 이디시어가 존재한다는 사실을 들어본 적조차 없었다.

그는 빈에서 인문대학을 졸업한다. 신생 국가사회주의당과의 마찰도 없지 않았다. 그에게 자신이 유대인이라는 사실은 중요하지 않았지만, 나치에게도 그의 견해와 성향은 별로 중요하지 않았던 것이다. 나치에게 유일하게 중요한 것은 혈통이었고, 그의 혈통은 그를 게르만주의의 적으로 보기에 충분할 만큼 불순한 것이었다. 나치 당원의 주먹이 그의 이 하나를 부러뜨렸는데, 그는 이가 빠져 있는 것을 마치 학창시절 결투에서 얻은 흉터의 훈장처럼 자랑스러워했다. 1935년의 뉘른베르크 법령,[1] 이어서 1938년 독일의 오스트리아 합병과 더불어 그의 운명은 전환점을 맞게 된다. 천성이 회의적이고 염세적이었던 청년 한스는 헛된 희망을 품지 않는다. 그는 충분히 명민해서(명민함은 언제나 그가 가장 좋아한 말들 중 하나일 것이다) 독일의 손아귀에 있는 모든 유대인은 "휴가 중인 죽은 목숨, 죽여야 할 사람"이라는 사실을 일찌감치 깨달았다.

그는 자신을 유대인이라고 생각하지 않았다. 그는 유대인들의 말이나 유대 문화도 알지 못한다. 시오니스트의 말에도 귀 기울이지 않고 종교적으로는 불가지론자이다. 자신이 가지고 있지 않은 정체성을 만들 수 있다고 생각하지도 않는다. 위조이고 가식일 것이기 때문이다. 유대의 전통 속에서 태어나지 않은 사람은 유대인이 아니

---

1 1935년 9월 15일 나치의 전당대회에서 공포된 독일제국 시민법과 혈통보호법. 인종차별과 유대인 학살의 법적 근거가 되었다.

며, 유대인이 되기도 어려운 법이다. 전통은 그 정의상 물려받는 것이다. 그것은 수세기에 걸친 산물이며 후험적으로 만들어내는 것이 아니다. 그럼에도 살아가기 위해서는 정체성, 즉 존엄성이 필요하다. 그에게 이 두 개념은 서로 일치하는 것으로, 한쪽을 잃는 사람은 다른 쪽도 잃게 되고 정신적으로 죽는다. 아무런 보호막도 없으므로 육체적 죽음에도 노출되는 것이다. 그에게, 또 그와 같이 독일 문화를 믿었던 수많은 독일 유대인들에게 독일 정체성은 인정되지 않았다. 나치의 프로파간다에 의해 슈트라이허Julius Streicher[2]의 『데어 슈튀르머』지紙의 추악한 지면에 유대인은 뚱뚱하고 다리가 휘고 매부리코에 톡 튀어나온 귀를 가졌으며, 잘하는 일이라곤 남들에게 해를 끼치는 일밖에 없는 털북숭이 기생충으로 묘사된다. 자명한 이치이지만 유대인은 독일인이 아니다. 아니, 오히려 유대인은 그 존재만으로도 대중목욕탕이나 심지어 공원의 벤치를 오염시키기에 충분하다.

이러한 **엔트뷔어디궁**Entwürdigung 즉, 비하卑下로부터 자신을 지키는 것은 불가능하다. 온 세상이 이를 냉담하게 지켜보며, 독일 유대인 스스로도 거의 모두가 국가의 강압에 굴복하여 자신이 실제로 비하되었다고 느낀다. 여기서 벗어나는 유일한 방법은 역설적이고 모순적이다. 즉, 자신의 운명을, 이 경우 유대교를 받아들이고 또 그와 동시에 부여된 선택에 저항하는 것이다. 돌아온 유대인 청년 한스에게 유대인이라는 것은 불가능한 동시에 의무적인 것이었다. 죽

2　율리우스 슈트라이허(1885~1946). 나치당 소속의 언론인 겸 정치가. 1923년 반유대주의 보급을 위한 대중지 『데어 슈튀르머』Der Stürmer를 창간했다.

을 때까지 그를 따라다니고 또 죽음을 야기하게 될 이러한 그의 분열은 여기서 시작된다. 그는 육체적 용기는 없다고 했지만 도덕적 용기가 부족하지는 않았다. 1938년 그는 '합병된' 조국을 떠나 벨기에로 이주한다. 그 후부터 그는 장 아메리가 된다. 자신의 본명에서 철자 순서를 바꿔 만든 이름이었다. 다른 무엇도 아닌 존엄성을 위해 그는 유대교를 받아들이지만, 유대인으로서는 "커다란 고통을 유발하는 것은 아니지만 확실히 치명적 결과를 갖는 질병들 중 하나를 앓는 병자처럼 세상을 살아간다." 독일의 박식한 인문주의자이자 비평가인 그는 프랑스 작가가 되고자 노력하고(결코 성공하지는 못하지만), 벨기에서 실제적인 정치적 희망은 거의 없는 저항운동에 가담한다. 차후 물질적으로 또 정신적으로 혹독한 대가를 치르게 할 그의 도덕은 이미 변했다. 즉, 적어도 상징적으로는 "주먹을 되돌려주는" 것이 되었다.

1940년 히틀러의 거센 물결이 벨기에마저 덮친다. 장은 자신의 선택에도 불구하고 여전히 고독하고 내성적인 지식인이었다. 1943년 그는 게슈타포의 손아귀에 들어가고 만다. 저들은 그에게 주동자와 동료들의 이름을 대라고 다그친다. 그렇지 않으면 고문이 가해진다. 그는 영웅이 아니다. 그는 자신의 글에서, 만약 알았더라면 말했을 거라고 솔직하게 인정한다. 그러나 그는 모른다. 저들은 그의 손을 등 뒤로 모아 묶고는 도르래에 손목을 걸어 매단다. 몇 초가 지나자 그의 팔은 탈골되어 위쪽으로 꺾여서 등 뒤로 수직인 상태가 된다. 고문자들은 여기서 멈추지 않고, 이미 거의 의식을 잃고 매달린 그의 몸에 잔혹하게 채찍을 가한다. 그러나 장은 아무것도 알지 못한다. 배신해서라도 멈추고 싶지만 도피처를 찾을 수가 없다. 그는 치유되지만 유대인으로 확인되어, 아우슈비츠-모노비츠로 보내진다(몇 달 뒤 나 또한 그곳에 수감된다).

비록 우리는 서로 다시 만나지는 못했지만, 해방 후 각자의 책을 통해 서로를 알아보고, 정확하게 말하자면 서로를 알게 되어 편지 몇 통을 주고받았다. 수용소에서의 우리의 기억은 중요한 세부 사항들에서는 대부분 일치하지만, 흥미로운 한 가지 사항에 대해서는 달랐다. 아우슈비츠에 대해 지워지지 않는 총체적 기억을 간직하고 있다고 늘 주장해온 내가 그의 존재를 잊었다는 사실이다. 비록 정치적 망명자로 또 화가로 당시 이미 프랑스에서 유명했던 카를로 레비Carlo Levi와 나를 혼동하긴 했지만, 그는 나를 기억한다고 단언했다. 아니 우리가 몇 주 동안 같은 막사에서 지냈다고 했다. 이탈리아인들은 거의 희귀할 정도로 소수였기 때문에, 게다가 내가 라거에서 마지막 두 달간 기본적으로 내 일을, 화학자로서의 일을 수행했고 이는 훨씬 더 희귀한 경우였기 때문에 그는 나를 잊지 않고 있다고 했다.

나의 이 글은 두 개의 제목('아우슈비츠의 지식인과 정신의 경계에서')을 가진, 얼음같이 차고 쓰라린 그의 에세이에 대한 개괄이자 주해인 동시에 논의이며 비평이고자 한다. 이 에세이는 내가 여러 해 전부터 이탈리아어 번역본이 나오기를 기다리고 있던 그의 책에서 뽑은 것인데, 이 책 역시 "죄와 속죄의 저편"과 "정복당한 사람의 극복을 위한 시도"(*Jenseits von Schuld und Sühne*, 슈치에스니 출판사, 뮌헨, 1966)라는 두 개의 제목을 가지고 있다.

첫 번째 제목에서 볼 수 있듯이 아메리의 에세이 주제는 정확하게 한정되어 있다. 아메리는 나치의 여러 감옥에 수감되어 있었으며 게다가 아우슈비츠 이후에는 짧은 기간 부헨발트와 베르겐-벨젠 수용소에도 있었다. 그러나 그의 고찰은 타당한 이유에서 아우슈비츠에 한정되어 있다. 거기야말로 정신의 경계, 상상 불가능한 곳이었다. 그렇다면 지식인이라는 것이 아우슈비츠에서는 유리한가, 아니면 불리한가?

당연히 지식인이라는 말이 먼저 무엇을 의미하는지 정의할 필요가 있다. 아메리가 제시하는 정의는 전형적이지만 논의의 여지가 있다.

나는, 이른바 지적인 직업들 중 하나에 종사하는 아무나를 의미하는 것은 물론 아니다. 훌륭한 수준의 교육을 받았다는 것은 아마도 필요조건이겠지만 충분조건은 아니다. 우리 각자는 변호사, 의사, 엔지니어를 알고 있고, 어쩌면 언어학자도 알고 있다. 그들은 물론 총명하고, 자신의 분야에서 탁월할 수도 있겠지만 지식인이라고 정의될 수는 없다. 내가 여기서 의미하는 지식인은 보다 넓은 의미에서 정신적이라고 할 수 있는 하나의 기준 체계 내에서 살고 있는 사람이다. 그가 연관된 분야는 기본적으로 인문주의적이거나 철학적이다. 그는 잘 발달된 미학적 의식을 가지고 있다. 성향과 적성상 그는 추상적 사고에 매료되며[…], 만약 그에게 '사회'에 대해 말하면, 그는 이 용어를 일반적 의미에서가 아니라 사회학적 의미에서 이해한다. 전기 합선을 일으키는 물리적 현상에 대해서는 관심 없지만, 농민 세계의 궁정시인 나이트하르트 폰 로이엔탈Neidhart von Reuenthal[3]에 대해서는 아주 잘 안다.

이러한 정의는 내가 보기에 쓸데없이 제한적인 것 같다. 정의라기보다는 일종의 자기 묘사이다. 이 인용문의 맥락에서 나는 아이러니의 그림자를 배제할 수 없을 것 같다. 아메리가 폰 로이엔탈을 당연히 알고 있었던 것처럼, 폰 로이엔탈을 안다는 것은 사실 아우슈비츠에서는 별 쓸모가 없었다. 내가 보기에는 '지식인'이라는 용어 속에, 예컨대 수학자나 동식물 연구가나 과학 철학자도 포함시키는 것이 더 적절한 것 같다. 나아가 이 용어가 여러 나라에서 다양한 색깔을 띤다는 점에 주목해야 한다. 그러나 사소한 것에 너무 신경을 쓸 이유는 없다. 결국 우리는 통합을 열망하는 유럽에 살고 있으며, 아메리의 고찰은 지금 논의되고 있는 개념이 보다 넓은 의미에서 이해된다 하더라도 유효하다. 나는 아메리의 발자취를 따르고 싶지도, 또 현재의 내 상황에 맞춰 내안직 정의를 만들고 싶지도 않다(오늘날 나는 '지식인'일지도 모르겠다. 이 용어가 내게 막연한 불편함을 주긴 하지만. 도덕적 미성숙함과 무지함, 생경함 때문에 당시에 나는 지식인이 물론 아니었다. 내가 나중에 지식인이 되었다면 역설적이게도 바로 라거의 경험 덕분이다). 나는 이 용어의 범위를 일상의 직업과 상관없이 교양 있는 사람들로 확대할 것을 제안한다. 교양 있는 사람의 문화는 스스로를 개선하고 성장시키고 쇄신하려는 노력 때문에 살아있다. 그리고 그

---

3 나이트하르트 폰 로이엔탈(1180?~1237?). 중세 후기 독일의 기사이자 궁정시인.

런 사람은 분명 지식의 모든 분야를 계발할 수는 없다 하더라도, 그 어떤 분야의 지식 앞에서도 무관심이나 짜증을 느끼지 않는다.

어쨌든 그 어떤 정의를 내린다 하더라도 아메리의 결론에는 동의하지 않을 수 없다. 대부분 육체노동이었던 라거의 노동에서, 일반적으로 교양 있는 사람의 상황은 그렇지 않은 사람보다 훨씬 더 나빴다. 육체적으로 힘이 모자랐을 뿐만 아니라, 노동자나 농부였던 자신의 동료들에게는 비교적 자연스러운 연장에 대한 친근함과 단련도 부족했다. 반면 날카로운 굴욕감과 박탈감, 바로 그 **엔트뷔어디궁**, 곧 잃어버린 존엄에 괴로워했다. 나는 부나 작업장에서의 작업 첫날을 기억한다. 우리 이탈리아 사람들(거의 모두가 전문직이거나 상인이었다)의 이송 무리가 수용소의 명부에 채 등록되기도 전에, 저들은 우리를 거대한 진흙 참호를 확장하는 일에 임시로 보냈다. 내게 삽 한 자루가 쥐어졌고 이는 곧 재앙이었다. 나는 참호 바닥의 파헤쳐진 흙을 삽으로 퍼서 이미 2미터가 넘는 구덩이의 가장자리 위로 올려야 했다. 쉬워 보이지만 쉽지 않은 일이었다. 휙 던져 올리듯이 일하지 않으면, 그리고 제대로 던져 올리지 않으면 흙이 삽에 남아 있지 않고 다시 구덩이로 떨어진다. 흔히는 바닥의 흙을 파고 있는 서툰 작업자의 머리 위로 떨어지게 된다.

우리를 맡은 '민간인' 현장감독도 임시로 일을 맡은 사람으로, 나이 지긋한 독일인이었다. 그는 호인처럼 보였는데, 우리의 서툰 솜씨에서 받은 충격을 솔직하게 드러냈다. 우리가 그에게 우리 중 아무도 이제껏 손에 삽을 잡아본 적이 없다는 점을 설명하려 하자, 그는 참을성 없이 어깨를 으쓱해 보였다. 어쩌라고? 너희는 얼룩말 줄

가라앉은 자와 구조된 자   6. 아우슈비츠의 지식인

무늬 옷을 입은 포로이고, 게다가 유대인 포로이지 않느냐는 것이 었다. 모두가 일해야 한다, 왜냐하면 "노동이 자유롭게 하니까." 라 거의 정문에 그렇게 쓰여 있지 않았던가? 이 말은 장난이 아니었다. 정말로 그랬다. 좋다, 너희가 일하는 방법을 모른다면, 배우는 일만 남았다. 너희는 자본주의자들이 아니었나? 그것 참 잘됐다. 어제는 내가 일했으니 오늘은 네 차례다. 우리 중 몇몇은 항의했고, 지역을 감시하던 카포들로부터 포로생활 최초의 구타를 당했다. 다른 몇몇 은 실의에 빠졌고, 또 다른 사람들은(이 중에는 나도 있었는데) 탈출구 가 없다는 것을, 그래서 최선책은 삽과 곡괭이의 사용법을 배우는 것임을 당혹스럽게 깨달았다.

그럼에도 아메리나 다른 사람들과 달리 내겐 육체노동으로 인한 굴욕감이 심하지 않았다. 분명 나는 아직 충분히 '지식인'이 아니었 던 것이다. 따지고 보면 왜 지식인이 아니었단 말인가? 나는 물론 대학 졸업 학위를 가지고 있었다. 그러나 그것은 내게 과분한 행운 이있다. 나의 가족은 나를 공부시킬 만큼은 부유했다. 내 많은 동년 배들은 청소년기부터 삽으로 흙을 퍼 날랐다. 나는 평등을 원하지 않았던가? 그래서 그 평등을 가졌다. 그런데 며칠 안 가 손과 발에 온통 물집이 잡히고 상처로 뒤덮였을 때 나는 생각을 바꾸어야 했 다. 아니었다, 땅을 파헤치는 사람도 즉흥적으로 되는 것이 아니었 다. 가장 운 없는(그러나 라거에서는 가장 운 좋은!) 사람들이 어린 시 절부터 배우는 몇 가지 기본적인 일들을 나는 급하게 배워야 했다. 연장을 쥐는 올바른 방법, 팔과 몸통의 정확한 움직임, 고통의 인 내와 피로를 조절하는 법, 카포들에게, 때로는 IG 파르벤 사의 독일 '민간인'에게 따귀와 발길질을 당한다 해도 탈진 직전에 일을 멈출 줄 아는 법 등이 그것이다. 다른 곳에서도 말했지만 타격은 일반적으로 치명적이지 않다. 반면에 탈진해 쓰러지는 것은 치명적이다. 또한 날아오는 주먹에는 그 자체로 육체적·정신적인 마취제 같은 것이 들어있다.

노동과 별도로 교양 있는 사람에게는 막사 생활 역시 매우 고통스러운 것이었다. 그것은 홉스적 삶으로, 만인의 만인에 대한 끊임없는 전쟁이었다(반복하지만 1944년 수용소의 수도 아우슈비츠에서는 그랬다. 다른 시기, 다른 곳에서는 상황이 더 나았을 수도, 훨씬 더 나빴을 수도 있다). 당국으로부터 가해진 주먹질은 받아들일 수 있었다. 그것은 글자 그대로 불가항력이었다. 그런데 동료들로부터 받은 구타는 예기치 않게 일어나는 불규칙적인 일이었다. 이 때문에 받아들일 수 없는 것이었고, 문명화된 인간은 여기에 좀처럼 대응할 줄 몰랐다. 또한 아무리 힘든 일이라 해도 육체노동에서는 어느 정도의 존엄성을 찾을 수가 있었다. 거기서 일종의 조악한 금욕적 고행의 형태를 발견하거나, 기질에 따라 콘래드적인 "자기 시험", 자신의 한계에 대한 인식을 발견함으로써 적응할 수도 있었다. 반면 막사의 일과를 받아들이는 것은 훨씬 더 어려웠다. 내가 쓸데없는 폭력들 중 하나로 기술한, 완벽주의적이고 얼간이 같은 침대 정리, 더럽기 짝이 없는 젖은 걸레로 마룻바닥 닦기, 명령에 따라 옷을 입고 벗기, 수도 없이 하는 이나 옴 검사, 개인위생 검사 시에 벌거벗은 몸을 보여주기, 돼지같이 배가 나온 SS 하사관 앞에서 재빨리 척, 하고 "밀집대형", "우로 봐", "모자 벗어"를 해야 하는 군국주의적 패러디 등이 그것이었다.

아메리-마이어도 내가 앞서 4장에서 언급한 언어의 단절 때문에 괴로웠다고 분명히 밝히고 있다. 하지만 그의 언어는 독일어여서 귀머거리-벙어리 처지로 전락한 우리 같은 타언어 사용자들과는 다른 방식으로 괴로움을 겪었다. 감히 말하자면 실제적이라기보다는 오히려 정신적인 괴로움이었다. 그의 언어가 독일어였기 **때문에**, 자신의 언어를 사랑하는 언어학자였기 때문에 그는 괴로워했다. 조각가가 자신의 조각상이 흉하게 망쳐지거나 절단되는 것을 볼 때 괴로워하는 것처럼. 그러니까 지식인의 괴로움은 교양 없는 외국인의 것과는 다른 것이었다. 교양 없는 외국인에게 라거의 독일어는 알아들을 수 없는, 목숨을 위협하는 언어였다. 반면 지식인에게는 알아듣긴 하지만 말하려 하면 차마 입이 떨어지지 않게 만드는 야만적인 은어였다. 한쪽은 강제이송자였고, 다른 쪽은 자신의 조국에서 이방인이 된 사람이었다.

일종의 어떤 즐거움이나 무용담식의 자랑도 없지 않았던 동료들 간의 구타에 대해, 아메리는 또 다른 에세이에서 핵심적인 일화 하나를 들려준다. 이 일화는 **추릭슐라근**Zurückschlagen, 즉 "주먹 되돌려주기"라는 아메리의 새로운 도덕률의 예로 넣을 만하다. 몸집이 거대한 폴란드인 일반 범죄자 하나가 아무것도 아닌 일로 그의 얼굴에 주먹을 날렸다. 그는 동물적 반응에서가 아니라 라거의 뒤틀린 세계에 대한 이성적 저항에서 혼신의 힘을 다해 주먹을 되돌려주었다. "나의 존엄은 전부, 그의 턱을 향한 그 주먹에 있었다. 결국에는 상대의 무자비한 구타에 육체적으로 훨씬 약한 내가 굴복했지만, 그 사실은 전혀 중요하지 않았다. 흠씬 두들겨 맞아 아팠지만, 나는 나 자신이 만족스러웠다."

여기서 나는 나의 절대적인 열등함을 인정해야겠다. 나는 한 번도 "주먹을 돌려주지" 못했다. 전도자 같은 고결함 때문도, 귀족적 지성주의 때문도 아니었다. 그저 타고난 무능력 때문이었다. 사실 아무리 온건하고 아무리 덜 과격한 정치 교육 프로그램이라 하더라도 몇 가지 적극적 방어의 형태를 허용하지 않는 것은 없는데, 어쩌면 내게는 그런 진지한 정치 교육이 결여되어 있었기 때문인지도 모르겠다. 어쩌면 육체적 용기의 부족 때문이었는지도. 나는 자연의 위험이나 질병 앞에서는 어느 정도의 육체적 용기를 가지고 있다. 그러나 공격하는 사람 앞에서는 그런 용기를 전혀 가져본 적이 없었고, 늘 그래왔다. "주먹질을 하는" 것은 내 기억이 미치는 가장 어린 시절 이래로 내게는 없는 경험이었고, 나는 이를 유감스럽다고 말할 수 없다. 바로 이러한 이유로 나의 파르티잔 생활은 그토록 짧고 고통스럽고 어리석었으며 비극적이었다. 나는 나 아닌 다른 사람을 연기하고 있었던 것이다. 나는 아메리의 회심回心을, 상아탑에서 나와 전장으로 내려가는 그의 용기 있는 선택을 존경한다. 그러나 그러한 선택은 당시에도 그랬고, 지금도 그렇고 내 능력 밖의 일이다. 나는 그의 선택을 존경한다. 그러나 나는, 아우슈비츠 시절 이후 내내 연장되었던 그의 이러한 선택이 그로 하여금 삶의 기쁨을 발견할 능력이 없게 만들 정도로, 아니 살아갈 능력이 없게 만들 정도로 엄격하고 비타협적인 태도로 그를 이끌었다는 점을 지적해야겠다. 온 세상과 "주먹다짐을 하는" 사람은 자신의 존엄성을 되찾을 순 있지

가라앉은 자와 구조된 자

만 너무나 비싼 대가를 치르게 된다. 곧 패배가 확실하기 때문이다. 1978년 잘츠부르크에서 있었던 아메리의 자살은 모든 자살이 그렇듯이 분분한 해석을 낳았다. 그러나 지나고 나서 보면 폴란드인에 맞선 이 일화가 그의 자살에 대한 하나의 해석을 제시해준다.

몇 년 전에 나는 아메리와 내가 서로 알고 있는 친구인 헤티 S— 그녀에 대해서는 나중에 말하겠지만—에게 보낸 그의 편지에서 아메리가 나를 "용서하는 사람"으로 정의했다는 것을 알게 되었다. 나는 그것을 모욕으로도, 칭찬으로도 생각하지 않는다. 다만 부정확한 것이라고 생각한다. 내게 용서하는 경향이 있는 것도 아니고, 당시의 우리의 적들 중 그 누구도 나는 용서하지 않았다. 알제리, 베트남, 소련, 칠레, 아르헨티나, 캄보디아, 그리고 남아프리카에서 그들을 모방한 자들을 나는 용서할 마음이 없다. 죄를 지울 수 있는 인간의 행위를 나는 알지 못하기 때문이다. 나는 정의를 요구하지만, 개인적으로 주먹다짐을 하는 것도 주먹을 되돌려주는 것도 내 능력 밖의 일이다.

딱 한번 시도한 적은 있다. 『이것이 인간인가』와 『리리트』에서 이미 이야기한 바 있는 건장한 체구의 난쟁이 엘리아스는 어느 모로보나 "라거에서 행복한" 사람이었다. 그런데 무슨 이유에서였는지는 기억나지 않지만 내 손목을 움켜쥐고 모욕을 퍼부으며 벽으로 나를 밀어붙였다. 아메리처럼 나는 자존심이 치솟아 오르는 것을 느꼈고 나 자신을 배반한다는 것을, 그리고 폭력을 모르는 수많은 선조들이 내게 물려준 규범을 위반한다는 것을 의식하면서 나 자신을 방어하려 애썼다. 나는 나막신으로 그의 정강이를 정통으로 걷어찼다. 엘리아스는 포효했다. 고통 때문이 아니라 자신의 상처 입은 존엄 때문이었다. 그는 번개같이 내 두 팔을 교차시켜 가슴에 대고 자신의 온 무게를 실어 나를 바닥에 쓰러뜨렸다. 그는 내 목을 압박하면서, 지금도 기억에 생생한 그 청자 같이 창백한 푸른 눈으로, 내 두 눈으로부터 한 뼘 거리에서 뚫어질 듯 찬찬히 내 얼굴을 지켜보았다. 거의 정신을 잃을 기미가 보일 때까지 내 목을 조르더니, 말 한마디 없이 풀어주고는 가버렸다.

여기까지 말해두고, 나는 처벌과 복수와 설욕은 가능한 한 내 나라의 법에 맡기고자 한다. 이것은 어쩔 수 없는 선택이다. 관련 제도가 얼마나 제대로 작동을 못 하는지 잘 알고 있지만, 나는 내 지난 과거가 만든 그대로이며 나를 바꾸는 일은 더 이상 가능하지 않기 때문이다. 만약 나 역시 온 세상이 내 머리 위로 무너져 내리는 것을 보았다면, 추방당하고 민족 정체성을 잃는 형벌에 처해졌다면, 기절할 때까지, 또는 그 이상으로 고문을 당했다면, 아마도 주먹을 되돌려주는 법을 배웠을 것이고 아메리처럼 '분노'를 품고 있을 것이다. 그는 괴로움으로 가득한 긴 에세이를 그 분노에 바쳤다.

이것들은 아우슈비츠에서 문화가 갖는 명백하게 불리한 점들이었다. 그렇다면 유리한 점들은 정말 없었던가? 운명이 내게 가져다준 고등학교와 대학의 소박한(그리고 '구식인') 문화를 부정한다면 나는 배은망덕한 사람일 것이다. 아메리도 이를 부정하지 않는다. 문화는 유용할 수 있었다. 자주는 아니더라도, 또 모든 곳에서나 모두에게는 아니더라도 가끔은 보석처럼 귀중한 드문 기회가 있을 때 실제로 유용했으며, 그때는 마치 바닥에서 들어 올려진 것 같은 느낌이었다. 더 높이, 더 오래 고양될수록 더 아프게 하면서, 바닥으로 다시 추락할 위험을 안은 채 말이다.

예컨대 아메리는 다하우에서 마이모니데스Maimonides[4]를 연구하던 자신의 친구에 대해 이야기한다. 친구는 외래 진료소 간호사였는데, 다하우 소용소에는, 비록 그곳이 굉장히 혹독한 수용소였음에도, 심지어 도서관이 있었다. 반면 아우슈비츠에서는 신문에 눈길을 던질 수 있는 것만으로도 전대미문의 사건이었고 위험한 일이었다. 아메리는 어느 날 저녁 노동을 마치고 돌아오는 행진 중에 폴란드의 진창 한가운데에서 횔덜린의 어느 시구 속에 들어있는, 한때 자신에게 충격을 주었던 시의 메시지를 되살려보려 했지만 그러지 못했다는 이야기를 들려준다. 시구들은 거기 그대로 있었고 그의 귀에 들려왔지만, 그에게 더 이상 아무것도 말해주지 않았다는 것이다. 한편 또 다른 순간에는 (일반적으로 진료소에서 추가적으로 배급되는 스프를 먹은 후에, 즉 배고픔이 잠깐 멈춘 동안에) 토마스 만의 『마의 산』에 나오는, 중병에 걸렸지만 본분에 충실한 장교 요하임 침센의 모습을 떠올리고는 도취 상태가 될 정도로 열광한 적도 있었다고 이야기한다.

내게도 문화는 유용했다. 언제나 그랬던 것은 아니고, 가끔은 아마도 예기치 못한 숨은 방식으로였지만 내게는 도움이 되었고 어쩌면 나를 살렸는지도 모른다. 40년이 지나 나는 『이것이 인간인가』

4 마이모니데스(1135~1204). 스페인 태생의 유대인 철학자이자 의사, 율법학자. 유대교의 주요 신학자 중 한 사람이다.

의 「오디세우스의 노래」 장을 다시 읽는다. 이 장의 이야기는 내가 그 진위를 확인할 수 있었던(이는 확실히 해두기 위한 작업이다. 세월이 지난 뒤, 내가 제1장에서 말했듯이 자신의 기억에 의심을 품을 수도 있는 것이다) 소수의 에피소드들 중 하나로, 당시 내 대화 상대였던 장 사무엘이 그 책의 살아남은 극소수의 등장인물들 중 하나이기 때문이다. 우리는 여전히 친구로 남았고, 여러 번 만났다. 그의 기억은 내 기억과 일치한다. 그는 그 대화를 기억하고 있지만, 말하자면 별 중요성을 두지 않았거나 다른 데 중요성을 두고 있었다. 당시 그는 단테에 관심이 없었다. 다만 내가 죽통을 걸 장대를 어깨에 메고, 단테를, 내 언어를, 내 혼란스런 학창시절의 기억을 반시간 내에 그에게 전하려는 순진하고 건방진 노력을 하고 있는 게 흥미로웠던 것이다. 그러니까, "'그렇게 높아 보였다'와 맨 마지막 행들이 어떻게 연결되는지 알 수 있다면 오늘 먹을 죽을 포기할 수도 있을 것이다"라고 썼던 부분은 거짓이 아니었고 과장도 아니었다. 망각으로부터 그 기억들을 구할 수 있다면 나는 정말로 빵과 죽을, 즉 내 피를 내주었을 것이다. 그 기억들은 오늘날에는 인쇄물의 확실한 도움으로 원할 때면 언제든지, 또 돈도 들이지 않고 되살릴 수 있는 것들이고, 그래서 별로 값어치 있어 보이지 않는다.

그러나 당시 그곳에서는 대단한 값어치가 있었다. 내 과거를 망각으로부터 구해 내어 나의 정체성을 강화시켜줌으로써 그 연결고리를 회복하게 해주었다. 그 기억들은, 내 정신이 날마다 필요한 것들로 인해 폭이 좁혀져 있었지만 작동을 멈추지는 않았다는 확신을 갖게 해주었다. 덕분에 나는 내 눈에도, 또 내 대화 상대자의 눈에도 격상되어 보였다. 그 기억들은 나에게 짧지만 무기력하지 않은, 아니 자유롭게 해주는, 전혀 다른 휴가를 안겨주었다. 요컨대 그것은 나 자신을 되찾는 방식이었다. 레이 브래드버리Ray Bradbury의 책 『화씨 451도』Fahrenheit 451 (몬다도리 출판사, 밀라노, 1966)[5]를 읽었거나 그 영화를 본 사람은 어쩔 수 없이 책 없는 세상에서 살아야 한다는 것이 무엇을 의미하는지, 또 그런 세상에서 책들에 대한 기억이 어떤 가치를 가지는지 이해할 수 있을 것이다. 내게 라거는 그런 곳이었다. "오디세우스" 사건 이전에도 또 이후에도, 나는 내 이탈리아 동료들에게 내 과거 세계의 이런저런 조각을 되찾는 것을 도와달라고 그들을 들들 볶았던 것을 기억한다. 별로 얻는 것은 없었다. 오히려 그들의 눈에서 "여기 이 친구, 레오파르디와 아보가드로 수를 가지고 뭘 찾겠다는 거야? 배고파서 미친 거 아냐?" 라는 짜증과 의심을 읽을 수가 있었다.

화학자라는 내 직업으로부터 얻는 도움도 간과할 수 없다. 실제적인 측면에서 그것은 아마도 가스실로 가는 선발 중에서 적어도 몇 번은 나를 구해주었다. 나는 이 주제에 대해 나중에 읽은 책들로부터(특히 J. 보르킨의 『IG 파르벤 사의 죄와 벌』The Crime and Punishment of IG-Farben) 모노비츠 라거가 아우슈비츠 관할이었음에도 IG 파르벤 사의 소유였다는 것을, 요컨대 사유 라거였다는 것을 알게 되었다. 나치 카포들보다 조금은 덜 근시안적이었던 독일 기업들은, 내

---

5 레이 브래드버리가 1953년에 쓴 과학소설. 책이 금지된 미래의 디스토피아를 배경으로 하고 있다. 주인공 가이 몬태그는 책을 불태우는 방화수이다. 소설의 제목인 화씨 451도는 '종이가 불타기 시작하는 온도'를 뜻한다.

가 화학 시험을 통과한 뒤 속하게 되었던 전문가 집단이 쉽게 대체될 수 없는 인력이라는 것을 깨달았다. 그러나 나는 여기서 이런 특권의 조건을 말하려는 것도 아니고, 실내에서 육체적 피로함도 없고, 걸핏하면 때리는 카포도 없이 일할 수 있었던 명백한 이점을 말하려는 것도 아니다. 나는 다른 이점에 대해 말하려 한다. '개인적인 경험으로부터' 나는, 지식인의 범주에서 과학자를 배제하고, 또 좀 더 타당한 이유로 기술자를 배제하는 아메리의 단언을 반박할 수 있다고 믿는다. 아메리에게 이들은 인문학의 분야에서는 전적으로 빠져야 할 사람들이다. 자기 자신을 "인문학 지식이 없는 사람"Omo senza lettere이라 정의했던 레오나르도 다 빈치는 지식인이 아니었던가?

나는 실용적인 개념들의 축적과 함께, 화학과 인접 학문들로부터 유래하지만 더욱 폭넓게 응용할 수 있는 정신적 습관들의 막연한 자산을 학업으로부터 얻었다. 그리고 그것을 라거에 가지고 들어갔다. 곧 이런 것이다. 만약 내가 어떤 방식으로 행동한다면, 내 두 손 안에 있는 물질은, 또는 내 대화 상대인 사람은 어떻게 반응할 것인가? 왜 그 물질은, 또는 그 남자 혹은 여자는 어떤 특정한 행동을 보이거나 중단하거나 바꾸는가? 나는 일 분 뒤에, 또는 내일이나 한 달 뒤에 내 주변에 일어날 일을 예측할 수 있는가? 만약 그렇다면 어떤 징후가 중요하고, 어떤 징후는 무시해도 좋은 것인가? 나는 타격을 예측하고, 어느 방향에서 그것이 올지 알고, 어떻게 막거나 피할 수 있을까?

하지만 나는 무엇보다도 내 직업으로부터 한 가지 습관을 얻었

　　가라앉은 자와 구조된 자　　6. 아우슈비츠의 지식인

다. 곧 우연히 내 앞에 놓인 대상에 절대로 무관심하게 있지 않는다는 것이다. 보기에 따라서 그 습관은 다양하게 평가될 수 있고, 또 임의대로 인간적이거나 비인간적이라고 정의될 수 있을 것이다. 여기서 대상은 인간이지만 '표본'이기도 하다. 확인하고 분석하고 무게를 측정해야 할, 봉인된 봉투 속에 들어 있는 샘플 말이다. 아우슈비츠가 내 앞에 펼쳐놓은 표본집은 풍부하고 다양하고 생소한 것이었다. 친구들, 중립적 입장을 취하는 사람들, 적들로 이루어진 그 표본집은 어쨌든 내 호기심을 충족시켜줄 양식이었다. 몇몇 사람들은 당시에도, 또 그 후에도 이런 나의 호기심을 거리를 두는 자세라고 평했다. 그렇지만 그 양식은 나의 일부분을 살아있게끔 유지하는 데 확실히 도움을 주었고, 또 나중에는 내가 사고하고 책들을 집필할 수 있도록 소재를 제공해주었다. 앞서 말했듯이 나는 내가 '그곳'에서 지식인이었는지는 모르겠다. 어쩌면 아주 잠깐씩 압박감이 덜할 때에는 지식인이었는지도 모르겠다. 내가 나중에 지식인이 되었다면 그곳에서 얻은 경험이 분명 도움을 주었을 것이다. '자연주의적'인 이러한 태도가 오로지 화학에서만 비롯되는 게 아님을, 또 반드시 나타나는 것은 아니란 점을 알고 있지만, 내 경우에는 화학에서 비롯된 것이었다. 한편으로 리디아 롤피와 많은 다른 '운 좋은' 생존자들에게처럼, 내게 라거는 일종의 대학이었으며 우리에게 주변을 돌아보고 인간을 가늠하는 방법을 가르쳐주었다. 이렇게 말하는 것이 부디 냉소적으로 보이지 않기를 바란다.

이러한 측면에서 나의 세계관은 내 동료이자 상대인 아메리와는 달랐고, 또 상호보완적인 것이었다. 그의 글들에서는 다른 관심이 드러난다. 유럽을 전염시키고 세계를 위협한(그리고 여전히 위협하고 있는) 질병에 대한 정치적 투사의 관심이다. 아우슈비츠에는 없었던 성령에 대한 관심이며, 역사의 힘들에 의해 조국과 정체성을 빼앗긴 펌하된 학자의 관심이다. 사실상 그의 시선은 위를 향해 있다. 라거의 하층민, 라거의 대표적 등장인물인 "무젤만", 지성이 죽어가고 있거나 이미 죽어버린 지친 인간에 그의 시선이 머무는 일은 드물다.

그러니까 문화는 유용할 수 있었다. 지엽적인 몇몇 경우만이라고 해도, 짧은 기간 동안만이라고 해도 말이다. 몇 시간을 아름답게 만들어주고, 잠시나마 동료와의 유대관계를 형성해주며, 정신을 건강하게 살아있도록 유지해줄 수 있는 것이다. 물론 방향을 설정하거나 이해를 하는 데는 도움이 되지 않았다. 이 점에서는 외국인으로서의 나의 경험이 독일인인 아메리의 경험과 일치한다. 그러나 이성과 예술과 시는 그것들이 추방당한 곳을 해석하는 데에는 도움이 되지 않았다. 공포로 누벼지고 권태로 이루어진 '그곳'의 일상생활에서는 집과 가족을 잊는 법을 배우는 것이 건강에 좋으며, 마찬가지로 이성과 예술과 시를 잊어버리는 것이 건강에 좋다. 나는 완전한 망각에 대해 말하려는 것이 아니다. 그것은 어느 누구라도 불가능하다. 오히려 자리만 차지하고 매일의 삶에는 더 이상 필요하지 않은 기억의 잡동사니를 기억의 저 후미진 다락으로 치워두는 것에 대해 말하려는 것이다.

이러한 일에는 교양 없는 사람들이 교양 있는 사람들보다 더 소질이 있었다. 그들은 "이해하려 하지 마라"라는 라거에서 배워야 할 첫 번째 현명한 격언에 먼저 적응했다. 거기 그 현장에서 이해하려는 행위는 다른 라거에서 온 많은 포로들이나, 아메리처럼 역사와 논리와 도덕을 알고 있으며 더구나 수감생활과 고문을 겪었던 포로들에게도 쓸데없는 노력이었다. 차라리 굶주림과 피로에 맞서서 일상의 투쟁에 에너지를 쏟는 편이 훨씬 쓸모 있는 행동이었을 것이다. 논리와 도덕은 비논리적이고 부도덕한 현실을 받아들이는 것에 저항했다. 일반적으로 교양 있는 인간을 급속도로 절망으로 이끈 현실 거부는 바로 여기서 비롯했다. 그러나 각양각색의 짐승-인간들은 수없이 많았다. 세련된 문화를 가진 사람들이, 특히 젊은 사람들이면 더더욱 그 문화를 던져버리고, 단순화되고 야만적으로 되고, 그래서 살아남는 것을 나는 보았고 또 묘사했다.

스스로 질문을 던지지 않는 것에 익숙한 단순한 인간은 이유를 묻는 쓸데없는 고문으로부터 안전한 곳에 있었다. 게다가 흔히는 자신의 편입을 용이하게 해주는 직업이나 노동 기술을 가지고 있었다. 이에 대한 완벽한 목록을 제시하기는 어려울 것이다. 이는 라거별로, 또 시시각각 달라졌기 때문이다. 이상한 일이지만 1944년 12월 아우슈비츠에는 **부흐할터 코만도**Buchhalter-Kommando, 곧 회계팀이 꾸려졌다. 당시는 러시아군이 문 앞에 와 있었고, 매일같이 계속되는 폭격과 파이프를 동파시키는 극심한 추위가 기승을 부리던 때였다. 내가 『이것이 인간인가』의 제3장에서 묘사한 슈타인라우프도 이 팀에 합류하기 위해 불려갔지만, 그것도 그를 죽음으로부터 구하는 데에는 충분치 않았다(물론 이것은 저물어가는 제3제국의 총체적 광기 속에 들어갈 만한 극단적인 경우였다). 그러나 재단사, 구두수선공,

기술자, 벽돌공 들이 좋은 자리를 차지한다는 것은 납득이 가고 당연한 일이었다. 오히려 이들은 너무나 드물었다. 실제로 모노비츠에는 18세 미만의 포로들을 대상으로 석공 기술학교가 (물론 인도주의적 목적에서는 아니었지만) 세워졌다.

철학자 역시, 더 먼 길을 돌아서였지만 수용에 이를 수 있었다고 아메리는 말한다. 철학자의 상식은 너무나도 가혹한 현실을 진실로서 받아들이는 데 저항했지만, 그 상식의 벽을 허무는 일이 철학자에게도 일어날 수 있었다. 결국 철학자는 괴물같은 세상에서 살고 있기 때문에 괴물들이 존재한다는 것을, 그리고 데카르트의 논리 옆에 SS의 논리가 존재한다는 것을 인정할 수 있었다.

그래서 만약, 더 강한 자들이 그들이라는 부인할 수 없는 사실에 입각하여, 철학자를 파멸시키기로 작정한 그들이 옳았다면? 이런 식으로 지식인의 근본적인 정신적 관용과 방법적 회의는 자기 파괴의 요인이 되었다. 그랬다. SS는 자신들이 하고 있던 일을 잘할 수 있었다. 자연권은 존재하지 않으며, 도덕적 범주들은 유행처럼 생겼다가 사라지곤 한다. 유대인들과 정치적 반대자들을 죽음으로 내몬 독일이 있었다. 오직 그 길을 통해서만 뜻을 실현할 수 있을 거라고 믿었기 때문이다. 그래서 어쨌단 말인가? 그리스 문명도 노예제도 위에 세워졌고 아테네 군대는 SS가 우크라이나에서 그랬던 것처럼 밀로스 섬에 진지를 차렸다. 역사의 빛이 과거를 비춰줄 수 있는 한에서 전례를 찾아볼 수 없는 수많은 희생자들이 죽임을 당했다. 어쨌든 인간의 진보의 영원성이란 19세기에 생겨난 순진무구함에 다름 아니었다. "좌로, 둘, 셋,

넷"Links, zwei, drei, vier, 걸음을 맞추기 위한 카포들의 명령은 다른 많은 의례들과 같은 하나의 의례였다. 공포 앞에서는 반대할 수 있는 것이 별로 없다. 아피아 가도에는 십자가에 못 박힌 노예들이 울타리를 이루어 양쪽으로 늘어서 있었고, 비르케나우에서는 불에 탄 시체의 악취가 진동하고 있었다. 라거에서 지식인은 더 이상 크라수스 쪽이 아니라 스파르타쿠스 쪽에 있었던 것이다. 이것이 전부다.

과거에 대한 본질적인 공포 앞에서 이러한 굴복은 교양 있는 인간을 지성의 포기로 이끌 수 있었고, 동시에 교양 없는 동료의 방어 무기를 그에게 제공해주었다. 바로, "언제나 그래 왔고, 또 언제나 그럴 것이다"라는 것이다. 아마도 역사에 대한 내 무지함이 이러한 변신으로부터 나를 지켜주었는지도 모른다. 또 한편으로는, 다행스럽게도 나는 아메리가 적절하게 지적하고 있는 또 다른 위험에 노출되지 않았다. 즉, 지식인은('독일 지식인은'이라고 나는 그의 말에 덧붙이고 싶나) 그 속성상 권력의 공범이 되는 경향이 있고, 따라서 권력을 승인하는 경향이 있다는 사실 말이다. 지식인은 헤겔의 자취를 따르는 경향이 있으며, 어떤 국가든 국가를 신격화하는 경향이 있다. 존재한다는 사실은 그것만으로도 존재를 정당화한다는 것이다. 히틀러 치하의 독일 역사는 이러한 경향을 확인해주는 숱한 사례를 남겼다. 사르트르의 스승이었던 철학자 하이데거, 노벨상을 수상한 물리학자 슈타르크, 독일 가톨릭의 최고 권위자였던 파울하버 추기경, 기타 수많은 사람들이 이러한 경향을 확인해보이면서, 여기에 굴복했다.

불가지론자인 지식인의 이러한 잠재적 경향과 더불어, 아메리는 우리 모든 전前 포로들이 알아차린 것에도 주목하고 있다. 곧 불가지론자가 아닌 사람들, 어떤 믿음이든 믿음을 가진 사람들이 권력의 유혹에 더 잘 저항했다는 사실 말이다. 물론 국가사회주의 신조를 믿는 사람들이 아니라면 말이다(이렇게 단서를 붙이는 것이 과한 것은 아니다. 라거에는 몇몇 투철한 나치들도 있었는데, 그들도 정치범 포로의 붉은 삼각형 표식을 달고 있었다. 그들은 이념적 의견이 다르다는 이유로, 또는 개인적인 이유로 권력의 눈 밖에 난 사람들이었다. 모두가 그들을 싫어했다). 결론적으로 그들은 라거의 시련을 더 잘 견뎠고, 그래서 비율적으로 더 높은 숫자가 살아남았다.

아메리처럼 나도 믿음이 없는 사람으로 라거에 들어왔다. 믿음이 없는 사람으로 해방을 맞았고 지금까지 살아왔다. 오히려 라거의 경험이, 그 무시무시한 부당함이 내 불신을 한층 더 굳혔다. 그것은 내가 신의 섭리나 초월적 정의의 그 어떤 형태도 마음속에 품지 못하도록 막았고, 지금도 여전히 막고 있다. 다 죽어가는 사람들이 왜 가축 칸에 있어야 했단 말인가? 왜 어린아이들이 가스실로 갔단 말인가? 그럼에도 나는 굴복하고 싶은 유혹, 기도에서 피난처를 찾고 싶은 유혹을 느낀 적이 있었음을(그리고 딱 한 번 더 있었다) 시인해야겠다. 그 일은 1944년 10월, 임박한 죽음을 선명하게 인식하게 되었던 유일한 순간에 일어났다. 당시 나는 동료들 사이에 끼어, 함께 벌거벗겨진 채 신상카드를 손에 들고 있었다. 한번 훑어보는 것만으로 가스실로 당장 가야 할지, 아니면 노동하기에는 아직 충분히 튼튼한지를 결정하는 '위원회' 앞에서 차례를 기다리고 있었던 것이다. 한

가라앉은 자와 구조된 자　6. 아우슈비츠의 지식인

순간 나는 도움과 피난처를 구할 필요성을 느꼈다. 그러고 나서는 불안함에도 불구하고 평정을 되찾았다. 경기 끝에 가서 경기의 규칙을 바꾸지는 않는 법이다. 그것이 비록 지고 있는 경기일지라도. 그 상황에서의 기도는 터무니없을 뿐 아니라(내가 무슨 권리를 주장할 수 있단 말인가? 그리고 누구에게?) 불경스럽고, 추악하며, 믿음이 없는 사람이 할 수 있는 가장 큰 신성모독일 터였다. 나는 그 유혹을 지웠다. 안 그랬으면, 혹시 내가 살아남았을 때 그에 대해 분명 부끄러워했을 거라는 것을 나는 알고 있었다.

가스실 선발이나 공중 폭격 같은 결정적 순간들에서뿐만 아니라, 고된 일상 속에서도 믿음이 있는 사람들이 더 잘 살았다. 아메리와 나, 우리 둘 다 그것을 알아차렸다. 종교적 믿음이든 정치적 믿음이든 그들의 믿음이 무엇인지는 전혀 중요하지 않았다. 가톨릭 사제나 개신교 목사, 다양한 정통성을 가진 랍비들, 전투적 시오니스트, 순진한 마르크스주의자 또는 진화된 마르크스주의자, 여호와의 증인들은 자신들의 믿음 속에서 구원의 힘을 얻고 있다는 공통점을 가지고 있었다. 그들의 우주는 우리의 우주보다 더 방대하고, 시간과 공간 속에 더 확장되어 있었으며, 무엇보다도 이해할 수 있는 것이었다. 그들에게는 열쇠와 기댈 버팀목이 있었다. 자신의 희생이 의미를 가질 수 있게 해줄 천년왕국의 내일이 있었으며, 천상이나 지상의 어딘가에 정의와 연민이 승리를 거둔(또는, 멀지만 확실한 미래에 승리를 거둘) 장소가 기다리고 있었다. 모스크바나 천상의 예루살렘이나 지상의 예루살렘과 같은 곳 말이다. 그들의 굶주림은 우리의 굶주림과 달랐다. 그것은 신의 형벌이나 속죄, 봉헌물, 또는 자본주의의 부패의 결과였다. 그들 마음속의 고통이나 그들 주위의 고통은 해석 가능한 것이었고, 따라서 절망으로 넘어가지 않았다. 그들은 연민의 눈길로, 때로는 경멸의 눈길로 우리를 바라보았다. 그들 중 일부는 힘든 노동의 막간에 우리를 전도하려 노력했다. 그러나 어떻게 믿음이 없는 사람이 '시의적절한' 믿음을 단지 시의적절하다는 이유로 그 자리에서 받아들이거나 만들어낼 수 있단 말인가?

해방 직후, 죽어가는 자들과 죽은 자들, 병균에 감염된 바람과 오염된 눈의 비참한 풍경을 배경으로 강렬하고 정신없는 날들이 이어졌다. 러시아군은 나를 이발사에게 보냈다. 자유인으로서 새로운 삶을 맞은 나는 처음으로 면도를 하게 되었다. 이발사는 정치범 포로였는데, '생튀르'[6]의 프랑스 노동자였다. 우리는 금세 서로를 형제처럼 가깝게 느꼈고, 나는 그에게 그토록 있을 법 하지 않았던 우리의 구원에 대해 상투적인 몇 마디 말을 건넸다. 우리는 사형 선고를 받았다가 단두대의 연단에서 풀려난 거야. 그렇지? 그는 입을 벌린 채 나를 쳐다보다가 충격을 받은 듯 소리쳤다. "……mais Joseph était là!"(하지만 조제프가 거기 있었잖아!) 조제프? 그가 스탈린을 언급한 것이라는 걸 이해하는 데 몇 초가 걸렸다. 그는 아니었다, 결코 절망한 적이 없었다. 스탈린은 그의 요새였고, 성경의 「시편」에 나오는 바위였다.

물론 교양 있는 사람과 교양 없는 사람의 경계는 믿음 있는 사람과 믿음 없는 사람의 그것과 전혀 일치하지 않았다. 오히려 그 경계

---

6 쁘띠 생튀르Petite Ceinture. 1852년부터 1934년까지 운행된 파리의 외곽 철도.

와 직교하도록 잘라 상당히 명확한 네 개의 사분면을 만들었다. 교양 있고 믿음 있는 사람들, 교양 있고 믿음 없는 사람들, 교양 없고 믿음 있는 사람들, 교양 없고 믿음 없는 사람들이 바로 그것이다. 이 사분면들은 끝없는 잿빛 바다 위로 솟아 있는 채색되고 삐죽삐죽한 작은 섬들이었다. 반쯤 죽은 사람들의 섬들, 아마도 교양 있는 사람들이었거나 믿음 있는 사람들이었지만 이제는 더 이상 스스로 질문을 하지 않는 사람들의 섬들. 그런 그들에게 질문을 한다는 것은 의미 없고 잔인한 일이다.

아메리가 지적하기를, 지식인은(나는 여기서 '지식인'을 **젊은** 지식인이라고 명시하고 싶다. 아메리와 내가 체포되어 포로생활을 했던 그 시절처럼) 자신의 독서로부터 아무런 냄새도 없고 아름답게 장식된 문학적인 죽음의 이미지를 끌어냈다고 했다. 나는 여기서 "좀 더 빛을!"이라고 한 괴테의 마지막 말과 『베네치아에서의 죽음』, 그리고 『트리스탄』을 인용해야 했던 독일 언어학자로서의 아메리의 고찰을 '이탈리아식으로' 해석해보고자 한다. 우리 이탈리아에서 죽음은 쌍을 이루는 두 단어의 조합 "사랑과 죽음"에서 두 번째에 오는 단어이다. 라우라, 에르멩가르다, 클로린다[7]의 부드러운 변용變容이며, 전쟁에 나간 군인의 희생이다("조국을 위해 죽는 자는 위대한 삶을 산 것이다"[8]). "아름답게 죽는 것은 삶 전체를 명예롭게 하는 것"[9]이다. 이러한 방어적이고 액厄을 물리치는 수많은 문구들은 아우슈비츠에서(오늘날 그 어떤 병원에서도 그렇듯이) 그다지 효과가 없었다. **아우슈비츠에서의 죽음**은 사소하고 관료적이며 일상적인 일이었다. 언급되지도 않았고 "눈물로 위로를 받지도"[10] 못했다. 죽음 앞에서, 너무나 익숙해져버린 죽음 앞에서 문화와 비문화의 경계는 사라졌다. 아메리는 죽게 될 지에 대해서가 아니라 어떻게 죽을지에 대해 생각했다고 말한다.

> 가스실의 독이 그 효과를 발휘하는 데 필요한 시간에 대해 토론을 벌이곤 했다. 페놀 주사에 의한 죽음의 고통스러움에 대해 짐작해보곤 했다. 뒤통수를 한 대 맞고 죽는 것을 바라야 할까, 아니면 의무실에서 기력이 소진해서 죽는 것을 바라야 할까?

---

7 인용된 세 여인 모두에게 죽음은 파국이 아니라 진정한 평화와 구원을 의미한다. 라우라는 프란체스코 페트라르카(1304~1374)가 평생을 바쳐 사랑한 여인으로 알려져 있다. 생전의 라우라는 페트라르카의 사랑을 거절함으로써 작가에게 고통과 번민을 안겨주지만, 사후의 그녀는 아름답고 온화한 존재로 그려진다. 에르멩가르다는 알렛산드로 만초니(1785~1873)의 비극 『아델키』(1822)의 등장인물이다. 남편을 사랑하지만 결국 버림받는 비운의 왕비 에르멩가르다는 신에게 자신의 고통을 바침으로써 지상의 사랑을 천상의 사랑으로 승화시키면서 평온한 죽음을 맞이한다. 클로린다는 토르콰토 탓소(1544~1595)의 『해방된 예루살렘』(1581)에 등장하는 미모의 이슬람 여전사로, 십자군 용장 탄크레디 왕자와의 결투에서 치명상을 입고 죽는 인물이다. 그녀의 투구를 벗긴 탄크레디는 자신이 찌른 전사가 사랑하는 클로린다임을 알고 울부짖는데, 그녀는 미소를 지으며 그의 팔에 안겨 숨을 거둔다.
8 "Chi per la patria muor, vissuto è assai." 사베리오 메르카단테(1795~1870)의 오페라 《스페인 여왕 카리테아》의 1악장의 아리아 중 한 소절. 후에 이탈리아 통일운동에서 순국하게 되는 반디에라 형제가 총살형을 당하기 전에 불러 유명해졌다.
9 "Un bel morir tutta la vita onora." 페트라르카의 시집 『칸초니에레』에 수록된 시 「나는 그렇게 내 시간을 보낼 거라고 믿고 있었다」에서 인용.
10 우고 포스콜로의 「무덤들에 대하여」(1807) 첫 소절에서 인용.
All'ombra de' cipressi e dentro l'urne 사이프러스 나무 그늘 아래
confortate di pianto è forse il sonno 눈물로 위로 받는 무덤들 속에
della morte men duro? 죽음의 잠은 덜 괴로울 것인가?

이 지점에서 나의 경험과 기억들은 아메리의 그것들에서 갈라져 나온다. 아마도 내가 좀 더 젊고 그보다 더 무지했기 때문에, 아니면 좀 덜 괴로웠거나 죽음을 덜 의식했기 때문일지도 모르겠지만, 나는 거의 한 번도 죽음에 바칠 시간을 가져보지 못했다. 나는 다른 수많은 일들로 쉴 틈이 없었다. 빵 조각을 찾는다거나, 무지막지한 노동을 피한다거나, 신발을 덧댄다거나, 빗자루를 훔친다거나, 내 주위의 얼굴들과 징후들을 해석하는 일 따위로 말이다. 삶의 목표는 죽음에 저항하는 최선의 방어이며, 이는 라거에서만 그런 것이 아니다.

7 고정관념들

포로생활을 경험한 사람
들은 (그리고 훨씬 더 일반적으로 말해서 가혹한 경험을 한 모든 사람들은)
중간지대가 거의 없이 두 가지 범주로 뚜렷이 나뉜다. 곧 침묵하는
사람들과 이야기를 하는 사람들이다. 그와 같은 태도를 취하는 데
에는 양쪽 다 분명한 이유가 있다. 단순화해서 내가 "수치"라고 부
른 저 심적 불편함을 더 깊이 느끼는 사람들, 자기 자신과 평화를 이
루지 못한 사람들, 또는 상처가 아직도 화끈거리는 사람들은 침묵한
다. 반면 다른 쪽 사람들은 서로 다른 충동에 이끌려 말을 한다(대개
는 말을 많이 한다). 그들이 말을 하는 것은 다양한 의식 수준에서 삶
의 중심이, 또 좋건 나쁘건 자신들의 전全 존재에 중요한 획을 그은
사건이 자신들의 포로생활(이미 먼 옛날 일이 되었다 할지라도) 속에 있
다고 생각하기 때문이다. 또 자신들이 세계적이고 세기적인 규모의
재판에 증인이란 것을 알기 때문이며, (이디시어 속담에 있듯이) "지나
간 고난을 이야기하는 것은 멋진 일"이기 때문이다. 프란체스카는

단테에게 "비참함 속에서 행복했던 시절을 회상하는 것보다 더 큰 고통은 없다"[1]고 말한다. 하지만 모든 생환자가 알고 있듯이, 그 역 逆도 참이다. 즉, 음식과 포도주를 앞에 두고 따뜻한 곳에 앉아 피로와 추위와 굶주림을 회상하며 남들에게 그 이야기를 들려주는 것은 멋진 일이다. 그런 식으로 오디세우스는 파이아키아인들의 왕궁에 성대하게 차려진 음식 앞에서, 이야기를 들려주고픈 욕구에 즉시 굴복한 것이다. 이야기를 하는 사람들은 아마도 "허풍 떠는 병사들"처럼 과장을 섞어가며, 두려움과 용기, 계략, 상처, 패배와 몇몇 승리를 묘사할 것이다. 그렇게 그들은 "다른 사람들"과 자신들을 구별하고 한 집단에 소속됨으로써 정체성을 강화하며 스스로 위신이 높아졌다고 느낀다.

그러나 그들은, 아니 우리는(1인칭 복수형을 쓸 수 있겠다. 나는 침묵하는 사람들에 속하지 않으니까) 요청을 받기 때문에 이야기하기도 한다. 여러 해 전에 노르베르토 봅비오Norberto Bobbio[2]는 나치의 절멸수용소들이 "사건들 중 **하나**가 아니라, 인류 역사에서 아마도 두 번 다시 되풀이될 수 없을 끔찍한 **특정** 사건"이라고 썼다. 다른 사람들, 청취자들, 친구들, 자식들, 독자들, 아니면 잘 모르는 사람들조차도 분노와 동정을 넘어 봅비오와 같은 생각을 어렴풋이 느끼며, 우리 경험의 유일무이함을 이해하거나 적어도 이해하려고 노력한다. 그래서 우리에게 이야기를 하라고 재촉하며, 질문들을 쏟아낸다. 가끔

---

1 단테 『신곡』의 「지옥」편, 제 5곡, 121~123행. "Nessun maggior dolore / che ricordarsi del tempo felice / ne la miseria"
2 이탈리아에서 태어난 법철학자이자 정치학자, 정치사상사가.

씩 우리를 당혹스럽게 하면서 말이다. 왜냐고 묻는 어떤 질문들에 대답하기가 언제나 쉬운 것은 아니다. 우리는 역사가도 아니고 철학자도 아니며 단지 증인들이다. 어쨌든 인간 만사의 역사가 엄격한 논리적 도식을 따른다고 말할 수 없으며, 모든 변화가 한 가지 이유에서 나왔다고도 할 수 없다. 단순화는 학교의 교과서에만 적합한 것이다. 이유들은 많을 수 있고, 서로 혼란스럽게 얽혀 있거나 알 수 없는 것일 수도 있으며, 심지어 존재하지 않을 수도 있다. 어떤 역사학자나 인식론자도 인류의 역사가 결정론적 과정이라는 가설을 아직까지 증명하지 못했다.

우리가 받는 질문들 중 절대로 빠지지 않는 것이 하나 있다. 오히려 그 질문은 해가 거듭될수록 조금씩, 점점 더 집요하게, 비난의 어조를 점점 덜 감춘 채 표현되었다. 그것은 단일한 질문이라기보다는 질문들의 집합이다. 당신들은 왜 도망가지 않았나? 왜 저항하지 않았나? 왜 '사전에' 체포를 피하지 못했나? 이런 질문들은 빠지지 않으며 시간이 흐를수록 증가한다. 어쩌면 바로 그 이유 때문에 이 질문들이 더 주목할 가치가 있는지도 모르겠다.

이러한 질문들에 대한 첫 번째 언급과 해석은 긍정적이다. 자유가 전혀 문제시 되지 않는 나라들이 있다. 인간이 느끼는 자유에 대한 욕구는, 자연스럽게 훨씬 더 시급한 다른 필요들 다음에 오기 때문이다. 추위와 굶주림을 견디고 질병과 기생충, 인간과 동물들의 공격에 저항하는 것 등 말이다. 그러나 기본적인 욕구가 충족된 나라들에서, 오늘날의 젊은이들은 자유를 어떤 경우에도 포기해서는 안 되는 하나의 선善으로 생각한다. 자유 없이는 살 수 없고, 자유는 당연하고 명백한 권리이며, 게다가 건강이나 숨 쉬는 공기처럼 공짜로 갖는 것이라고. 이와 같은 선천적인 권리가 거부되는 시대와 장소는 그들에게 멀고 낯설며 이상해 보인다. 따라서 그들에게 감금이라는 개념은 도망이나 저항과 결부되어 있다. 포로의 조건은 부당하고 비정상적인 것으로 여겨진다. 요컨대 탈출이나 반란으로 치유되어야 할 질병처럼 말이다. 아무튼 도덕적 의무로서의 탈출이라는 개념은 그 뿌리가 깊다. 많은 나라들의 군사 규정에 따르면, 전쟁포로는 전투원으로서의 자기 자리로 돌아가기 위해 어떤 식으로든 포로 상태에서 벗어나야 할 의무가 있다. 또 헤이그 조약에 따르면 이들의 탈출 시도는 처벌돼서는 안 된다. 일반적인 인식에서 탈출은 감금의 수치를 씻어주고 없애주는 것이다.

말이 난 김에 말하자면, 스탈린의 소련에서는 법률상으로는 아니더라도 관행적으로 상황이 많이 달랐고 훨씬 더 극단적이었다. 본국으로 송환된 소련의 전쟁포로에게는 치료도 구제도 없었다. 탈출에 성공해서 다시 전투부대로 합류했다 하더라도, 그에게 붙은 유죄라는 낙인은 돌이킬 수 없었다. 그는 항복을 하느니 차라리 죽었어야 했다. 게다가 적군의 손에 들어간 이상(불과 몇 시간 동안이었다 하더라도) 그는 자동적으로 공모의 의심을 받았다. 그들이 경솔하게 조국에 돌아왔을 때에는 시베리아로 유배되거나 죽임을 당했다. 심지어 전선에서 독일군에게 붙잡혀 점령지로 끌려갔다가 탈출해서 이탈리아, 프랑스, 또는 러시아 후방에서 활동 중인 파르티잔 부대에 합류했던 많은 군인들도 마찬가지였다. 전시의 일본에서도 항복한 군인은 극도의 경멸을 받았고, 그런 이유로 일본군의 손에 들어간 연합군 포로들에 대한 처우는 가혹했다. 그들은 단순히 적일뿐만 아니라 항복함으로써 품격이 떨어진, 비겁한 적이었던 것이다.

또한 도덕적 의무로서, 포로 상태의 의무적 귀결로서의 탈출의 개념은 인기 있는 낭만적 문학작품들(『몬테크리스토 백작』!)에 의해 끊임없이 확인되었다(『빠삐용』의 엄청난 성공을 기억해보라). 영화계에서는 부당하게(또는 정당하게라도) 감옥에 갇힌 영웅은 언제나 긍정적 인물이며, 가능할 것 같지 않은 상황에서도 늘 탈출을 시도한다. 그리고 시도는 한결같이 성공으로 끝난다. 망각에 묻힌 수많은 영화들 중에서 《나는 탈주자다》와 《허리케인》이 기억에 남는다. 전형적인 포로는 육체적 · 도덕적 활력이 넘치는 강직한 인간으로 그려지는데, 그는 절망에서 생겨난 힘과 자신이 처한 곤경이 예리하게 벼려준 재간을 지녔다. 그리하여 그는 몸을 날려 자기 앞에 놓인 장벽을 뛰어넘거나 그것을 무너뜨린다.

감금과 탈출의 이러한 도식적 이미지는 강제수용소의 상황과는 유사한 점이 거의 없었다. 강제수용소라는 용어를 보다 넓은 의미로 이해해보면(즉, 이름이 만천하에 알려져 있는 절멸 수용소들 외에도, 군인 포로들과 다양한 피억류자들이 있던 수많은 수용소들을 포함하여), 독일에는 노예 상태에 있던 수백만의 외국인들이 있었다. 그들은 노동의 피로에 지쳐 있었고, 멸시를 받았으며 영양실조에 시달렸다. 또 제대로 입지도 보살핌을 받지도 못한 채 조국과의 접촉으로부터도 완전히 배제되어 있었다. 그들은 '전형적인 포로들'이 아니었다. 그들은 강직하지도 않았고, 오히려 의기소침하고 쇠약해진 사람들이었다. 국제적십자를 통해 식량과 옷가지를 공급받았고, 훌륭한 군사교육을 받았으며 강한 동기와 군건한 단결심을 가졌던 연합군 전쟁포로들(미군과 영연방 소속의 전쟁포로들)의 경우는 예외로 해야 한다. 그들은 내가 앞서 말했던 "회색지대"가 없는, 상당히 견고한 내부적 계급체계를 유지하고 있었다. 몇몇 예외를 제외하면 그들은 서로 신뢰할 수 있었다. 게다가 다시 붙잡힐 경우에는 국제협약에 따라 자신들을 대우할 것이라는 것을 알고 있었다. 사실 그들 중 많은 사람들이 탈출을 시도했고 몇몇 시도는 성공으로 끝나기도 했다.

나머지 다른 사람들에게, 곧 나치 세계에서 버림받은 사람들에게 (여기에는 집시와 소련 군인, 민간인 포로도 포함되어야 한다. 그들은 인종적으로 유대인들보다 약간 상위에 있는 것으로 간주되었다) 상황은 달랐다. 그들에게 탈출은 어려운 일이었고 극도로 위험한 일이었다. 그들은 굶주림과 학대로 의기소침해져 있었을 뿐만 아니라 쇠약해져 있었다. 그들은 짐을 실어 나르는 가축들보다도 더 가치가 없었고 스스로도 그렇게 느꼈다. 그들은 빡빡 깎은 머리에 당장에 알아볼 수 있는 꾀죄죄한 옷을 걸쳤고, 빠르고 조용한 걸음을 방해하는 나막신을 신고 있었다. 외국인들의 경우, 지인도 없었고 주변에 가 있을 만한 은신처도 없었다. 독일인들의 경우에는 자신이 예리한 눈의 비밀경찰의 리스트에 올라 있고, 그들에게 주의 깊게 감시당하고 있다는 것을 알고 있었다. 곧 자신들을 숨겨주기 위해 생명과 자유의 위험을 무릅쓸 동포는 극소수에 불과하다는 것도 알고 있었다.

유대인들의 특수한(그러나 수적으로는 두드러지는) 경우는 가장 비극적이었다. 가시철조망과, 전기가 흐르는 철조망을 넘고, 순찰대를 피하고, 감시탑에서 기관총으로 무장한 보초들의 감시와 인간

사냥의 훈련을 받은 개들을 용케 피했다 하더라도, 도대체 그들이 어디로 갈 수 있었단 말인가? 누구에게 숨겨달라고 할 수 있었단 말인가? 그들은 떠다니는 공기 같은 남녀들로, 세상의 바깥에 있었다. 그들에게는 더 이상 조국도 없었고(그들은 자국의 시민권을 빼앗겼다) 시민권이 있는 자들의 편익을 위해 집도 몰수당했다. 예외적인 경우를 제외하면, 더 이상 가족도 없었고, 혹시 몇몇 친척이 살아있다 하더라도 그들이 어디에 있는지, 또는 경찰의 추적을 피해 어디로 편지를 써야 하는지 알지 못했다. 괴벨스Paul Joseph Goebbels(1897~1945)와 슈트라이허Julius Streicher(1885~1946)의 반유대주의 선전은 결실을 맺었다. 대부분의 독일인들, 특히 젊은이들이 유대인을 증오했고 멸시했으며 국민의 적으로 간주했다. 나머지 사람들도, 극소수의 영웅적인 인물들의 사례가 있기는 했지만, 게슈타포에 대한 두려움 때문에 그 어떤 도움도 주기를 꺼려했다. 유대인을 숨겨주거나 도움을 주기만 한 사람도 무시무시한 처벌의 위험 앞에 놓였다. 이러한 점에서 몇 천 명의 유대인들이 히틀러의 통치 기간 내내 독일과 폴란드의 수도원, 지하 창고, 다락에 숨어, 용기 있고 동정심 많으며 무엇보다도 수년 동안 철저하게 신중함을 유지할 만큼 영리했던 시민들 덕분에 살아남았다는 사실을 상기하는 것이 좋을 것이다.

더욱이 모든 라거에서는 포로 단 한 명의 도주라도 그것은 중대한 과실로 간주되었고, 관리자 포로에서부터 수용소장에 이르기까지 모든 감시원들은 해임을 각오해야 했다. 나치의 논리에서 이는 참을 수 없는 사건이었다. 노예 한 명의, 특히 "생물학적 가치가 열등한" 종에 속하는 노예의 도주는 말 그대로 패배한 자의 승리와 신화의 붕괴를 나타내는 상징적 사건이었다. 더 현실적으로 말해서, 각 포로는 세상이 알아서는 안 될 것들을 본 사람이기 때문에 이는 객관적 피해이기도 했다. 그 결과, 포로 점호에서 한 사람이라도 빠질 때에는(아주 드문 일도 아니었다. 단순히 셈을 잘못한 경우거나 포로들이 기진맥진해서 기절하는 경우가 종종 있었던 것이다) 대재앙을 불러왔고, 수용소 전체가 경보 상태에 들어갔다. 게다가 감시를 담당하는 SS 군 외에도 게슈타포의 순찰이 개입했다. 라거와 작업장들과 농장들, 주변 거주 지역에 대대적인 수색이 이루어졌다. 수용소장의 자율권으로 긴급조치가 발동되었다. 도망자와 같은 국적이거나 친구로 알려진 사람들, 옆 침상을 쓰는 사람들에게는 고문이 가해졌고, 그러고 나서는 죽임을 당했다. 사실 탈출은 어려운 일이었다. 도망자가 공범의 도움 없이 아무도 알아채지 못하게 탈주 준비를 하기란 있을 법 하지 않은 일이었다. 탈주자를 산 채로든 죽은 채로든 찾을 때까지, 막사의 동료들이나 때로는 수용소의 모든 포로들은 시간 제한도 없이 며칠이고, 눈이 오든 비가 오든 뙤약볕이 내리쬐든 점호 광장에 서 있어야 했다. 도망자를 추적해서 산 채로 잡으면 예외 없이 공개 교수형에 처했다. 그러나 이 교수형에 앞서 SS의 풍부한 상상력이 잔혹한 방식으로 폭발된 의식이 치러졌다. 이것은 매번 달랐지만 언제나 듣도 보도 못한 잔인한 방식이었다.

도주가 얼마나 필사적인 계획인지 보여주기 위해서—이러한 목적에서만은 아니지만—나는 말라 지멧바움Mala Zimetbaum의 위업을 상기하고자 한다. 사실 나는 이 사건에 대한 기억이 남기를 바라는 마음이다. 아우슈비츠-비르케나우의 여성 수용소에서 벌어진 그녀의 탈출은 여러 사람에 의해 기술되었고 그 세부적인 일들은 서로 일치한다. 말라는 젊은 폴란드 유대인으로, 벨기에에서 체포되었다. 그녀는 여러 언어를 유창하게 구사했으므로 비르케나우에서 통역과 명령 전달의 임무를 맡았고, 그런 만큼 어느 정도 이동의 자유를 누렸다. 너그럽고 용기 있는 사람이었던 그녀는 많은 동료 여성들을 도와주었고 모두로부터 사랑을 받았다. 1944년 여름, 그녀는 폴란드 정치범 포로였던 에덱Edek과 함께 탈출하기로 결심했다. 두 사람은 자유를 되찾기만을 바라던 것이 아니었다. 비르케나우에서 매일같이 일어나는 학살을 세상에 입증해보일 계획이었다. 그들은 SS 한 명을 매수해서 제복을 마련하는 데 성공했다. 제복으로 위장하고 나간 그들은 슬로바키아 국경에까지 이르렀고 거기서 세관원들에게 제지당했다. 세관원들은 앞에 서 있는 두 사람을 탈영병으로 의심했고 그들을 경찰에 넘겼다. 그들의 신원은 즉각 확인되었고, 다시 비르케나우로 이송되었다. 에덱은 즉시 교수형에 처해졌다. 현지 수용소의 엄격한 절차에 따라 선고문이 낭독되는 것을 기다리고 싶지 않았던 그는 밧줄 고리에 머리를 넣고는 스스로 받침대에서 떨어졌다.

말라도 자기만의 죽음을 선택하기로 결심했다. 그녀가 감방에서 심문을 기다리는 동안 동료 하나가 다가갈 수 있었다. "어때니, 말라?"라고 동료가 묻자, 그녀는 "나야 항상 잘 지내지"라고 대답했다. 면도날 하나를 몸에 숨기는 데 성공한 그녀는 교수대 발치에서 한쪽 손목의 동맥을 절단했다. 사형 집행을 맡은 SS 대원이 그녀에게서

면도날을 빼앗으려 하자, 말라는 수용소의 모든 여성 포로들이 보는 앞에서 피가 철철 흐르는 손으로 그의 얼굴을 후려갈겼다. 다른 대원들이 격분하여 당장에 달려왔다. 포로 주제에, 유대인 주제에, 여자 주제에 감히 우리에게 맞서다니! 그들은 그녀를 밟아 죽였다. 그녀로서는 다행히도 화장터로 실려 가는 수레 위에서 마지막 숨을 거두었다.

이것은 "쓸데없는 폭력"이 아니었다. 분명 쓸데가 있었다. 모든 도주의 싹을 애초에 잘라버리는 데 굉장히 유용했던 것이다. 이와 같이 SS의 세련되고 검증된 기술들을 모르는 신입 포로가 도주를 생각하는 것은 당연한 일이었다. 반면 그런 생각이 연장자 포로들의 머리를 스치는 일은 극히 드물었다. 사실 탈출 준비는 "회색지대"의 구성원들에 의해, 또는 내가 앞서 기술한 보복을 두려워하는 제3자들에 의해 고발되는 것이 일반적이었다.

나는 미소를 지으며 오래전에 있었던 일 하나를 떠올린다. 어느 초등학교 5학년 학급으로부터 내 책들에 대해 이야기하고 학생들의 질문에 답변해달라는 초대를 받은 적이 있다. 반장인 듯한 똘망똘망해 보이는 한 소년이 내게 예의 그 익숙한 질문을 했다. "왜 도망치지 않으셨어요?" 나는 위에서 기술한 것을 소년에게 짧게 설명했다. 별로 납득이 되지 않은 소년은 내게 감시탑들과 출입문들, 철조망과 발전소의 위치를 넣어서 수용소의 약도를 칠판에 그려달라고 했다. 서른 명의 아이들의 눈이 집중하고 있는 가운데, 나는 최선을 다해 그려보았다. 소년은 몇 초간 약도를 찬찬히 살펴보고는 좀 더 구체적인 몇 가지를 요구하더니 나에게 자신이 생각해낸 계획을 말했다.

여기서 밤중에 보초의 목을 친 다음, 그의 옷을 입고, 곧바로 발전소로 달려가서 전기를 차단한다. 그러면 탐조등이 꺼질 것이고 고압 전류의 철조망에도 전기가 흐르지 않을 것이다. 그러고 나서 걱정 없이 나가면 된다, 라는 것이었다. 소년은 진지하게 덧붙였다. "다음에 또 이런 일이 생기면 제가 말씀드린 대로 하세요. 꼭 성공하실 거예요."

한계는 있지만 이 일화는 내가 보기에, 분명히 존재하며 해가 갈수록 점점 더 벌어지고 있는 간극을, 그러니까 '그곳'에서의 실제 상황과 개략적으로 책이나 영화, 신화들이 키워낸 현재의 상상력에 의해 표현되는 상황 사이의 간극을 잘 보여주는 것 같다. 이러한 상상력은 치명적인 단순화와 고정관념으로 미끄러져 들어간다. 나는 여기서 이런 흐름을 막기 위한 제방을 세우고 싶다. 그러나 동시에 이러한 현상이 가까운 과거에 대한 인식이나 역사적 비극에만 제한된 것이 아니라는 점을 지적하고 싶다. 이는 훨씬 더 일반적이고, 타인의 경험을 인지하는 데 있어 우리가 가진 어려움이나 무능력의 일부를 보여준다. 타인의 경험이 시간적·공간적으로, 또 질적으로 우리의 경험으로부터 멀어질수록 이러한 어려움이나 무능력은 더 심해진다. 우리는 타인의 경험을 '주변'의 경험과 동일시하는 경향이 있다. 마치 아우슈비츠에서의 굶주림이 한 끼를 건너뛴 사람의 배고픔인 것처럼, 또는 트레블링카에서의 탈출이 로마 감옥에서의 탈출과 비슷한 것처럼 말이다. 연구되는 사건들로부터 시간이 흐를수록 점점 더 넓어지는 이러한 간극을 메우는 것은 역사가의 과제일 것이다.

"왜 당신들은 반란을 일으키지 않았나요?"라는 질문도 마찬가지로 자주, 그리고 훨씬 더 신랄한 비난의 어조로 우리에게 제기되었다. 이 질문은 앞서의 질문과 양적으로는 다르지만 성격은 비슷하다. 그리고 이 질문 역시 고정관념에 바탕을 두고 있다. 답변은 두 부분으로 나누어 하는 것이 적절하겠다.

첫째, 그 어떤 라거에서도 반란이 일어나지 않았다는 것은 사실이 아니다. 트레블링카와 소비부르, 비르케나우의 반란들은 풍부한 세부 묘사와 더불어 여러 번 기술되었다. 소규모 수용소들에서도 다른 반란들이 일어났다. 반란은 극도로 용의주도한 일이었고 좀 더 높은 평가를 받을 만하지만, 그중에서 승리로 끝난 것은 하나도 없었다. 만약 그 승리가 수용소의 해방을 의미하는 것이라면 말이다. 이러한 목표를 겨냥한다는 것은 정신 나간 일이었을 것이다. 감시부대는 반란을 단 몇 분 안에 끝낼 수 있을 정도로 매우 강력한 힘을 가지고 있었다. 반란을 일으킨 사람들이 사실상 비무장 상태였기 때문이다. 그들의 실제적 목표는 죽음의 시설들을 파괴하거나 손상시키고, 반란자들의 소집단이 탈출하도록 하는 것이었고, 때로는 (예를 들어 트레블링카에서 일부이긴 했지만) 성공하기도 했다. 대규모 탈출은 누구도 생각하지 않았다. 그것은 미친 짓이었을 것이다. 겨우 몸을 질질 끄는 수천의 사람들에게, 또 몸을 움직인다 해도 적군의 땅에서 어디로 은신처를 찾아나서야 할지 모르는 사람들에게, 나갈 문을 열어준들 무슨 의미와 소용이 있었겠는가?

어쨌든 반란은 일어났다. 단호했으며 육체적으로 아직 온전했던 소수의 포로들, 그들은 믿기지 않을 정도의 용기와 영리함으로 반란을 준비했다. 결국 희생된 목숨들과 보복의 이름으로 자행된 집단적 고통의 측면에서 무시무시한 대가를 치렀지만, 독일 라거의 포로들이 반란을 시도한 적이 없었다는 말은 거짓임을 증명하는 데에는 충분히 유효했고 또 여전히 유효하다. 반란을 일으킨 사람들의 의도대로라면 대량학살의 끔찍한 비밀을 자유세계에 알리고자 하는 좀 더 구체적인 또 다른 결과에 도달하게 되어 있었다. 실제로 일을 성공시킨 소수의 사람들은 또 다른 힘겨운 우여곡절 끝에 정보기관들에 접근할 수 있었고, 이야기를 전했다. 그렇지만 거의 누구도 그들의 이야기에 귀를 기울이지도, 믿어주지도 않았다. 불편한 진실은 그 길이 험한 법이다.

두 번째로, 감금과 탈출의 결합과 마찬가지로 억압과 반란의 결합 역시 하나의 고정관념이다. 이것이 전혀 유효하지 않다는 말은 아니다. 다만 언제나 유효한 것은 아니라는 얘기다. 반란의 역사, 그러니까 '소수의 권력자'에 대항하는 '억압받는 다수'의 아래로부터의 봉기는 인류의 역사만큼이나 오래되었고, 또 그만큼 다양하고 비극적이다. 승리를 거둔 몇몇 소수의 반란이 있었고 많은 반란들은 패배로 끝났다. 그리고 수없이 많은 다른 반란들은 역사에 자취를 남기지도 못하고 일찍감치 진압되었다.

반란자들과 도전받은 권력 각각의 수적·군사적·이념적 힘, 각각의 결집과 내적 분열, 외부의 도움, 유능함, 지도자의 카리스마 또는 악마적 힘, 행운 등 거기에 작용하는 변수들은 많다. 그러나 어떤 경우든 간에 가장 억압받는 개인들은 운동의 선봉에는 결코 서지 않는다는 사실을 볼 수 있다. 오히려 보통은 대담하고 편협하지 않으며,

가라앉은 자와 구조된 자   7. 고정관념들

개인적으로는 안정적이고 평온하며, 심지어 특권을 누릴 수도 있는 삶을 살 가능성이 있음에도 관대함으로(또는 야망으로) 투쟁에 투신하는 지도자들이 혁명을 이끈다. 기념물에서 자주 되풀이되는, 자신의 무거운 사슬을 끊는 노예의 상像은 수사적인 것이다. 그의 사슬은 좀 더 가볍고 느슨한 구속에 메인 동료들에 의해 끊어진다.

이러한 사실은 놀랄 일이 아니다. 지도자는 유능해야 하며 도덕적 · 육체적 힘을 가지고 있어야 한다. 그리고 낮은 수준의 억압이 요구된다. 만약 그에게 가해지는 억압이 일정 수준을 넘어서면 그것은 양쪽 힘 모두를 저하시킨다. 모든 진정한 봉기들(분명히 해두자면 아래로부터의 봉기이다. 쿠데타나 "궁정 반란"이 아니라)의 원동력인 분노와 의분을 불러일으키기 위해서는 물론 억압이 존재해야 하지만, 적당한 정도이거나 비효율적으로 행해져야 한다. 라거에서의 억압은 극단적 수준의 것이었고, 다른 분야들에서는 칭찬받을 만한 저 유명한 독일의 효율성을 발휘하여 행해졌다. 전형적인 포로, 수용소의 중추를 형성하는 포로는 고갈의 한계에 와 있었다. 굶주리고 쇠약하며 상처로 가득했고(특히 발이 그랬다. 그는 이 단어의 원래적 의미에서 '저지된'impedito[3] 사람이었다. 이것은 사소하게 볼 게 아니다!), 따라서 완전히 풀이 죽어 있었다. 그는 해진 넝마 같은 인간이었다. 그리고 마르크스가 이미 알고 있었듯이, 현실 세계에서 혁명은 넝마들로는 되지 않는다. 이는 영화나 문학의 수사적 세계에서만 가능한 것이다. 모든 혁명들, 세계 역사의 항로를 바꾼 혁명들과 우리가 여기서 다루

---

3 '발piede에 족쇄를 달다'란 어원을 가진 동사 impedire의 과거분사이다.

고 있는 작은 혁명들을 이끈 자들은 억압을 잘 알고 있었지만 직접 피부로 경험하지는 않은 인물들이었다. 내가 이미 언급한 비르케나우에서의 봉기는 화장터 담당이었던 특수부대에 의해 촉발되었다. 그들은 절망에 빠지고 분노한 사람들이었지만, 영양 상태가 좋고 제대로 된 옷을 입고 제대로 된 신을 신은 사람들이었다. 최고의 찬사를 받아 마땅한 바르샤바 게토의 봉기는 유럽의 첫 번째 '저항'이었고 승리나 구원에 대한 최소한의 희망도 없이 일어난 유일한 저항이었다. 그러나 자신의 힘을 빼앗기지 않기 위한 목적으로, 몇 가지 기본적인 특권들을 따로 보유한 정치적 엘리트 집단의 작품이었다.

이제 세 번째 형태의 질문에 이르렀다. 국경이 폐쇄되기 전에, 덫이 철컥 물기 전에, 왜 '사전에' 도망가지 않았나? 라는 질문이다. 여기서도 나는 나치즘과 파시즘의 위험에 직면한 많은 사람들이 '사전에' 떠났음을 지적해야겠다. 이들은 정치적 망명자이거나 두 체제에 밉보인 지식인들이었다. 수천의 이름들, 수많은 무명인들, 톨리아티, 넨니, 주셉페 사라가트, 가에타노 살베미니, 페르미, 에밀리오 세그레, 리제 마이트너, 아르날도 모밀리아노, 토마스 만과 하인리히 만, 아르놀트 츠바이크와 슈테판 츠바이크, 브레히트와 같은 유명인들과 그 외 다수의 사람들이었다. 모두가 돌아오지는 않았고, 이는 아마도 유럽이 흘린, 다시는 치유될 수 없는 출혈이었다. 그들의 이주는(주로 영국, 미국, 남아메리카, 소련으로 이주했지만, 몇 년 후 나치의 물결이 그들을 따라잡게 될 벨기에, 네덜란드, 프랑스로도 이주했다. 그들은 미래를 내다보지 못했고, 그것은 우리 모두가 마찬가지였다) 도주도,

유기도 아니었다. 그들의 투쟁이나 창조적 활동을 재개할 수 있는 성채에서 실제적 또는 잠재적 동맹자들과 자연스럽게 합류한 것이었다.

그럼에도 위협에 직면한 가족들의(무엇보다 유대인들의) 대부분이 이탈리아와 독일에 남았다는 것도 사실이다. 여기서 스스로에게나 남에게 이유를 묻는 것은, 또 한 번 역사에 대한, 더 단순하게는 만연한 무지와 망각(시대의 사건들로부터 동떨어짐으로써 증가하는 경향이 있다)에 대한 시대착오적이고 틀에 박힌 사고의 표시이다. 1930년에서 1940년 사이의 유럽은 오늘날의 유럽이 아니었다. 이주는 언제나 고통스런 일이다. 당시에는 오늘날 그런 것보다 훨씬 더 어렵고 더 큰 대가를 치러야 하는 일이었다. 이주를 하기 위해서는 많은 돈이 필요했을 뿐만 아니라, 입국하려는 나라에 신원보증을 해주고 집에 묵을 수 있게 해 줄 친척이나 친구와 같은 일종의 '교두보'가 있어야 했다. 많은 이탈리아인들이, 특히 농부들이 지난 수십 년간 이주했지만 이는 비참한 생활과 굶주림에 떠밀린 것이었다. 또한 그들은 '교두보'가 있었거나 아니면 있다고 믿은 사람들이었다. 그들은 보통 초청을 받았고 환영을 받았다. 현지에서는 일손이 부족했기 때문이다. 어쨌든 그들로서도, 또 그들의 가족으로서도 조국을 떠난다는 것은 트라우마로 남을 결정이었다.

'조국'patria이라는 말을 생각해보는 것은 불필요한 일이 아닐 것이다. 이것은 분명 구어의 범위 밖에 위치하는 말이다. 그 어떤 이탈리아 사람도 농담이 아니라면, '기차를 잡아타고 갔다가 조국으로 돌아올게'라는 말을 절대 하지 않을 것이다. 이것은 최근에 생겨난 말이며 한 가지 의미만을 갖는 것이 아니다. 이탈리아어와는 다른 언어들에는 이 말과 정확히 일치하는 말이 없다. 내가 아는 한, 이탈리아 방언들 중 그 어떤 말에도 나타나지 않는다(이는 이 말의 어원이 학식 있는 수준의 것이며, 이 말 속에는 본질적으로 추상성이 내재하고 있음을 보여준다). 이탈리아에서도 이 말이 늘 동일한 의미를 가졌던 것이 아니다. 사실 이 말은 시대에 따라, 우리 아버지들이 태어나고 (어원학적으로) 살았던 마을로부터 리소르지멘토Risorgimento[4]를 거쳐 완전한 국가에 이르기까지 다양하게 확장된 지리적 독립체들을 가리켰다. 다른 나라들에서 이 말은 '집'이나 '출생지'에 해당한다. 프랑스에서 (또 가끔은 우리 사이에서도) 이 말은 동시에 극적이고 수사적이고 격론을 불러일으키는 함축적 의미를 띠었다. 나라가 위협을 받거나 무시당할 때에는 **파트리**Patrie가 조국이 되었다.

이주를 하는 사람에게 조국이라는 개념은 고통스러운 것이 되며, 더불어 희미해지는 경향이 있다. 일찍이 시인 파스콜리[5]는 자신의 "사랑스런 고장"인 로마냐 지방을 떠나면서(실은 그리 멀리 간 것도 아니었는데), "내 조국은 이제, 사람 사는 곳 어디든 거기가 조국이네", 라고 탄식했다. 루치아 몬델라[6]에게 조국은 코모 호수의 물결 위로 솟아 있는 산들의 "들쑥날쑥한 봉우리들"과 확연히 동일시된다. 그에 반해, 오늘날의 미국과 소련처럼 이동이 심한 시기나 또 그런 나

---

4 이탈리아 통일운동. 대략, 나폴레옹 1세가 몰락하고 빈 체제가 시작된 1815년에서 프랑스-프로이센 전쟁이 끝난 1871년에 걸쳐 일어났다.
5 조반니 파스콜리(1855~1912). 19세기 말, 이탈리아를 대표하는 시인. 여기 인용된 시구는 대표 시집인 『미리카에』Miriacae 가운데 「기억들」Ricordi에 들어 있다.
6 알렉산드로 만초니(1785~1873)의 소설 『약혼자들』(1827)의 여주인공.

라에서는 정치적·관료주의적 측면에서가 아니면 조국에 대해서는 별로 이야기되지 않는다. 끊임없이 이동하는 저 시민들의 '집'은 무엇이며, '아버지들의 땅'은 무엇인가? 그들 중 대다수는 알지도 못하며 신경도 쓰지 않는다.

그러나 1930년대의 유럽은 매우 달랐다. 이미 유럽은 산업화되어 있었지만, 여전히 근본적으로 농업사회였거나 항구적으로 도시화되어 있었다. 유럽 인구의 대다수에게 '해외'는 머나먼 어렴풋한 풍경이었고, 형편이 덜 궁한 중산층에게는 특히 그랬다. 히틀러의 위협에 직면해서 이탈리아, 프랑스, 폴란드 그리고 독일 자체 내의 토착 유대인들 대부분은 지역마다 미묘한 차이는 있었지만, 상당 부분 공유하고 있던 이유들을 갖고 자신들이 '조국'이라 느끼는 나라에 그대로 남기를 선호했다.

이주 계획의 어려움은 모두에게 공통적이었다. 국제적 긴장이 심한 시기였다. 오늘날에는 거의 존재하지 않는 유럽의 국경들은 사실상 폐쇄되어있고, 영국과 남북아메리카는 이주민 한도를 극도로 축소시켜 허용했다. 그러나 이러한 어려움보다 더 큰 내적·심리적 성격의 또 다른 어려움이 있었다. 이 마을, 또는 이 도시, 이 지역과 이 국가는 나의 것이다, 나는 이곳에서 태어났고, 내 조상들이 잠들어 있다, 나는 이곳의 말을 하고, 이곳의 관습과 문화를 가지고 있다, 아마도 내가 이 문화에 기여도 했을 것이다, 나는 세금도 꼬박꼬박 냈고 법도 준수했다, 나는 전쟁에 나가서 싸웠다, 그 전쟁이 옳은지 그른지 신경 쓰지도 않았다, 나는 국경을 지키기 위해 목숨을 걸었다, 내 친구나 친척 몇 명은 전몰장병 묘지에 누워 있다, 흔히들 하는 미사여구대로 나 자신도 조국을 위해 기꺼이 죽으리라고 천명했다. 나는 조국을 떠나고 싶지도 않고 떠날 수도 없다. 만약 내가 죽는다면 '조국에서' 죽을 것이고, 그것은 '조국을 위하여' 죽는 나의 방식일 것이다.

분명 유럽의 유대교가 미래를 내다볼 수 있었다면, 적극적 애국심에서 나온 것이라기보다는 정주적이고 가정적인 기질에서 비롯된 이러한 도덕관념은 분명 유지되지 못했을 것이다. 대량학살을 예고하는 징후들도 없지 않았다. 히틀러는 자신의 초기 저서들과 연설에서부터 유대인들은(독일 유대인뿐만 아니라) 인류의 기생충이며 해충처럼 박멸되어야 한다고 분명히 말했던 것이다. 그러나 불안을 조성하는 추론들은 길이 험한 법이다. 마지막 순간까지, 극단적 나치들이 (또 파시스트들이) 집집마다 습격을 감행할 때까지 사람들은 경고의 신호를 받아들이지 않고, 위험을 무시했다. 내가 이 책의 첫 페이지들에서 말한 그 편리한 진실들을 만들어낼 방법을 찾아냈던 것이다.

이러한 상황은 이탈리아에서보다 독일에서 폭넓게 일어났다. 독일 유대인들은 거의 모두가 중산층이었고 독일인이었다. 거의 동포라고 할 수 있는 '아리아인들'처럼, 그들도 법률과 질서를 사랑했다. 그들은 예견하지 못했을 뿐만 아니라 기본적으로 국가에 의한 테러를 상상할 능력 자체가 없었다. 이미 테러가 그들 주위에 와 있을 때에도 말이다. 바이에른 출신의 기이한 시인, 크리스티안 모르겐슈테른Christian Morgenstern(1871~1914)(그의 성에도 불구하고 그는 유대인이 아니다)의 강렬하기 그지없는 유명한 시구가 있다. 비록 J. K. 제론이 『방랑하는 세 사나이』에서 묘사한 대로 깨끗하고 올바르고 법률을 준수하는 독일에서 1910년에 쓰였지만, 지금 여기에 더 적절히 들어맞는 것 같다. 이 시구는 너무나 독일적이고 의미심장해서 격언이 되었는데, 어설픈 우회적 표현을 통하지 않고는 이탈리아어로 번역될 수 없다.

> **Nicht sein kann, was nicht sein darf.**(있어서는 안 되는 것은 있을 수 없다.)[7]

이 상징시에 담긴 내용은 이렇다. 법률을 극도로 준수하는 독일 시민 팔름슈트룀Palmström은 차량 통행이 금지되어 있는 길에서 자동차에 치인다. 그는 상처투성이로 일어나서 생각한다. 차량 통행이 금지되었다면 차들은 다닐 수 없다. 즉, 차들은 다니지 않는다. 그러므로 차 사고는 일어날 수가 없다. 이는 '불가능한 현실', **운뫼클리혜 타트자혜**Unmögliche Tatsache이다(시의 제목이 바로 이것이다). 나는 단지 꿈을 꾼 것임에 틀림없다. 바로, "그 존재가 도덕적으로 허용되지 않는 상황은 존재할 수 없기" 때문이다.

일이 다 벌어진 뒤의 뒤늦은 깨달음과 고정관념들을 경계해야 한다. 더 일반적으로는, 오늘날 여기에서 통용되는 잣대로 멀리 떨어진 시대와 장소를 판단하는 오류를 경계해야 한다. 이것은 시간적·공간적으로 멀리 떨어져 있을수록 피하기가 더 어려운 오류이다. 비

---

7 모르겐슈테른의 시집 『팔름슈트룀』Palmström(1910)에 수록된 시 「운뫼클리혜 타트자혜」 Die unmögliche Tatsache의 한 구절이다.

전문가인 우리가 성경의 구절들과 호머의 작품들을, 또는 그리스·라틴 고전작품들을 이해하는 것이 그렇게도 어려운 이유가 바로 이것이다. 당시의 많은 유럽인들은—그리고 당시 사람들뿐 아니라, 또 유럽인들뿐 아니라—팔름슈트룀처럼 행동했고, 또 여전히 그렇게 행동하고 있다. 존재해서는 안 될 것들의 존재를 부인하면서 말이다. 일찍이 만초니가 신중하게 '양식'과 구분했던 상식에 따르자면 위협에 직면한 인간은 준비를 하고, 저항하거나 달아난다. 그러나 당시의 많은 위협들이 오늘날 우리에게는 분명하게 보이지만, 그 당시에는 자발적 불신과 정신적 억압, 위안을 주는 진실(인심 좋게 주고받고 스스로 만들어내기도 한)의 베일에 가려져 있었다.

　여기서 꼭 해야 하는 질문 하나가 부상한다. 이것은 일종의 반문이다. 세기말이자 천년의 끝자락을 지나고 있는 우리는 얼마나 확실한 삶을 살고 있는가? 특히 우리 유럽인들은? 지구상의 인류 각각에게는 TNT 3, 4톤에 맞먹는 핵폭탄이 있는 셈이라는 이야기를 우리는 들었고 또 그것을 의심할 만한 이유는 없다. 단지 1퍼센트만 사용한다 해도 당장 수천만 명의 사람들이 죽을 것이고, 전 인류에게 아니 지구상의 모든 생물에게 무시무시한 유전적 손상을 일으킬 것이다. 곤충들은 예외일지도 모르겠다. 비록 그것이 비핵전쟁이고 국지적 전쟁이라 하더라도, 제3차 세계대전이 대서양에서 우랄산맥 사이, 지중해에서 북극 사이의 우리 영토에서 일어날 가능성이 존재한다. 이러한 위협은 1930년대의 위협과는 다르다. 덜 가까이에 있지만 훨씬 더 막대한 위협이다. 몇몇 사람들에 의하면 이러한 위협은 인간의 악마성에 결부된 것이 아니라(지금까지는) 새롭고도 여전히 해석 불가능한 역사의 악마성에 결부된 것이라고 한다. 모두를 겨냥하고 있으므로 특히 더 '무용하다'는 것이다.

그렇다면? 오늘날의 두려움은 당시의 두려움보다 덜 혹은 더 큰 것이 있는 것인가? 우리는 미래를 볼 수 없고 그 점에 있어선 우리의 아버지들보다 낫지 않다. 스위스와 스웨덴 사람들에게는 핵전쟁에 대비한 방공호가 있다. 그러나 밖으로 나왔을 때 그들은 무엇을 보게 될 것인가? 폴리네시아, 뉴질랜드, 티에라델푸에고 제도와 남극은 어쩌면 무사할 수 있을지도 모른다. 여권과 입국 비자를 발급받는 일은 당시에 비해 훨씬 더 쉽다. 왜 우리는 우리의 나라를 버리고 '사전에' 도망가지 않는가?

8 독일인들의 편지

　　　　　　　　　　　『이것이 인간인가』는 대
단치 않은 책이지만, 방랑하는 짐승처럼 이미 40년간 길고 복잡한
자취를 뒤로 남기고 있다. 1947년에 처음으로 2,500부가 출판되었
고 평단의 호평을 받았으나 일부만 팔렸다. 남은 600권은 피렌체
의 재고 창고에 보관되어 있다가 1966년 가을, 홍수가 났을 때 물에
잠겼다. 이 책은 '가사'假死 상태로 10년을 보낸 뒤, 1957년에 에이
나우디 출판사가 이 책을 받아들였을 때 생명을 되찾았다. 자주 나
는 부질없는 질문을 혼자 하곤 했다. 만약 이 책이 즉시 널리 퍼졌다
면 어떻게 되었을까? 아마 특별한 일은 없었을 것이다. 일요일마다
(모든 일요일도 아니지만) 작가가 되었던 화학자로서의 내 고단한 삶
은 계속됐을 것이다. 반면에 혹시나 운 좋게도 나는 작가의 깃발을
크게 세웠을지도 모르고, 어쩌면 거기에 현혹되었을지도 모른다. 그
러나 내가 말했듯이 이것은 헛된 질문이다. 상상 속의 과거를, '만약
그랬으면 어떻게 되었을까' 하고 그려보는 일은 미래를 예측하는 것

만큼이나 쓸데없는 짓이다.

이러한 출발 시의 실패에도 불구하고 이 책은 전진해나갔다. 8, 9개 언어로 번역되었고, 이탈리아와 외국에서 라디오 극본이나 연극 대본으로 개작되었으며, 수많은 학교에 소개되었다. 이 책의 여정 중에는 내게 근본적으로 중요한 한 구간이 있었다. 독일어로 번역되어 서독에서 출판된 것이 바로 그것이다. 1959년경, 나는 독일의 한 출판사(피셔 총서Fischer Bücherei)가 번역권을 인수했다는 것을 알고는, 전쟁에서 이겼을 때와 같은 새롭고도 격렬한 감정이 엄습하는 것을 느꼈다. 나는 특정한 독자를 생각하고 글을 쓴 것은 아니었다. 내게 그 글들은 내 안에 들어 있었던, 나를 압도하고 있던 무엇이었고 나는 그것들을 밖으로 쫓아내야 했다. 그것들을 말해야 했다. 아니 지붕 위에서 소리소리 질러야 했다. 그러나 지붕 위에서 소리 지르는 사람은 모두에게 외치는 것이자, 아무에게도 외치는 것이 아니다. 사막에서 외치는 아우성이다. 그 계약 소식을 알게 되었을 때 모든 것이 변했고, 내게는 모든 것이 분명해졌다. 나는 그 책을 물론 이탈리아어로, 이탈리아 사람들을 위해서, 자식들을 위해서, 알지 못했던 사람들을 위해서, 알고 싶어 하지 않았던 사람들을 위해서, 아직 태어나지 않은 사람들을 위해서, 자발적으로든 아니든 인간성에 대한 침해에 동의했던 사람들을 위해서 썼다. 그러나 이 책의 진정한 수신자는, 마치 무기처럼 이 책이 겨냥하고 있던 사람들은 바로 그들, 독일인들이었다. 이제 무기는 장전되었다.

아우슈비츠로부터 불과 15년밖에 지나지 않은 시점이었다는 것을 기억해야 한다. 내 책을 읽을 독일인들은 바로 '그들'이었다. 그 후손들이 아니었다. 그들은 압제자 또는 무관심한 관객에서 독자가 될 터였다. 나는 그들을 꼼짝 못하게 거울 앞에 묶인 상태로 세워둘 터였다. 결산을 할 시간이, 가진 패를 탁자 위에 내려놓을 시간이 온 것이었다. 무엇보다 대화의 시간이 온 것이었다. 나는 복수에는 관심이 없었다. 뉘른베르크의 (상징적이고 편파적이며 미완인) 성사극聖史劇은 내게 마음속으로는 만족감을 주었다. 정당하기 이를 데 없는 교수형에 대해서는 다른 사람들이, 전문가들이 담당하는 것이 나로서는 좋았다. 내 임무는 이해하는 것, 그들을 이해하는 것이었다. 소수의 중범죄자들이 아니라 그들, 그 국민들, 내가 가까이에서 본 사람들, 자신들 중에서 SS 대원으로 차출된 바로 그들을 이해하는 것이었다. 또한 그들 가운데 믿었던 사람들과 믿지 않으면서도 침묵했던 사람들을, 우리의 눈을 똑바로 쳐다볼 작은 용기, 우리에게 빵 한 조각을 던져주거나 인간적인 말 한 마디를 나지막이 중얼거릴 작은 용기도 없었던 사람들을 이해하는 것이었다.

나는 그 당시 그 분위기를 아주 잘 기억하고 있으며 어떤 편견이나 분노 없이 당시의 독일인들을 판단할 수 있다고 믿는다. 모두는 아니었지만 거의 대부분이 장님에 귀머거리, 벙어리였다. 잔혹한 짐승들의 핵 주위에 있는 '불구'의 무리였다. 거의 모두가 비겁했다. 바로 여기서 숨을 고르듯, 그리고 세계적 판결에 비해 내가 얼마나 이질적인 존재인지 증명하기 위해 일화 하나를 이야기하고자 한다. 이 일화도 예외적인 경우였지만, 분명 실화이다.

1944년 11월 우리는 아우슈비츠의 일터에 있었다. 나는 동료 두 명과 함께, 내가 다른 데서 묘사한 바 있는 화학실험실에 있었다. 공

가라앉은 자와 구조된 자　　　　8. 독일인들의 편지

습경보가 울렸고, 그 직후 폭격기들이 보였다. 그것은 수백 대에 이르렀고, 무시무시한 공습을 예고했다. 작업장에는 몇 군데 커다란 벙커가 있었지만 독일인들을 위한 것이었고 우리에게는 금지되어 있었다. 우리는 울타리 안쪽의, 이미 눈으로 뒤덮인 휴경지로 만족해야 했다. 포로들과 민간인들 모두가 저마다의 행선지를 향하여 계단으로 내달았다. 그런데 독일인 기술자인 실험실 책임자가 우리 해프틀링 화학자들을 붙들더니, "너희 셋은 나와 같이 가자" 하는 것이었다. 우리는 깜짝 놀라서 그를 쫓아 벙커를 향해 뛰어갔다. 벙커 입구에는 팔에 나치 완장을 찬 무장 보초병 하나가 서 있었다. 보초병은 그에게 말했다. "당신은 들어가고, 나머지는 꺼져." 그러자 그는 "나와 같이 온 사람들이다. 그러니 다 들어가든지, 아니면 아무도 안 들어가" 하고는 억지로 밀고 들어가려 했다. 그러자 권투가 벌어졌다. 물론 건장한 체구의 보초병이 이겼겠지만, 모두에게 다행스럽게도 해제경보가 울렸다. 공습은 우리를 겨냥한 것이 아니었고 폭격기들은 북쪽으로 넘어갔다. 만약 (또 하나의 만약! 하지만 갈래 진 오솔길의 매력에 어찌 저항할 수 있겠는가?), 이러한 소박한 용기를 낼 수 있는 이례적인 독일인들이 더 많았다면 당시의 역사와 오늘날의 지형은 달라졌을 것이다.

나는 독일 출판사를 믿지 않았다. 나는 출판사에 거의 무례하다싶은 내용의 편지를 써서 내 글에서 단어 하나도 빼거나 바꾸지 말라고 지시했고, 차츰 번역이 진행됨에 따라 번역 원고를 장별로 묶어서 보내달라고 요구했다. 나는 번역이 원문에 어휘적으로 충실한 지뿐만 아니라, 내적 의미에 있어서도 충실한지 점검하고 싶었다. 아주 잘 번역된 것으로 보이는 첫 장과 함께, 완벽한 이탈리아어로 된 번역자의 글이 도착했다. 내용인즉슨 출판사가 자신에게 내 편지를 보여주었고, 나는 그에 대해서는 물론이고 출판사에 대해서도 아무것도 걱정할 게 없다는 것이었다. 그는 자신을 소개했다. 나와 나이가 동갑이고, 이탈리아에서 수년 동안 공부했으며, 번역가일 뿐 아니라 골도니Carlo Goldoni(1707~1793)[1] 연구자이자 이탈리아 학자라고 했다. 그 또한 특이한 독일인이었다. 그는 군대에 소집되었지만 나치즘은 그에게 혐오감을 주었다. 1941년 그는 병에 걸린 척하여 병원으로 이송되었다. 그는 파도바 대학에서 이탈리아 문학을 공부하면서 명목상 회복기를 보낼 기회를 얻어냈다. 그 후 군대 복귀 연기 판정을 받은 그는 파도바에 남았고, 그곳에서 콘체토 마르케지Concetto Marchesi, 에지디오 메네게티Egidio Meneghetti, 오텔로 피긴Otello Pighin이 이끄는 반파시스트 그룹들과 접촉하게 되었다.

1943년 9월 이탈리아 휴전이 이루어졌고 독일군은 이틀 만에 이탈리아 북부를 점령했다. 내 책의 번역자는 살로 공화국의 파시스트들과 자신의 동포들에 대항해서 콜리 에우가네이[2]에서 싸우고 있던 "정의와 자유" 운동 그룹들의 파도바 지역 파르티잔들과 '자연스레' 합류했다. 그는 추호의 의심도 없었다. 스스로를 독일인이라기보다 이탈리아인으로, 나치스트가 아닌 파르티잔으로 느끼고 있었기 때

---

1 이탈리아의 희극 작가. 배우의 즉흥적 대사와 가면에 의지하는 연출법을 배제하고 근대적인 희극을 확립했다.
2 파다노-베네토 평원으로부터 파도바 남서쪽으로 봉우리들이 다도해처럼 펼쳐진 지역.

문이다. 그러나 그는 피로와 위험, 의심과 괴로움을 무릅써야 한다는 것도 알고 있었다. 만약 독일군에게 붙잡히면(사실 그는 SS가 자신을 추적하고 있다는 정보를 입수했다) 끔찍한 죽음을 면치 못할 것이었다. 게다가 자신의 나라에서는 탈영병으로, 아마도 배신자로 낙인찍힐 수도 있었다. 전쟁이 끝나고 그는 베를린에 정착했다. 당시 베를린은 장벽으로 나뉘어져 있지는 않았지만 '네 강대국'(미국, 소련, 영국, 프랑스)의 매우 복잡한 지배 체제하에 놓여 있었다. 그는 이탈리아에서 파르티잔으로서의 모험을 겪은 뒤 2개 국어를 완벽하게 구사하게 되었다. 때문에 그의 이탈리아어에는 외국인 억양의 흔적을 찾아볼 수 없었다. 그는 번역 일을 시작했다. 먼저 골도니의 작품들을 번역했다. 골도니를 좋아했고 베네토 지방의 방언을 잘 알기 때문이었다. 같은 이유로, 그때까지는 독일에 알려져 있지 않았던 일명 루찬테Ruzante라 불리는 안젤로 베올코Angelo Beolco의 작품을 번역했다. 하지만 콜로디Collodi, 갓다Godda, 다리고D'Arrigo, 피란델로Pirandello 같은 현대 이탈리아 작가들의 작품도 번역했다. 벌이가 좋은 일은 아니었다. 더 정확하게는, 그는 자신이 일한 하루가 정당한 보상을 받기에는 너무 꼼꼼했고, 따라서 너무 느렸다. 그럼에도 그는 출판사에 안정적으로 취직할 결심을 한 적이 없었다. 두 가지 이유에서였다. 독립적인 삶을 좋아했고, 자신의 정치적 이력이 그에게 미묘하게, 간접적인 방식으로 부담을 주었던 것이다. 아무도 그에게 대놓고 말하진 않았지만, 탈영병은 본Bonn의 민주적인 서독에서도, 넷으로 나뉜 베를린에서도 '달갑지 않은 인물'이었다.

『이것이 인간인가』를 번역하는 일은 그를 열광시켰다. 그는 내 책에 공감했고, 그가 독일인이라는 사실과는 대조적으로, 이 책은 자유와 정의에 대한 그의 사랑을 확인시켜주고 키워주었다. 이 책을 번역하는 일은 탈선한 조국에 대항하여 자신의 외로운 싸움을 대담하게 계속해나가기 위한 하나의 방식이었던 것이다. 당시 우리는 둘 다 너무 바빠서 여행할 겨를이 없었다. 그래서 우리 사이에는 정신 없이 서신 왕래가 이어졌다. 우리 둘 다 완벽을 추구했다. 그는 직업적 습성 때문이었고, 나는 동지를, 그것도 유능한 동지를 찾았음에도 내 글이 퇴색될까봐, 강렬한 의미들을 잃어버리게 될까봐 두려웠기 때문이다. 번역된다는 모험, 자신의 생각이 손질되고, 굴절되는 것을 보는 모험, 자신의 말이 체로 걸러지고, 변형되거나 잘못 이해되거나, 또는 번역되는 언어의 어떤 기대치 않은 자원에 의해 강화되는 것을 보게 되는, 늘 위험하고 유의미한 모험을 만난 것은 처음이었다.

처음 받은 번역 원고들로부터 나는 사실 내 '정치적인' 의심들이 근거가 없다는 것을 확인할 수 있었다. 내 파트너는 나만큼이나 나치에 적대적이었고 그의 분노는 나의 분노 못지않았다. 그러나 언어적 의구심들은 남아 있었다. 의사소통에 대해 쓴 장에서 이미 언급했듯이, 무엇보다 대화와 인용구들에서 내 글이 필요로 한 독일어는 그의 독일어보다 훨씬 더 조악한 것이었다. 인문학적 지식을 갖추고 세련된 교육을 받은 그는 물론 병사兵舍에서 쓰는 독일어를 알고 있었지만(수개월간의 군대 생활 덕분이었다), 비속하고, 흔히는 악마적으로 비아냥대는 수용소 은어는 모를 수밖에 없었다. 매번 우리의 편지는 제안들과 그에 대한 대안들의 목록을 담고 있었고, 때로는 용어 하나에 대해, 예를 들면 내가 120쪽에서 기술한 것과 같이 격렬한 토론이 벌어지기도 했다. 이는 일반적인 패턴으로 진행되었다. 즉, 내가 그에게 문장을, 앞서 내가 언급했던 청각적 기억에 의해 표현한 문장을 제시하면, 그는 대안이 되는 문장을 내놓았다. "이것은 제대로 된 독일어가 아닙니다. 오늘날의 독자들은 이해하지 못할 거예요." 그러면 나는 "거기서는 정말로 그렇게 말했거든요"라고 반박했다. 결국 우리는 종합에, 즉 타협에 이르게 되는 것이었다. 그리하여 경험은 내게 번역과 타협은 동의어라는 것을 가르쳐주었지만, 당시에 나는 극단적 사실주의의 신중함에 짓눌려 있었다. 나는 그 책 속에, 특히 독일어 번역본 속에, 내가 이탈리아어 원본에서 재현하려고 최선을 다했던, 나치가 언어에 가한 폭력과 가혹함의 그 무엇도 잃어버리지 않길 바랐다. 어떤 의미에서 그것은 번역이라기보다는 복원에 대한 문제였다. 그의 번역은, 또는 내가 바랐던 번역은 일종의 **레스티투티오 인 프리스티눔**_restitutio in pristinum_, 즉 사건들이 일어나고 속해 있던 원래 그 언어로의 재번역이었다. 그것은 단순한 책 이상의 일종의 녹음 테이프여야 했다.

번역자는 곧바로 잘 이해했고 그 결과 모든 면에서 봤을 때 탁월한 번역이 나왔다. 번역본의 충실성에 대해서는 내가 직접 판단할 수 있었고 그 수준 높은 문체는 후에 모든 비평가들로부터 찬사를 받았다. 한편 서문의 문제가 제기되었다. 피셔 출판사는 내게 서문을 직접 써달라고 부탁했다. 나는 망설이다가 끝내 거절했다. 나는 혼란스런 자제심을, 어떤 거리낌을, 생각들과 글쓰기의 흐름을 막는 감정적 장애를 느끼고 있었다. 요컨대 그것은 책, 곧 증언에 이어 독일 민족을 향한 직접적인 호소를, 일종의 에필로그이자 설교를 덧붙일 것을 나에게 요구하는 것이었다. 나는 목소리를 높이고 연단에 올라야 할 것이었고, 증인에서 심판관으로, 설교자로 변신해야 할 터였다. 역사에 대한 이론들과 해석들을 제시해야 할 것이었고, 불경한 자들로부터 경건한 자들을 분리하고, 3인칭에서 2인칭으로 옮겨야 할 터였다. 이 모든 것들이 나를 뛰어넘는 과제들이었고, 내가 기꺼이 다른 사람들에게, 독일인이든 아니든, 아마도 독자들에게 맡기고 싶었던 과제들이었다.

나는 출판사에 책의 의미를 변질시키지 않을 서문을 쓸 수 있을 것 같지 않다는 편지를 썼고 간접적인 해결책을 제시했다. 본문이 시작되기 전에 서문 대신, 1960년 5월 우리의 힘겨운 공동 작업이 끝났을 때 내가 번역자에게 그의 작업에 감사하기 위해 썼던 편지의 한 구절을 넣자고 제안한 것이다. 여기에 그것을 옮겨본다.

이렇게 해서 우리는 작업을 끝냈군요. 그래서 저는 기쁘고, 그 결과에 만족합니다. 그리고 당신에게 감사드립니다. 그런데 동시에 좀 슬프기도 합니다. 이해하시겠지만, 이 책은 제가 쓴 유일한 책이고, 우리가 그것을 독일어로 옮겨 심는 일을 끝낸 지금, 저는 자식이 성인이 되어 떠나가고, 그 자식에 대해 더 이상 아무것도 할 수 없는 아버지가 된 것 같은 기분입니다.

그러나 이것만 있는 것은 아닙니다. 당신은 아마 알아차리셨겠지만, 내게 라거는, 라거에 대해 글을 썼다는 것은 나를 깊이 변화시키고, 내게 성숙함과 삶의 이유를 준 중요한 모험이었습니다. 주제넘은 생각인지는 모르겠지만, 오늘날 나는, 수인번호 174517은 당신의 도움으로 독일인들에게 이야기할 수 있고, 그들이 무엇을 했는지 상기시킬 수 있고, 그들에게 "나는 살아있다. 그리고 당신들을 심판하기 위해 당신들을 이해하고 싶다"고 말할 수 있습니다.

그러나 나는 인간의 삶이 반드시 확고한 목적을 가져야 한다고는 생각지 않습니다. 나의 삶을 돌이켜보면, 그리고 지금까지 내가 정했던 목표들을 생각해보면, 그것들 중에서 단 한 가지만 명확하고 의식적인 것으로 인정할 수 있습니다. 증언을 하는 것, 독일 민족에게 내 목소리를 듣게 하는 것, 내 어깨에 손을 닦은 카포에게, 판비츠 박사에게, '마지막 사람'을 교수형에 처한 자들에게(『이것이 인간인가』의 등장인물들이다), 그리고 그들의 후손들에게 '대답하는 것'이 바로 그것입니다.

나는 당신이 나를 오해하지 않았다고 확신합니다. 나는 독일 민족에 대하여 결코 증오심을 품지 않았습니다. 만약 그랬다 하더라도, 당신을 알게 된 뒤, 지금쯤 치유되었을 테지요. 나는 인간을 그 사람 자체로가 아니라 그가 속한 집단으로 판단하는 것을 이해하지 못하겠고 참을 수도 없습니다〔…〕.

그러나 내가 독일인들을 이해한다고는 말할 수 없습니다. 이제, 이해할 수 없는 무언가는 고통스런 공동이, 상처 난 구멍이, 충족되기를 요구하는 영원한 욕구가 됩니다. 나는 이 책이 독일에서 어떤 반향을 갖기를 바랍니다. 포부 때문만이 아니라, 독일에서 보여줄 반향의 성격이 아마도 내가 독일인들을 더 잘 이해하도록 해주고, 이러한 욕구를 달래줄 것으로 기대하기 때문입니다.

출판사는 나의 제안을 받아들였고, 번역자는 이를 열렬히 환영했다. 그리하여 이 글은 『이것이 인간인가』의 모든 독일어 번역판의 서문이 되었다. 심지어 본 텍스트의 일부로 읽히게 되었는데, 이에 대해 나는 내가 마지막 행들에서 언급한 바로 그 반향의 '성격' 때문에 정확히 알게 되었다.

반향은 1961~1964년 사이에 독일인 독자들이 내게 보낸 40여 통의 편지로 구체화되었다. 당시는 위기의 시기였다. 베를린 곧, 오늘날 세계에서 가장 마찰이 심한 지점 중 하나이며, 베링 해협을 제외하고는 미군과 러시아군이 직접적으로 대치하고 있는 유일한 지점에 장벽이 세워진 시기였다. 그 장벽은 아직까지 베를린을 둘로 갈라놓고 있다. 이 편지들은 모두 내 책에 대한 주의 깊은 독서를 보여주었다. 하지만 하나같이 내 편지의 마지막 문단에 내포된 질문, 즉 **독일인들을 이해하는 것이 가능한가** 라는 질문에 대답하거나 답변을 시도하거나, 아니면 그 대답이 존재한다는 것을 부인하고 있다. 그 후 몇 년간 내 책의 중판重版에 맞추어, 다른 편지들이 조금씩 도착했다. 그러나 최근의 편지일수록 더 무미건조했다. 편지를 쓰는 사람은 이미 자식들이거나 손자들이었다. 트라우마는 그들의 것이 아니었고, 그들이 몸소 겪은 바가 아니었다. 그들은 막연한 연대감과 무지함, 거리감을 드러냈다. 그들에게 그 과거는 정말로 한낱 과거에 불과했고 들은 이야기일 뿐이었다. 그들은 특별히 독일인이라고 할 수도 없었다. 몇몇 예외적인 경우들을 제외하면 그들의 편지는, 내게 계속 편지를 보내오는 동년배 이탈리아인의 것과 혼동

가라앉은 자와 구조된 자　　8. 독일인들의 편지

될 수도 있었다. 그러므로 그에 대해서는 여기에서 검토하지 않기로 한다.

중요한 최초의 편지들은 거의 모두 젊은이들이 보낸(젊은이라고 스스로 밝히거나 글 속에서 젊은이인 것으로 드러난) 것이었다. 1962년, 함부르크의 T. H. 박사가 보낸 딱 한 통만 제외하고 말이다. 나는 먼저 그 편지를 여기에 옮긴다. 서둘러 그것에서 해방되고 싶기 때문이다. 나는 편지의 핵심 대목을 그 서투름 그대로 살리면서 번역하여 옮긴다.

친애하는 레비 박사님,
당신의 책은, 아우슈비츠 생존자들의 이야기 가운데 우리가 알게 된 첫 번째 이야기입니다. 이 책은 저와 제 아내에게 깊은 감동을 주었습니다. 당신은 그 모든 공포를 겪고 난 뒤, 다시 한 번 독일 국민에게 "이해하기 위해서", "반향을 불러일으키기 위해서" 말을 건네고 있습니다. 제가 감히 그에 대한 답변을 해보겠습니다. 하지만 하나의 메아리에 불과할 것입니다. 그와 같은 일들을 '이해한다'는 것은 누구도 가능하지 않을 것입니다! […]
[…] 신과 함께 있지 않은 인간에게서는 모든 것이 두려워해야 할 것들이겠지요. 그는 제동장치도 없고, 자제심도 없으니까요! 그에게는 「창세기」 8장 21절에 나오는 말이 어울리겠군요. "사람의 마음의 계획하는 바가 어려서부터 악한 때문이라." 물론 당신도 잘 아실, 무의식의 영역에서 프로이트 정신분석의 무시무시한 발견들에 의해 현대적으로 설명되고 증명된 말이지요. 우리 시대에 거리낌 없이, 아무런 의

미도 없이 '악마가 튀어나온' 일이 발생했습니다. 유대인과 그리스도교도에 대한 박해, 남아메리카에서의 전 주민 몰살, 북아메리카에서의 인디언 학살, 나르세스 지휘하에 이탈리아에서의 고트족 학살, 프랑스 혁명기와 러시아 혁명기의 끔찍한 박해와 대량학살. 누가 이 모든 것을 "이해"하겠습니까?

그러나 물론 당신은 왜 히틀러가 권좌에 올랐나, 왜 그 후 우리는 그 멍에를 벗어던지지 못했나?, 라는 질문에 대한 명확한 답변을 기대하시겠지요. 1933년에 […] 모든 온건 정당들은 사라졌고, 히틀러와 스탈린이라는 거의 동등한 힘을 가진 국가사회주의자와 공산주의자 간의 선택밖에는 남아있지 않았습니다. 제1차 세계대전 후에 일어난 여러 큰 봉기들을 통해 우리는 공산주의자들을 잘 알고 있었습니다. 히틀러가 우리에게 수상쩍어 보인 것은 사실이지만, 결정적으로 가장 덜한 악으로 보였습니다. 그의 모든 아름다운 말들이 기만이고 배신이라는 것을 우리는 처음에 깨닫지 못했습니다. 외교 정책에서 그는 연이어 성공해갔고, 모든 나라들이 그와 외교관계를 유지했으며, 교황이 맨 먼저 그와 협약을 체결했습니다. 우리가 범죄자이자 배신자를 타고 가고 있다고[원문대로임!][3] 그 누가 의심할 수 있었겠습니까? 어쨌든 배신당한 사람에게는 그 어떤 죄도 돌릴 수 없지요. 오로지 배신한 사람만이 유죄지요.

이제, 더 어려운 문제인 유대인들에 대한 무분별한 증오의 문제에 대

---

3 '범죄자이자 배신자라는 말을 타고 가고 있다고' 또는 '범죄자이자 배신자를 등에 업고 가고 있다고'라고 해야 문맥에 맞는 표현이겠다. 하지만 레비는 T. H.의 어색한 문장을 고치지 않고 그대로 옮긴 뒤, 독자들에게 그 사실을 밝히고 있다.

가라앉은 자와 구조된 자   **8. 독일인들의 편지**

해 말해보겠습니다. 이러한 증오는 결코 인기를 얻지 못했습니다. 독일은 전 세계의 유대인들에 대해 가장 우호적인 나라로서 마땅히 간주되었습니다. 제가 아는 한, 그리고 책에서 읽은 한에서는 히틀러 통치 기간 내내, 또 그 종말에 이르기까지, 유대인에 대한 자발적인 모욕이나 공격은 결코 단 한 건도 들어본 적이 없습니다. 언제나 도움을 주려는 (위험천만한) 시도들에 대해서만 들어봤을 뿐입니다.

이제 두 번째 질문으로 넘어가겠습니다. 전체주의 국가에서 반란을 일으킨다는 것은 가능한 일이 아닙니다. 헝가리인들에게 도움이 필요했을 때, 전 세계는 그들을 도와줄 수가 없었습니다. 〔…〕 하물며 우리는 혼자서 저항할 수 없었습니다. 모든 저항운동 외에도, 1944년 7월 20일 단 하루 동안에 무수히 많은 장교들이 처형되었던 사실을 잊어서는 안 됩니다. 나중에 히틀러가 말했듯이, 이것은 단지 "작은 파벌"의 문제가 아니었습니다.

친애하는 레비 박사님(당신의 책을 읽은 사람은 당신을 친애할 수밖에 없으므로 저는 당신을 이렇게 부르겠습니다), 서는 아무런 변명도, 해명도 할 수 없습니다. 배신당하고 탈선을 한 내 가엾은 국민들 어깨 위에 놓인 죄는 무거운 짐이 되고 있습니다. 당신에게 다시 주어진 삶과 저 또한 알고 있는 당신의 아름다운 나라의 평화를 즐거이 누리시기 바랍니다. 제 책장에도 단테와 보카치오가 있답니다.

T. H. 올림

H. 부인은 이 편지에, 아마도 남편 모르게, 다음과 같은 짧은 몇 줄을 덧붙였는데, 글자 그대로 번역해 옮긴다.

한 국민이 악마의 포로가 되었음을 너무 늦게 깨달을 때, 몇 가지 정신적인 변화가 뒤따릅니다.

1) 인간의 마음속에 있는 악이 자극을 받습니다. 그 결과는 판비츠 같은 인물들과 무방비로 놓인 사람들의 어깨에 손을 닦는 카포들입니다.

2) 반면, 그로 인해 불의에 대항하는 적극적인 저항도 나옵니다. 저항 자신과 저항의 가족[원문대로임!][4]을 순교로 희생시켰으나 가시적인 성공은 거두지 못했지만요.

3) 자신의 목숨을 구하기 위해 침묵하고, 위험에 빠진 형제를 버리는 사람들의 거대한 무리가 남게 됩니다.

이것을 우리는 신과 인류 앞에 우리의 죄로 인정합니다.

나는 이 이상한 부부에 대해 자주 생각했다. 내가 보기에 그들은 대다수 독일 중산층의 전형을 보여주는 것 같다. 광신적인 것이 아니라 기회주의적인 나치, 뉘우치는 것이 적절했을 때 뉘우친 나치, 최근의 역사에 대해 단순화시킨 자신의 설명으로 나를 납득시킬 수 있다고 여길 만큼, 고트족과 나르세스의 보복Narses[5]을 감히 운운할 만큼 어리석은 나치 말이다. 부인은 남편보다 좀 덜 위선적이지만 더 편협한 사람으로 보였다.

나는 장문의 편지로 답장을 보냈다. 그것은 격분에 찬 편지로, 아

---

4 앞의 각주와 마찬가지로, 여기서도 '저항자들 자신과 그 저항자들의 가족들'이라고 해야 올바른 표현이지만, 레비는 H. 부인의 틀린 문장을 고치지 않았다.

마 그런 편지는 한 번도 써본 적이 없었던 것 같다. 나는 그 어떤 교회도 악마를 따르는 자에게는 관용을 베풀지 않고, 악마에게 자기 잘못을 돌리는 것을 인정하지도 않는다고 썼다. 잘못과 실수에는 본인이 응답해야 하며 그렇지 않으면 문명의 모든 흔적이, 실제로 제3제국에서 그러했듯이, 지구상에서 사라질 것이라고 썼다. 그의 선거 자료들은 어린아이에게나 좋을 것이라고 했다(자유롭게 치러진 마지막 선거였던 1932년 11월 선거에서 나치는 독일제국의회의 196개 의석을 획득했지만, 100개의 의석을 차지한 공산주의자들과 더불어, 당연히 극단주의자의 정당이 아니었으며 스탈린이 몹시 싫어한 사민당은 121개 의석을 획득했다). 무엇보다, 나의 책장에는 단테와 보카치오 옆에 아돌프 히틀러가 권좌에 오르기 여러 해 전에 쓴 『나의 투쟁』이 있다고 썼다. 엄청난 재앙을 가져온 이 남자는 배신자가 아니었다. 극도로 명확한 생각들을 가진, 일관성 있는 광적인 사람이었다. 그는 그 생각들을 바꾸지도 않았고 결코 숨기지도 않았다. 그에게 찬성표를 던진 사람은 당연히 그의 생각들에 찬성표를 던진 것이었다. 피와 땅, 생활공간, 영원한 적으로서의 유대인, "지상 최고의 인류"를 구현하는 독일인들, 독일의 지배를 위한 도구로 대놓고 간주된 다른 나라들 등, 그 책에는 없는 게 없다. 이것들은 "아름다운 말들"이 아니다. 아마도

---

5 나르세스(478?~573)는 비잔틴 제국의 유스티니아누스 대제 때의 장군이다. 493년 동고트족은 로마를 점령한 오도아케르를 몰아내고 동고트 왕국을 건설했는데, 그 60년 뒤인 552년에 나르세스 장군이 동고트 왕국의 수도 라벤나를 탈환한다. 이탈리아를 되찾고자 한 유스티니아누스 대제의 오랜 숙원이 이뤄진 것이다. 나르세스 장군이 이탈리아를 황폐화시킨 고트족을 섬멸한 역사를 T. H.가 "우리 시대에 거리낌 없이, 아무런 의미도 없이 '악마가 튀어나온' 일"들 중 하나로 거론하자 레비가 그의 잘못된 역사 해석을 꼬집은 것이다.

히틀러는 다른 말들도 했겠지만 이 말들은 결코 철회하지 않았다.

독일인 저항자들에 대해서는 경의를 표하지만, 사실 1944년 7월 20일의 공모자들은 너무 늦게 행동을 취했다. 마지막으로 나는 이렇게 썼다.

당신이 단언한 것 중 가장 대담한 것은 독일에서 반유대주의가 인기가 없었다는 대목입니다. 반유대주의는 애초부터 나치 신조의 근간이었습니다. 그것은 신비주의적 성격의 것이었습니다. 유대인들은 "신에게 선택받은 민족"일 수 없었습니다. 독일인들이 그런 민족이 된 순간부터 말입니다. 히틀러의 그 어떤 글, 어떤 연설 속에서도 유대인에 대한 증오가 강박적일 정도로 반복되지 않는 적은 없습니다. 반유대주의는 나치즘에 있어서 지엽적인 문제가 아니었습니다. 이념적 중심이었지요. 그렇다면 "유대인에 대해 가장 우호적인" 민족이 어떻게 유대인을 독일의 첫 번째 적으로 정의하고 "유대의 히드라를 목 졸라 죽이는 일"을 정책의 첫 번째 목표로 삼은 당에 투표하고 그 사람을 칭송할 수 있었겠습니까?

자발적 공격과 모욕에 대한 당신의 말 자체가 모욕적입니다. 수백만의 죽음 앞에서 자발적 학대에 대한 문제였는지 아닌지를 논한다는 것이 제게는 한가롭고 혐오스러운 일로 보입니다. 어쨌든 독일인들은 자발성에 경도되는 성향이 별로 없는 사람들이니까요. 그러나 저는 당신에게, 이윤 획득 말고는 그 무엇도 독일 기업인들에게 굶주린 노예들을 채용하도록 강제하지 않았다는 것을, 그 누구도 라거 안에 수많은 거대한 화장터를 짓도록 (오늘날 비스바덴에서 번창하고 있는) 토프Topf 사에 강요하지 않았다는 것을 상기시켜 드릴 수도 있습니다. 아마 SS 대원들은 유대인들을 죽이라는 명령을 받은 것이었겠지만 SS 에의 입대는 자발적이었다는 것을, 또 해방 후 카토비체에서 독일의 가장들에게 아우슈비츠의 창고들에서 성인용 및 **아동용** 옷가지와 신발들을 무료로 가져가는 것을 허가해주는 수많은 서류양식 상자들을 내가 직접 발견했다는 것을 말씀드릴 수도 있습니다. 그 많은 아동용 신발들이 과연 어디서 난 것들인지 그 누구도 질문해보지 않았을까요? 그 누구도 "수정의 밤"[6]에 대해 들어본 적이 없었을까요? 아니면 그날 밤에 자행된 모든 범죄 하나하나가 법의 힘으로 강제된 것이었다고 당신은 생각하는 겁니까?

도움을 주려는 시도들이 있었다는 것은 저도 알고 있고, 또 위험한 일이었다는 것도 알고 있습니다. 마찬가지로 이탈리아에서 살아온 저는 "전체주의 국가에서 반란을 일으킨다는 것이 불가능하다"는 것도 알고 있습니다. 그러나 저는 독일의 점령 후에도 이탈리아에서는 빈번했던, 그리고 히틀러의 독일에서는 너무나 드물게 행동으로 옮겨진, 억압받는 사람에 대해 연대감을 보여줄 훨씬 덜 위험한 천 가지 방법이 존재한다는 것을 알고 있습니다.

나머지 편지들은 이와는 매우 다르다. 그것들은 좀 더 나은 세상을 그린다. 하지만 아무리 용서해주려는 마음이 강해도 이것들이 당시의 독일 민족의 '대표적 표본'이라 간주할 수 없다는 것을 지적해

---

6 1938년 11월 9일 나치 대원들이 독일 전역의 수만 개에 이르는 유대인 가게를 약탈하고 250여 개 시나고그(유대교 사원)에 방화했던 날. '크리스탈나흐트'Kristallnacht라고도 한다.

야겠다. 첫째, 내 책은 몇 만 부 출간되었으므로 독일연방공화국 국민 중 천 명당 한 명이 읽은 셈이다. 그중 내 책을 우연히 산 사람들은 소수일 것이고 나머지는 어떤 식으로든 사건들과 맞부딪칠 준비가 된, 받아들이고 투과시킬 준비가 된 사람들이었을 것이다. 이 독자들 중에서 앞서 언급했듯이 단지 40명 정도만이 내게 편지를 쓰기로 결심한 것이다.

40년간의 훈련을 통해 이미 나는 이러한 독특한 인물들에, 즉 저자에게 편지를 쓰는 독자들에 익숙해졌다. 이러한 독자들은 두 부류로 명확히 구분된다. 첫 번째는 기분 좋은 부류이고 다른 하나는 불쾌한 부류이다. 중간에 속하는 경우는 드물다. 전자에 속하는 사람들은 기쁨을 주고 가르침을 준다. 그들은 책을 주의 깊게, 흔히는 한 번 이상 읽은 사람들로, 때로는 작가 자신보다도 더 책을 잘 이해하고 사랑한 사람들이다. 그들은 책을 통해 자신들이 풍요로워졌다고 밝히며, 자신들의 견해와 때로는 비판을 분명하게 드러낸다. 그들은 작가에게 작품에 대해 고마움을 표하며 흔히는 작가에게 답장 쓸 필요가 없다고 대놓고 말한다. 두 번째 부류에 속하는 사람들은 지루함을 주고 시간을 낭비하게 한다. 그들은 스스로를 과시하며 잘난 척한다. 흔히는 서랍 안에 자신의 습작들을 넣어두고 있으며, 담쟁이덩굴이 나무둥치 위로 기어오르듯이 책과 작가 위로 기어오르려는 의도를 슬며시 드러낸다. 또는 허세를 부리느라, 아니면 내기를 해서, 아니면 작가의 사인을 받기 위해 편지를 쓰는 어린이나 청소년도 있다. 내게 편지를 보내온 40명의 독일인들에게 나는 감사한 마음으로 이 페이지들을 바친다. 이들은 (내가 앞서 인용한 T. H. 씨를 제외하고는) 모두 첫 번째 부류에 속하는 사람들이다.

L. I.는 웨스트팔리아의 도서관 사서이다. 그녀는 책을 반쯤 읽다가, "책이 떠올리는 이미지들을 떨쳐버리기 위해" 책을 덮어버리고 싶은 강렬한 유혹을 받았음을, 그러나 그러한 이기적이고 비겁한 충동에 금세 부끄러움을 느꼈음을 고백한다. 그녀는 다음과 같이 쓰고 있다.

서문에서 당신은 우리 독일인들을 이해하고자 하는 바람을 표현하고 있습니다. 우리들 스스로도 우리 자신을 이해하지 못할 뿐더러, 우리가 한 일을 우리도 이해하지 못한다고 말할 때 당신은 믿으셔야 합니다. 우리는 유죄입니다. 1922년에 태어난 저는 상上슐레지엔에서 자랐습니다. 아우슈비츠에서 그리 멀지 않은 곳이지요. 그러나 그 당시 진실로 저는, 심지어 우리가 있던 곳에서 불과 몇 킬로미터 떨어지지 않은 곳에서 벌어지고 있던 잔혹한 일들에 대해 그 무엇도 알지 못했습니다(제발 저의 이 말을 편리한 변명으로 생각지 마시고 있는 그대로의 사실로 생각해주세요). 그럼에도, 적어도 전쟁이 발발하기 전까지는 유대의 별을 단 사람들을 여기저기서 마주치는 일이 있었지만, 저는 그들을 집에 받아주지는 않았습니다. 다른 사람들에게는 했을, 집에 묵게 해주는 일을 그들에게는 하지 않았습니다. 저는 그들을 돕는 일에 개입하지 않았습니다. 이것이 저의 죄입니다. 저는 오로지 기독교의 용서에 의지함으로써만, 이러한 제 자신의 끔찍한 가벼움과 비겁함과 이기주의를 받아들이고 살아갈 수 있을 것입니다.

또한 그녀는, 자신들의 휴가를 독일의 전쟁으로 가장 심각하게 훼손된 해외의 도시들을 재건하는 데 보내는 청년복음회 "악치온 쥐네짜이헨"Aktion Sühnezeichen(속죄 활동부)의 소속이라고 했다(그녀는 코번트리[7]에 다녀왔다). 자신의 부모에 대해서는 아무 말도 하지 않았는데, 이것은 하나의 전형적 증상이다. 그녀의 부모는 알고는 있었지만 그녀에게 말하지 않았거나, 또는 알지 못했거나 한 것이다. 알지 못했다면 '저 아래에서' 분명히 알고 있었던 사람들과─호송열차 역무원들, 창고 관리인들, 노예 노동자들이 과로로 죽어나간 광산이나 공장에서 일하던 수천 명의 독일 노동자들, 결국 손으로 두 눈을 가리지 않은 그 누구든 간에─그녀의 부모는 말을 하지 않았다는 이야기다. 반복하지만 당시의 거의 모든 독일인들의 집단적이고 일반적이며 진정한 죄는 말할 용기가 없었다는 것이다.

프랑크푸르트의 M. S.는 자기 자신에 대해서는 아무것도 말하지 않으면서 조심스럽게 차별성과 정당화를 찾고 있다. 이 또한 하나의 증상이다.

〔…〕 당신은 독일인들을 이해하지 못한다고 쓰고 있습니다. 〔…〕 공포와 수치심에 민감한 독일인으로서, 공포 그 자체가 우리나라 사람들의 손에 의해 일어났다는 사실을 살아있는 마지막 날까지 인식하고 있을 독일인으로서, 저는 당신의 말에 소환되었다고 느끼며 답변을 하고 싶습니다.

7   제2차 세계대전 당시 독일 공군에 의해 대규모 폭격을 당한 영국 중부의 소도시.

당신의 어깨에 손을 닦은 그 카포와 같은, 판비츠와 같은, 아이히만과 같은, 타인의 책임 뒤로 숨어서(그런다고 자신의 책임을 면할 수는 없을 터인데, 이를 깨닫지 못한 채) 비인간적인 명령들을 수행한 사람들을 저 역시 이해하지 못합니다. 독일에 범죄 체제의 수많은 물리적 집행자들이 있었다는 사실과, 그 모든 것이 바로 협력할 의향이 있는 막대한 수의 사람들 덕분에 일어날 수 있었다는 사실, 이 모든 일에 대해 독일인이라면 그 누가 참담함을 느끼지 않을 수 있겠습니까?

그러나 그들이 "독일인들"일까요? 그리고 어쨌든지 간에 "독일인들", "영국인들" 또는 "이탈리아인들", "유대인들"에 대해 단일체로 말하는 것이 온당할까요? 당신은 당신이 이해하지 못하는 독일인들의 몇몇 예외들에 대해 언급했습니다. […] 이러한 당신의 말에 감사드립니다. 하지만 수많은 독일인들이 […] 고통받았고, 부당함에 대항하는 싸움에서 죽어갔다는 사실을 […] 제발 기억해주세요.

내 동포들 중 많은 사람들이 당신의 책을 읽기를 온 마음으로 바랍니다. 우리 독일인들이 나태하고 무관심하지 않도록, 오히려 인간이 자신과 같은 인간에 대한 고문자가 될 때 얼마나 낮은 바닥으로 떨어질 수 있는지에 대한 인식이 우리 안에 깨어 있도록 말입니다. 그렇게 된다면 당신의 책은 이 모든 것이 반복되지 않는 데 기여할 수 있을 겁니다.

나는 당혹감을 가지고 M. S.에게 답장을 썼다. 내가 이 모든 예의바르고 정중한 대화 상대들, 곧 내 민족을(그리고 많은 다른 민족들을) 절멸시킨 민족의 구성원들에게 답신을 보내면서 느꼈던 것과 똑같은 당혹감을 가지고 말이다. 그것은 본질적으로 신경학자들이 연구한 개들이 느끼는 것과 똑같은 당혹감이었다. 원에 대해서는 어떤 방식으로 반응하고 네모에 대해서는 다른 방식으로 반응하도록 길들여진 개들이, 네모가 둥글어지고 원과 비슷하게 되기 시작할 때 느끼는 당혹감 말이다. 그러면 개들은 어쩔 줄 몰라 하거나 노이로제 증상을 보인다. 나는 그에게 답장을 썼다. 그 가운데 일부를 인용한다.

저는 당신의 말에 동의합니다. "독일인들"에 대해, 또는 다른 어떤 민족에 대해서라도 차별화되지 않는 단일체로서 말하는 것은, 그리고 모든 개별적 요소들을 한 가지 판단으로 보는 것은 위험하고 합당하지 않습니다. 그럼에도 각 민족이 가진 하나의 정신이 존재함을(그렇지 않다면 민족이 아니겠지요) 부정하고 싶지 않습니다. 독일의 국민성, 이탈리아의 국민성, 스페인의 국민성 등 말입니다. 이것들은 전통, 관습, 역사, 언어, 문화의 총합입니다. 자기 자신 속에 이러한 정신을, 민족적이라는 말의 가장 좋은 의미에서 민족적인 이러한 정신을 자기 마음속에 느끼지 못하는 사람은 자신의 민족에 완전히 속해 있지 않은 것일 뿐만 아니라, 인간의 문명 속으로 들어와 있지 않은 것입니다. 그러므로 저는 "모든 이탈리아인들은 정열적이다, 당신은 이탈리아인이다, 따라서 당신은 정열적이다"라는 삼단논법이 무의미한 것이라고 생각하는 반면에, 어느 정도의 한계 내에서는 전체적으로 볼 때 이탈리아인들에게서, 또는 독일인들에게서 다른 행동에 선행되는 어떤 특정한 집단적 행동을 기대하는 것은 합당하다고 믿습니다. 물론 개별적인 예외들은 있겠지요. 그러나 하나의 신중하고 개연론적 예상은 제 견해로는 가능합니다[…].

[…] 당신에게 솔직하게 말하겠습니다. 45세를 넘긴 세대 중, 독일이란 이름을 달고 유럽에서 일어난 일을 알고 있는 독일인들이 얼마나 될까요? 몇몇 재판들의 당혹스런 결과로 판단해보건대, 저는 소수일 것 같습니다. 비통해하고 동정하는 목소리들과 더불어, 오늘날 독일의 힘과 부를 지나치게 자랑스러워하는 귀에 거슬리는 날카로운 소리들도 들리거든요.

슈투트가르트의 I. J.는 사회복지사이다. 그녀는 내게 이렇게 말했다.

당신이 당신의 글에서 우리 독일인들에 대한 돌이킬 수 없는 증오를 드러내지 않은 것은 정말이지 기적이고, 우리를 부끄럽게 합니다. 이에 대해 저는 당신에게 감사드립니다. 우리 독일인들이 그러한 비인간적이고 끔찍한 일을 유대 민족에게 실제로 저질렀다는 것을 믿으려 하지 않는 사람들이 불행하게도 우리 중에는 아직 많이 있습니다. 당연히 이러한 부인은 여러 많은 이유들에서 나오는 것이지요. 어쩌면 평범한 시민의 지성이 우리 '서구의 기독교인들' 중에 그토록 깊은 사악함이 가능하다는 사실을 거부하는 것, 그 한 가지 이유로부터 나올 수도 있지요.

당신의 책이 이곳에서 출판되어 많은 젊은이들에게 빛을 가져다준 것은 잘된 일입니다. 아마도 당신의 책이 몇몇 연세 드신 분들의 손에 들어갈 수도 있겠지요. 하지만 그러기 위해서는 우리 '잠자는 독일'에서도 어느 정도의 양식 있는 용기가 필요합니다.

나는 그녀에게 답신을 썼다.

[…] 내가 독일인에 대해서 증오를 느끼지 않는다는 사실이 많은 사람들을 놀라게 하지만 그럴 일은 아닙니다. 사실 저는 증오를 이해합니다만, 오로지 "개인에 대한" 것만 이해합니다. 제가 만약 판사라면 마음속으로 느낄 수 있는 증오를 억누르면서도, 오늘날에도 여전히 독일 땅이나 환대해줄 것으로 의심되는 다른 나라들에서 거리낌 없이 살아가고 있는 많은 죄인들에게 가장 중한 형을, 심지어 사형을 언도하는데에도 주저하지 않을 겁니다. 그러나 단 한 명이라도 무고한 사람이 자신이 저지르지 않은 죄로 처벌받을까봐 두려움에 떨게 됩니다.

의사인 W. A.는 뷔르템베르크에서 편지를 썼다.

우리의 과거와 그리고 우리의 미래(신이 아시지요!)의 무거운 짐을 지고 있는 우리 독일인들에게 당신의 책은 감동적인 이야기 그 이상입니다. 하나의 도움이고, 방향입니다. 그 때문에 당신에게 저는 감사합니다. 저는 우리의 무죄를 주장할 그 무엇도 말할 수 없고, 죄가(*이러한 죄!*) 쉽게 없어진다고 믿지도 않습니다[…]. 과거의 망령으로부터 나 자신이 멀어지려 함에도 나는 여전히 수세기 동안 숭고한 평화의 작품들과 악마의 위험으로 가득한 다른 것들을 똑같이 출산해낸, 내가 사랑하는 이 민족의 일원으로 남아있습니다. 우리 역사의 모든 시기들이 이렇게 수렴하는 가운데 나는 내 민족의 죄와 위대함 속에 나 자신이 연루되어 있음을 자각하고 있습니다. 그러므로 나는 당신 앞에, 당신의 운명과 당신 민족의 운명에 폭력을 가한 자들의 공범으로서 있습니다.

W. G.는 1935년 브레마에서 태어났다. 그는 역사학자이자 사회학자이며, 사회민주당의 전투적 당원이다.

[…] 전쟁이 끝날 무렵 저는 아직 어린아이였습니다. 저는 독일인들이 저지른 무시무시한 범죄들로 인한 죄의 그 어떤 부분도 떠안을 수 없습니다. 그럼에도 저는 수치심을 느낍니다. 당신과 당신 동료들을 고통받게 만든 범죄자들을 증오하고, 그들의 공범들을 증오합니다. 이들 중 많은 사람들이 아직 생존해 있지요. 당신은 독일인들을 이해하지 못한다고 쓰고 있습니다. 만약 당신이 사형집행인들과 그들의 조력자들을 암시하려 한 것이라면, 저 역시 그들을 이해할 수 없습니다. 다만 그들이 역사의 무대에 또다시 등장한다면 그들과 맞서 싸울 힘을 제가 가지기를 바랍니다. 저는 "수치심"에 대해 말했습니다. 독일의 손에 의해 당시에 자행된 일은 결코 일어나서는 안 되는 일이었으며 다른 독일인들이 결코 찬성해서도 안 되는 일이었다는 것을, 이러한 감정으로 표현하고 싶습니다.

바이에른의 여학생인 H. L.과는 일이 좀 복잡해졌다. 그녀는 내게 1962년에 처음 편지를 썼다. 그녀의 편지는 특이하게 생기 넘쳤고, 거의 모든 편지들, 가장 선의에 찬 편지들에서조차 특징적으로 나타나는 무거운 침울함이 없었다. 그녀는 내가 젊은 여성으로부터가 아니라 무엇보다 중요한 사람들, 장교들로부터 "하나의 반향을" 기다린다고 여기지만, "계승자이자 공범으로서 자신이 소환되었다고 느낀다." 그녀는 학교에서 받는 교육에 만족하고 자기 나라의 최근 역사에 대해 자신이 배운 것들에 만족하지만 "독일인들의 특징인 절제의 결여가 언젠가 다시, 다른 모습을 하고, 다른 목적들에 의해 터져 나오지 않을지"에 대해서는 확신하지 못한다. 자신의 동년배들이 정치를 "더러운 무언가로서" 거부하는 것에 대해 개탄한다. 그녀는 유대인들에 대해 험담을 한 성직자에게, 또 10월 혁명의 책임을 유대인들에게 돌리고 히틀러의 학살을 정당한 벌로 여긴 러시아인인 자신의 러시아어 여교사에게 격렬하고 거칠게 반발했다. 그 순간순간마다 그녀는 "민족들 가운데 가장 야만적인 민족에 속한 데서 오는 형언할 수 없는 수치심"을 느꼈다. "그럼에도 온갖 신비주의나 미신을 떠나", 그녀는 "우리 독일인들은 우리가 저지른 일에 대한 공정한 벌을 피하지 않을 것"이라고 확신한다. 그녀는 "죄 지은 세대의 자식들인 우리는 이에 대해 완전히 인식하고 있으며 어제의 공포와 고통이 내일 되풀이되는 것을 피하기 위해 그 공포와 고통들을 완화시키려 애쓸 것"이라고 선언할 권한을 어떤 식으로든 부여받았다고, 아니 그럴 의무가 있다고 느낀다.

내게 그녀는 총명하고 편견이 없으며 '새로운' 대화 상대로 보였다. 그래서 그녀에게 당시 독일의 상황에 대해(아데나워 총리의 시대였다) 보다 정확한 소식을 묻는 편지를 썼다. 집단적인 "공정한 벌"에 대한 그녀의 두려움에 관해, 나는 어떤 벌이 집단적인 것이라면 공정하지 않으며 그 역逆도 마찬가지라는 것을 그녀에게 설득시키려고 애썼다. 지체 없이 그녀는 내게 답장으로 카드 한 장을 보내왔다. 내 요구가 어느 정도의 조사를 필요로 한다면서 인내심을 가져달라고 했다. 가능한 한 빨리 철저한 방식으로 내게 답신을 할 거라고 했다.

20일이 지난 뒤 나는 그녀로부터 23페이지에 이르는 편지를 받았다. 요컨대, 직접 방문하거나 전화로, 또는 편지로 한 광적인 인터뷰를 통해 작성된 하나의 논문이었다. 좋은 뜻에서 한 일이었지만, 이 훌륭한 여학생도 그녀 스스로 고발했던 절제의 결여에 대한 성향을 지니고 있었던 것이다. 이에 대해 그녀는 익살스런 솔직함으로 사과했다. "제가 시간이 별로 없었어요. 그래서 좀 더 간결하게 말할 수 있었을 많은 것들이 그대로 남아있네요." 무절제하지 않은 나는, 요약을 해서 내가 보기에 좀 더 의미 있는 부분들만 인용하기로 한다.

〔…〕 나는 내가 자란 나라를 사랑하고 내 어머니를 경애합니다. 그러나 특정한 종류의 인간으로서의 독일인에 대해서는 좋아지지가 않습니다. 아마도 내가 보기에 최근에 격렬하게 모습을 드러낸 저 특질들이 독일인에게 여전히 너무 많이 두드러져 보이기 때문인지 모르겠습니다. 또 아마도 본질적으로 그와 비슷한 나 자신을 인정함으로써 이러한 독일인 속의 나 자신을 혐오하기 때문인지도 모릅니다.

학교에 대한 나의 질문에 그녀는 (서류로) 답변했다. 적절한 시기에 전체 교사단이 연합군이 요구한 "비非나치화"의 거름망을 통과해야 하는 일이 있었는데, 이는 광범위한 사보타주를 불러일으키며 어설픈 방식으로 이루어졌다고 했다. 달리는 어찌할 도리가 없었을 것이다. 한 세대 전체가 추방될 것이기 때문이다. 학교에서는 최근의 역사를 가르치지만 정치에 대해서는 별로 이야기하지 않는다. 나치의 과거는 여기저기서 다양한 목소리로 나타난다. 소수의 교사들은 나치의 과거를 자랑하고, 일부는 그것을 숨기고, 극소수는 그로부터 면제되어 있다고 분명히 말한다. 어떤 젊은 교사가 그녀에게 다음과 같이 밝혔다.

학생들은 이 시기에 대해 관심이 많지만, 독일의 집단적 죄에 대해서 그들에게 말하면 즉시 반대편으로 돌아선다. 심지어 많은 학생들이 언론과 자신의 교사들이 말하는 **"내 탓"**mea culpa들에 대해 진절머리가 난다고 잘라 말하기도 한다.

H. L.은 다음과 같이 평했다.

〔…〕 "내 탓"에 대한 학생들의 저항에서, 그들에게 제3제국의 문제는 그들에 앞서 그것을 몸소 겪었던 모든 사람들이 그런 것과 마찬가지로 여전히 해결되지 않은 채 짜증을 불러일으키고 있습니다. 곧 전형적으로 독일적인 문제라는 것을 알 수 있습니다. 이러한 정서가 멈출 때 비로소 객관적인 방식으로 사고하는 것이 가능할 겁니다.

H. L.은 다른 곳에서 자기 자신의 경험에 대해 말하며 이렇게 쓰고 있다(매우 사실일 법하다).

교수들은 문제들을 회피하지 않았습니다. 오히려 당시의 신문 자료들을 통해 나치의 선전 방식들을 보여주었습니다. 그들은 자신들이 젊었을 때, 어떻게 청년집회, 스포츠 조직 등의 새로운 운동을 비판 없이 열광적으로 따랐는지를 이야기했습니다. 우리 학생들은 그들을 신랄하게 공격했습니다. 지금 제가 생각하는 것처럼 부당한 공격이었지요. 어떻게 상황을 인식하고 미래를 예측하는 데 어른들보다 못했다는 이유로 그들을 비난할 수 있겠습니까? 우리가 그들의 입장이었다면, 히틀러가 자신의 전쟁을 위해 젊은이들을 정복했던 그 악마적 방식의 가면을 그들보다 더 잘 벗겨낼 수 있었을까요?

우리는 이것이 함부르크의 T. H. 박사가 취한 정당화와 똑같은 것이라는 점에 주목해야 한다. 어쨌든 당시의 그 이편 중인도 히틀러의 실로 악마적인 설득 능력, 정치 교섭에서 그를 빛내주었던 그 능력을 부인하지 않았다. 그러나 그러한 정당화는 죄를 히틀러 한 사람에게 국한시키려고 애쓰는, 그의 공범이자 거짓으로 뉘우치는 노인들로부터가 아니라, 자신들의 아버지 세대 전체를 무죄라고 당연히 변호하려 애쓰는 젊은이들로부터 인정될 수 있는 것이다.

H. L.은 내게 다른 많은 편지를 보내왔고 내 맘 속에 두 갈래의 반응을 불러일으켰다. 그녀는 내게 자신이 어린아이였을 때 돌아가신 아버지에 대해 말했다. 그녀의 아버지는 부끄럼을 타고 예민하며

한시도 가만히 있지 못하는 음악가였다. 그녀는 내게서 아버지를 찾고 있었던가? 그녀는 서류들의 진지함과 어린아이 같은 환상 사이를 오가며 진동하고 있었다. 그녀는 내게 만화경을 하나 보내면서 이렇게 썼다.

〔…〕 당신에 대해서도 저는 하나의 명확한 이미지를 구축했어요. 끔찍한 운명에서 벗어나고도(저의 주제넘음을 용서해주세요) 나쁜 꿈속에서처럼, 여전히 이방인으로 우리나라를 떠돌고 있는 당신의 이미지입니다. 저는 당신에게 전설 속에서 영웅들이 입는 옷과 같은 옷을 한 벌 지어드려야 한다는 생각이 듭니다. 당신을 세상의 모든 위험으로부터 보호해줄 옷을요.

나는 이 이미지 속에서 나 자신을 발견하지 못했지만 그녀에게 그렇게 쓰지는 않았다. 대신 그러한 옷은 선물할 수 없는 것이라고 답했다. 각자가 자기 자신을 위해 그 옷을 직조하고 바느질해야 한다고. H. L.은 내게 하인리히 만의 연작 소설 『앙리 4세』 두 권을 보내주었지만 나는 안타깝게도 읽을 시간을 전혀 내지 못했다. 그 사이에 나온 『휴전』의 독일어 번역본을 나는 그녀에게 보내주었다. 1964년 12월 베를린으로 이사한 그녀는 금세공을 하는 여자친구를 시켜서 만든 한 쌍의 커프스 금단추를 보내왔다. 나는 그녀에게 그것을 돌려줄 용기를 내지 못했다. 다만 그녀에게 감사를 하고는 다른 것은 보내지 말아달라고 부탁했다. 마음속 깊이 친절하기 그지없는 이 사람의 기분을 상하게 하지 않았기를 나는 진심으로 바란다.

가라앉은 자와 구조된 자

나의 방어적 태도의 이유를 그녀가 이해해주었기를 바란다. 그 후로 나는 더 이상 그녀로부터 소식을 받지 못했다.

나는 나와 동년배인 비스바덴의 헤티 S. 부인과의 서신 교환을 마지막으로 남겨두었다. 그녀와의 서신 교환은 양적으로든 질적으로든 하나의 독립적인 에피소드를 이룬다. 내 'HS' 파일은 단독으로도, 내가 다른 모든 '독일인들의 편지들'을 보관하고 있는 파일보다 더 두껍다. 우리의 서신 왕래는 1966년 10월부터 1982년 11월까지 16년간 계속되었다. 그 파일에는 약 50통 정도 되는 (자주 네 페이지 또는 그 이상인) 그녀의 편지와 나의 답신들 외에도, 그녀가 자식들과 친구들, 다른 작가들, 출판사들, 지방 단체들, 신문이나 잡지들에 쓴, 적어도 그만큼 되는 편지들의 카본 복사지들과, 내게 보낼 필요가 있다고 생각한 사본들이 들어 있었다. 또한 오려낸 신문기사들과 서평들도 있었다. 그녀의 편지들 중 몇 통은 '회람용'이었다. 반 페이지는 다양한 서신 왕래자들에게 동일하게 복사한 부분이고 나머지 흰 부분은 손으로 쓴 것으로 최근 소식들이나 좀 더 개인적인 질문들로 가득 차 있었다. 헤티 부인은 독일어로 내게 편지를 썼고 이탈리아어는 몰랐다. 나는 그녀에게 처음에는 프랑스어로 답장을 쓰다가 나중에는 그녀가 이해하는 데 어려움이 있다는 것을 알고, 한동안 영어로 편지를 썼다. 더 있다가 그녀가 즐거이 동의를 하여 나는 내 확실치 않은 독일어로 편지를 썼는데 똑같은 편지를 두 통 썼다. 그녀는 자신의 "심사숙고한" 교정 작업을 거쳐 내게 한 통을 돌려보냈다. 우리는 단지 두 번 만났을 뿐이었다. 내 바쁜 독일 출장 일정 중에 그녀의 집에서 한 번, 마찬가지로 바쁜 그녀의 휴가 일정 중에 토리노에서 한 번. 그리 중요한 만남은 아니었다. 편지들이 훨씬 더 중요하다.

그녀의 첫 번째 편지도 "이해"의 문제를 출발점으로 삼았지만, 다른 모든 편지들과 구별되는 정력적이고 분개하는 어조를 담고 있었다. 우리 둘 모두의 친구인 역사학자 헤르만 랑바인이 내 책을 아주 나중에, 초판이 이미 다 팔리고 없을 때 그녀에게 선물했다. 지방정부의 문화부 사정관이었던 그녀는 당장에 내 책을 재출판시키려고 애쓰고 있었는데, 나에게 이렇게 편지를 썼다.

당신은 결코 "독일인들"을 이해할 수 없을 겁니다. 우리도 그러지 못하는데요. 그 당시 그 어떤 값을 치르고라도 절대로 일어나서는 안 되었을 일들이 일어났으니까요. 뒤이어 우리 중 많은 사람들에게 "독일", "조국"과 같은 말들이 한때 가지고 있던 의미를 영원히 잃어버리게 된 일이 일어났지요. 우리에게 "조국"이라는 개념은 사라졌습니다〔…〕. 우리에게 절대로 허용될 수 없는 것은 잊어버리는 일입니다. 그런 이유로 당신의 책과 같은, 비인간적인 것을 그토록 인간적인 방식으로 묘사하는 책들이 새로운 세대들에게 중요합니다〔…〕. 한 작가가 자신에 대해서, 그리하여 일반적으로 인간에 대해서 얼마나 많은 것들을 함축적으로 표현할 수 있는지 아마 당신은 충분히 의식하고 계시지 못하겠지요. 바로 이것이 당신 책의 매 장에 중요성과 가치를 부여해주고 있습니다. 특히 부나의 실험실에 대한 당신의 글에 저는 큰 충격을 받았습니다. 그러니까 이것이 바로 당신들 포로들이 우리 자

가라앉은 자와 구조된 자 8. 독일인들의 편지

유인들을 바라본 방식이었군요!

조금 더 가면, 그녀는 가을에 석탄을 자신의 지하실에 가져다주던 한 러시아 포로에 대해 이야기한다. 그에게 말을 거는 것은 금지되어 있었다. 그녀는 그의 주머니에 음식과 담배를 찔러 넣어주곤 했고 그는 감사를 표하기 위해 "하일 히틀러!"라고 외쳤다. 반면에 '자원'自願 노동자인 한 젊은 프랑스 여성에게 말하는 것은 그녀에게 금지되어 있지 않았다(당시의 독일은 얼마나 복잡한 위계구조들과 구분 짓는 금지조항들의 미로였는지! '독일인들의 편지들'과 특히 그녀의 편지들은 상상 이상의 것들을 이야기한다). 그녀는 수용소로 그 젊은 여성을 찾아가서 자신의 집으로 데려오기도 했고, 심지어 몇몇 콘서트장에 데려가기도 했다. 이 여자는 수용소에서 잘 씻지 못해 몸에 이가 있었다. 헤티는 그녀에게 차마 그것을 말하지는 못한 채 불편함을 느꼈고, 자신의 그런 마음이 부끄러웠다.

이러한 그녀의 첫 편지에 나는 내 책이 독일에서 반향을 불러일으킨 것은 사실이지만, 내 책을 읽을 필요가 덜 한 독일인들 사이에서였다고 썼다. 죄 있는 사람들이 아니라 죄 없는 사람들이 뉘우치는 편지들을 내게 보내왔던 것이다. 죄인들은 당연히 침묵했다.

뒤이은 편지들에서 점차 간접적인 방식으로 헤티는(그녀를 간단히 이렇게 부르도록 하겠다. 친근하게 이름을 부르는 사이는 결코 되지 못했지만) 내게 자신에 대해 묘사해주었다. 직업이 교육자였던 그녀의 아버지는 1919년부터 사회민주당의 운동가였다. 히틀러가 권좌에 등극한 해인 1933년에 아버지는 직장을 잃었고, 수색과 재정적 어려움이 뒤를 이었다. 가족은 더 작은 집으로 이사해야 했다. 1935년 헤티는 히틀러 청년 조직에 들어가기를 거부했기 때문에 고등학교에서 쫓겨났다. 1938년 IG 파르벤 사의 엔지니어와 결혼을 하고(여기서 "부나의 실험실"에 대한 그녀의 관심이 나온 것이다!), 곧 두 명의 자식을 얻었다. 1944년 7월 20일의 히틀러 암살 미수사건 직후 그녀의 아버지는 다하우로 강제이송되었다. 남편은 비록 당원은 아니었지만, 헤티가 "해야 할 일을 하기 위해", 곧 매주 약간의 음식을 가지고 아버지가 수감되어 있던 수용소로 가는 것에 대해 반대했다. 그녀와 자기 자신, 아이들을 위험에 빠뜨리는 것을 용납하지 못했기 때문이다. 그러면서 결혼 생활은 위기에 빠졌다.

그에게는 우리의 노력이 완전히 미친 짓으로 보였어요. 한번은 우리 아버지에게 도움을 드릴 수 있는 가능성이 있는지, 만약 가능하다면 어떤 방법들이 있는지를 알아보기 위해 가족회의를 열었지요. 하지만 그는 단지 이렇게 말할 뿐이었어요. "마음 편히들 잡수시오. 어차피 그를 다시는 못 볼 테니까."

한편 전쟁이 끝나고 아버지는 해골이 다 되어 귀환하셨다(그는 불과 몇 년 뒤에 돌아가셨다). 아버지와의 관계가 유난히 돈독했던 헤티는 쇄신한 사회민주당에서 활동을 계속해야 할 의무감을 느꼈다. 남편은 동의하지 않았고 말다툼이 일어났다. 그는 이혼을 요구했고 결국 얻어냈다. 그의 두 번째 부인은 동프러시아에서 온 난민이었는데, 두 아이들 때문에 헤티와 조심스런 관계를 유지했다. 한번은 그

가라앉은 자와 구조된 자

녀가 헤티에게 아버지와 다하우, 라거에 관해서 말하기를,

내가 당신의 이런 이야기를 듣는 것도, 읽는 것도 견딜 수 없어 한다
해서 나쁘게 생각하지는 말아줘요. 우리가 도망가야 했을 때는 정말
무서웠어요. 제일 끔찍했던 것은 아우슈비츠의 포로들이 철수할 때
먼저 갔던 길을 우리가 가야 했다는 사실이었어요. 시체들로 이뤄진
양 울타리 사이로 길이 나 있었지요. 나는 그 모습들을 잊어버리고 싶
지만 그럴 수가 없어요. 자꾸만 꿈에 나타나요.

아버지가 돌아오고 얼마 안 되어 토마스 만이 라디오에서 아우슈
비츠와 가스와 화장터에 대해 말했다.

우리 모두는 몹시 동요된 상태로 귀를 기울였고 오랫동안 침묵했어
요. 아빠는 제가 질문을 할 때까지 말없이 찌푸린 얼굴로 왔다 갔다
하셨지요. "가스로 사람들을 독살하고 불태우는 게, 그들의 머리카락
을, 피부를, 치아를 뽑아 쓴다는 게 도대체 말이 되나요?" 그러자 아빠
는 다하우에서 돌아오신 분이면서도 이렇게 대답했죠. "아니, 생각할
수도 없는 일이야. 토마스 만이란 사람이 이런 공포에 믿음을 심어줘
서는 안 되지." 하지만 전부 사실이었지요. 불과 몇 주 뒤에 우리는 그
증거들을 보게 되었고 확신하게 되었습니다.

그녀는 또 다른 장문의 편지에서 내게 "국내 이주" 상태에 놓여
있던 자신들의 생활을 묘사했다.

우리 어머니에게는 아주 소중한 유대인 여자 친구가 한 명이 있었지요. 그녀는 과부로 혼자 살고 있었어요. 자식들은 이주를 했고요. 하지만 그녀는 독일을 떠날 결심을 하지 않았어요. 우리도 핍박을 받았지만, 우리는 "정치범"들이었죠. 우리에게는 달랐어요. 그래서 수많은 위험이 있었지만 우리는 운이 좋았어요. 그 아주머니가 어둠을 뚫고 우리 집에 온 그날 저녁을 저는 잊을 수 없을 거예요. 이런 말을 하시려고 오셨지요. "여러분, 제발 저를 찾아오지 마시고 제가 여러분 댁에 오지 않아도 용서하세요. 이해하시지요. 제가 여러분을 위험에 처하게 할 수도 있어요……" 물론 우리는 그녀가 테레지엔슈타트로 강제이송될 때까지 그녀를 계속 찾아갔지요. 우리는 더 이상 그녀를 보지 못했고, 그녀를 위해 아무것도 "하지" 않았습니다. 우리가 무엇을 할 수 있었겠습니까? 그럼에도 아무것도 할 수 없었다는 생각은 아직도 우리를 괴롭힙니다. 당신께 빕니다. 제발 이해해주세요.

헤티는 1967년 안락사 재판을 참관했던 이야기를 내게 들려주었다. 피고들 중 한 명인 의사가 정신질환 환자들에게 직접 독을 주사하라는 명을 받았고, 직업적 양심 때문에 명령을 거부했다고 법정에서 진술했다. 반면에 가스관 꼭지를 트는 일은 그에게 그다지 유쾌하지는 않았지만 요컨대 참을 만해 보였다는 것이다. 집으로 돌아온 헤티는 일에 열중하고 있는 전쟁 과부인 가정부와 요리를 하고 있는 아들을 보았다. 세 사람 모두 식탁에 앉아 식사를 하는데, 헤티는 아들에게 재판에서 보고 들은 것을 이야기했다. 갑자기,

가라앉은 자와 구조된 자

〔…〕 가정부는 포크를 내려놓더니 공격적으로 끼어들었어요. "지금 하는 이 모든 재판들이 다 무슨 소용이에요? 불쌍한 우리 군인들이 그런 명령을 받으면 도대체 무엇을 할 수 있겠어요? 내 남편이 폴란드에서 잠시 휴가를 나왔을 때 제게 말했지요. "우리는 유대인을 총살하는 것 말고는 거의 아무것도 하지 않았어. 늘 유대인을 총살하는 거지. 미친 듯이 총을 쏘아대서 팔이 아팠어." 도대체 남편이 무엇을 할 수 있었겠어요, 그런 명령을 받았는데?"〔…〕 그녀의 불쌍한 남편이 전사한 걸 축하해주고 싶은 충동을 억누르면서 나는 그녀를 해고했지요……. 자, 아시겠지요, 여기 독일에서 우리는 오늘날에도 이런 종류의 사람들 가운데에서 살아가고 있답니다.

헤티는 헤센 주의 문화부에서 수년 동안 일했다. 그녀는 부지런하지만 충동적인 공무원이었고, 논쟁적인 논평을 쓰는 작가이자, 청년들과의 미팅이나 회합 등을 '열정적으로' 조직하는 사람이었으며, 자기 당의 승패에도 마찬가지로 열성적이었다. 1978년에 은퇴한 뒤, 그녀의 문화적 삶은 더욱 풍요로워졌다. 그녀는 여행, 독서, 언어학적 논쟁들에 대해 내게 편지를 썼다.

무엇보다 그녀는 자신의 전 생애 동안 인간적 만남들을 갈망했고 심지어 굶주려했다. 오래 지속되고 생산적이었던 나와의 만남은 수많은 만남들 중 하나일 뿐이었다. "제 운명이 또 하나의 운명을 가진 사람들을 향해 저를 밀어붙입니다." 한번은 나에게 그렇게 썼다. 하지만 그녀를 밀어붙인 것은 운명이 아니었다. 소명이었다. 그녀는 그런 사람들을 찾고 발견하고 그들을 서로 이어주었으며, 그들의 만남이나 충돌에 호기심을 느꼈다. 장 아메리의 연락처를 내게 주고 내 연락처를 그에게 준 것도 그녀였다. 하지만 조건이 하나 있었다. 우리가 주고받게 될 편지의 카본 복사지를 양쪽 다 그녀에게 보내달라는 것이었다(우리는 그렇게 했다). 그녀는 내가 아우슈비츠의 화학자 독토르 뮐러를 추적하는 데에도 중요한 역할을 했다. 독토르 뮐러는 『주기율표』의 「바나듐」 장에서 내가 말한, 나중에 내게 화학제품을 공급하게 된 공급자이자 참회한 사람이기도 했다. 그는 그녀의 전남편의 동료였다. 당연한 권리가 있었지만, 그녀는 '뮐러 파일'의 복사지도 요구했다. 나중에 그녀는 충실하게 '정보를 위한 사본'들을 교차시키면서 그에게는 나에 대해, 나에게는 그에 대해 영리한 편지들을 썼다.

딱 한 번 우리는(적어도 나는) 의견의 차이를 감지한 적이 있었다. 1966년에 알버트 슈페어Albert Speer(1905~1981)가 슈판다우 연합국 교도소에서 석방되었다. 잘 알려져 있듯이 그는 히틀러의 "궁정 설계자"였지만, 1943년에 군수산업부 장관으로 지명되었다. 그 점에서 슈페어는 **우리가** 피로와 굶주림으로 죽어갔던 공장들을 조직하는 데 상당 부분 책임이 있었다. 뉘른베르크에서 그는 피고들 중에서 자신이 유죄라고 밝힌 유일한 사람이었다. 자신이 몰랐던 일들에 대해서, 사실 정확하게는 자신이 알고 싶어 하지 않은 일들에 대해서였지만 말이다. 그는 20년형을 선고받았고, 감옥에서 자신의 회고록을 집필하는 데 시간을 보냈다. 회고록은 1975년 독일에서 출판되었다. 헤티는 처음에는 망설이다가 나중에는 회고록을 읽었다. 그러고는 깊이 동요되었다. 그녀는 슈페어에게 대화를 요청했고, 그것은 두 시간 동안 지속되었다. 그녀는 그에게 읽어봐야 한다면서, 아우슈비츠에 대해 쓴 랑바인의 책과 『이것이 인간인가』의 복사본을 전했다. 그는 자신의 『슈판다우의 일기』(몬다도리출판사, 밀라노, 1976년)의 복사본을 헤티에게 전해 주어 내게 보내도록 했다.

나는 그 일기를 받았고 읽었다. 교양 있고 명료한 의식과 솔직해 보이는 교정의(그러나 똑똑한 사람은 그런 척 할 줄 안다) 흔적을 담고 있었다. 일기에서 슈페어는 셰익스피어의 등장인물 같은, 자신의 눈을 멀게 하고 자신을 오염시킬 정도로 무한한 야망을 가진 사람으로 비춰졌지만, 야만인으로도, 비겁자나 종으로도 비춰지지는 않았다. 피할 수만 있었다면 기꺼이 나는 이 책을 읽는 일을 피했을 것이다. 심판한다는 것은 내게는 고통스런 일이기 때문이다. 특히 슈페어와 같은 사람, 단순하지 않은 인간, 대가를 치른 죄인을 말이다. 나는 분노의 흔적을 담아 헤티에게 편지를 썼다. "무엇이 당신을 슈페어에게 가도록 했나요? 호기심이었나요? 의무감이었나요? 일종의 '임무'였나요?"

그녀는 내게 답신을 보내왔다.

당신이 그 책의 선물이 가진 올바른 의미를 이해하셨기 바랍니다. 당신의 질문도 옳습니다. 저는 그의 얼굴을 보고 싶었습니다. 히틀러에게 스스로를 예속되게 놔두고, 그의 창조물이 된 사람은 어떻게 생겼는지 보고 싶었습니다. 그가 말하기를, 그리고 저는 그의 말을 믿는데요, 자신에게 아우슈비츠의 학살은 트라우마라고 합니다. 어떻게 자신이 "보려고도, 알려고도 하지 않을" 수 있었는지, 요컨대 모든 것을 없애버릴 수 있었는지에 대한 질문에 그는 사로잡혀 있습니다. 제가 보기에 그가 정당화를 찾는 것 같지는 않습니다. 그 역시, 그에게도 이해하기 불가능한 그 일을 이해해보고 싶어합니다. 그는 제게 거짓으로 꾸미는 사람처럼 보이지 않았습니다. 자신의 과거에 대해 충실히 싸우고 괴로워하는 사람으로 보였습니다. 제게 그는 "하나의 열쇠"가 되었습니다. 그는 상징적인 인물입니다. 독일의 탈선의 상징입니다. 그는 랑바인의 책을 극도로 가슴 아파하며 읽었고 당신의 책도 읽겠다고 제게 약속했습니다. 그의 반응에 대해 당신에게 계속 알려드리겠습니다.

그의 반응은 오지 않았고, 나는 안도했다. 내가 알버트 슈페어의 편지에 (양식 있는 사람들이 그러는 것처럼) 답장을 써야 했다면 어려움을 겪었을 것이다. 1978년 헤티는 내 편지들에서 감지한 불만에 대해 내게 사과하고는 슈페어를 두 번째로 방문한 뒤 실망해서 돌아왔다. 그녀는 자기중심적이고 젠체하며, 어리석게도 파라오 같은 설계자로서의 자신의 과거를 자랑스러워하는 늙은 슈페어를 발견했다. 그때 이후로 우리 편지의 본질은 현재적 문제들이기에 더 걱정스러운 주제들로 옮겨갔다. 알도 모로의 암살, 헤르베르트 카플러Herbert Kappler[8]의 탈출, 최고의 감옥 슈탐하임에서 일어난 바더 – 마인호프 테러단의 동시 사망 사건[9] 등과 같은 주제들 말이다. 헤티는 자살이

---

8 헤르베르트 카플러(1907~1978). 독일 나치 친위대 SS의 장교로 제2차 세계대전 동안 로마에서 경찰 및 보안기관 수장으로 있었다. 로마 시민 335명을 처형한 아르데아티네 학살 사건의 책임자이다.

라는 공식적 주장을 믿는 쪽이었지만 나는 의심스러웠다. 슈페어는 1981년에 죽었다. 헤티는 1983년에 갑작스레 사망했다.

거의 전적으로 서신으로 이루어진 우리의 우정은 오래 지속되었고 생산적이었으며 종종 쾌활했다. 우리의 인간적 여정 사이에 있는 커다란 차이점을 생각해보면, 그리고 지리적으로 언어적으로 먼 거리감을 생각해보면 우리의 우정은 이상한 것이었다. 그러나 그녀는 내 모든 독일인 독자들 중에서 "떳떳한 자격을 갖춘", 그래서 죄책감에 휘말려들지 않은 유일한 사람이었다. 그녀의 호기심이 곧 나의 호기심이었고 지금도 그러하며 내가 이 책에서 논한 주제들과 같은 주제들에 그녀 역시 천착하고 있었다. 이렇게 보자면 우리의 우정이 그렇게 이상한 일도 아닐 것이다.

---

9 급진적 좌파 혁명단체 바더-마인호프 테러단의 핵심 멤버 안드레아스 바더Andreas Baader (1943~1977)가 동료 단원과 함께 감옥에서 자살한 사건(1977년 10월 18일).

결론

　　　　　　　나치 라거의 생존자인 우
리가 전하는 경험은 서양의 신세대들에게는 상관없는 일이고, 해가
갈수록 점점 더 상관없어진다. 50년대와 60년대의 젊은이들에게 그
것은 아버지들의 일이었다. 라거의 경험에 대해 가족 내에서 얘기
도 했고, 그 기억은 그날의 생생함을 아직 간직하고 있었다. 80년대
의 요즘 젊은이들에게는 그들의 할아버지들의 일이다. 멀고, 희미
하고, '역사적인' 일이다. 그들은 오늘날의 문제로 괴로워한다. 핵의
위협, 실업, 자원의 고갈, 인구의 폭발적 증가, 적응해야만 하는 정
신없이 새로워지는 기술 등 다양하고 시급한 문제들이다. 세계의 구
도는 완전히 달라져서 유럽은 더 이상 세계의 중심이 아니다. 식민
지 제국들은 독립을 갈망하는 아시아와 아프리카 민족들의 압력에
굴복했다. 식민지 제국들은 해체되었고, 신생국들 간의 싸움과 비
극도 없지 않았다. 무기한 둘로 갈라져 있는 독일은 '존경받을 만' 해
졌고, 사실상 유럽의 운명을 쥐고 있다. 제2차 세계대전에서 탄생한

미국과 소련의 양두정치는 지속되고 있다. 그러나 이 마지막 갈등에서 승리를 거둔 단 두 승자의 정부들이 기반하고 있는 이데올로기들은 그 신빙성과 광채를 상당 부분 상실했다. 이상理想이 없는 것이 아니라 확실성이 없는 회의적인 세대, 심지어 드러난 거대 진실들을 믿지 않는 세대가 성인의 나이로 접어들고 있다. 이 세대는 대신에, 유도된 것이든 자생적인 것이든 간에 문화적 유행의 격렬한 파도를 타고 다달이 변하는 작은 진실들을 받아들이는 경향이 있다.

우리로서는 젊은이들과 이야기하는 것이 점점 더 어려워진다. 우리는 그것을 의무로, 또한 위험으로 인식한다. 우리가 시대착오적으로 보일 위험, 우리의 이야기를 들어주지 않을 위험 말이다. 우리의 이야기에 귀를 기울여야 한다. 우리는 우리의 개인적 경험을 넘어 집단적·근본적으로 중요하고 예기치 못한 사건의 증인이었다. 예기치 못한 일이기 때문에, 아무도 예견하지 못한 일이기 때문에 근본적으로 중요한 것이다. 이 사건은 모든 예상을 뒤엎고 일어났다. 이것은 유럽에서 일어났다. 바이마르의 활기 넘치는 문화적 개화기에서 방금 나온 문명화된 민족 전체가, 오늘날 같으면 그 모습이 웃음을 자아낼 어릿광대를 따르는 믿을 수 없는 일이 일어났다. 그러나 아돌프 히틀러는 복종을 이끌어냈고, 파국이 닥칠 때까지 칭송되었다. 사건은 일어났고 따라서 또다시 일어날 수 있다. 이것이 우리가 말하고자 하는 것의 핵심이다.

모든 곳에서 일어날 수 있다. 일어날 것이라고 말하려는 것도 아니고 그렇게 말할 수도 없다. 내가 앞서 언급했듯이, 나치의 광기를 촉발시킨 모든 요소들이 또다시, 동시에 일어나는 일은 그다지 있을 법하지 않다. 그러나 몇 가지 전조가 윤곽을 드러내고 있다. '유용한' 폭력이든 '쓸데없는' 폭력이든, 폭력은 우리 눈앞에 있다. 산발적이고 사적인 일화들에서, 또는 국가가 저지르는 불법의 형태로, 보통 제1세계와 제2세계라 부르는 국가들에서 바꾸어 말하면 의회 민주주의 국가들과 공산권 국가들에서 폭력은 뱀처럼 꿈틀대고 있다. 제3세계에서 폭력은 고질병처럼, 유행병처럼 발발한다. 폭력을 계획하고 합법화하고, 폭력이 필수불가결하고 의무적인 것이라고 선언하며 세상을 오염시킬 새로운 광대를 기다릴 뿐이다(후보들은 늘 있다). 불관용과 권력에 대한 욕망, 경제적 이유, 종교적이거나 정치적인 광신, 인종적 마찰 등이 발생시키는 폭력이 난무하는 조류 속에서 미래에 면역성이 있다고 보장할 수 있는 나라는 소수이다. 그러므로 우리는 우리의 감각을 벼리고 있어야 하며 예언자들과 마법사들, 또한 타당한 이유들의 밑받침이 없는 "아름다운 말들"을 말하고 쓰는 사람들을 믿지 말아야 한다.

갈등이 필요하다는 추악한 이야기가 있었다. 인간은 갈등 없이는 살 수 없다는 것이다. 지역 갈등과 거리, 공장, 경기장에서의 폭력은 일반화된 전쟁에 해당하는 것이며, 간질병에 해당하는 "작은 악"이 커다란 악으로부터 지켜주듯이 이러한 것들이 전쟁으로부터 우리를 지켜준다는 이야기도 있었다. 유럽에서 전쟁 없이 40년간 평화가 지속된 적이 한 번도 없었다는 사실이 관찰되었다. 그렇게 긴 유럽의 평화는 역사적 변칙일 거라는 주장이다.

이것들은 함정이 있고 수상쩍은 이야기들이다. 악마는 필요치 않다. 그 어떤 경우에도 전쟁과 폭력은 필요치 않다. 선의와 상호 신뢰가 있다면, 탁자에 둘러 앉아 해결할 수 없는 문제는 존재하지 않는다. 현재의 끝없이 계속되는 고착상황이 보여주는 것처럼, 서로에 대한 두려움도 마찬가지다. 이러한 상황에서 초강대국들은 다정한 얼굴이나 잔인한 얼굴로 서로 대치하고 있다. 하지만 평화의 중재자를 보내는 대신에 정교한 무기들과 스파이, 용병, 군사 전략가를 보내어 자신들이 보호하는 '보호국들' 간에 피투성이 전쟁을 촉발시키는 데에는(또는 전쟁이 촉발되는 것을 허용하는 데에는) 자제심이 없다.

예방적 폭력에 대한 이론도 받아들일 수 없다. 폭력으로부터는 폭력이 나올 뿐이다. 시간이 지날수록 움직임이 잦아들기보다는 더욱 커지는 진자운동을 하면서 말이다. 사실 많은 신호들이, 히틀러의 독일에서 지배적이었던 바로 그 폭력에서 갈라져 나오는 오늘날의 폭력의 계보에 대해 생각하게 한다. 물론 폭력은 먼 과거에서든 가까운 과거에서든 이전에도 없지 않았다. 제1차 세계대전의 분별 없는 대량학살 한가운데에서도 적수들 간의 상호존중의 태도, 포로와 비무장 민간인에 대한 휴머니즘의 자취, 조약을 준수하려는 경향은 살아남아 있었다. 신앙이 있는 사람은 "신에 대한 어떤 두려움"이라고 할 것이다. 상대방은 악마도, 벌레도 아니었다. 그러나 나치의 **고트 미트 운스**_Gott mit uns_(신은 우리와 함께) 이후, 모든 것이 바뀌었다. 괴링의 테러적인 공중 폭격에 연합군은 "융단" 폭격으로 대응했다. 한 민족, 한 문명의 파괴는 가능하며, 그 자체로도 매력적이고 지배를 위한 도구로서도 매력적이라는 사실이 입증되었다. 히틀러는 스탈린이라는 학교에서 노예 노동력의 대량 착취를 배웠다. 그러나 전쟁이 끝나고 그 착취는 소련으로 곱절이 되어 돌아왔다. 독일과 이탈리아 고급 두뇌들의 탈출과 더불어 나치 과학자들에 의해 추월될지 모른다는 두려움은 핵폭탄을 낳았다. 절망에 빠진 유대인 생존자들은 거대한 난파 후 유럽에서 도피하여 아랍 세계의 내부에 서구 문명의 섬을, 즉 유대주의의 경이로운 부흥을 만들어냈고, 한 편으로는 또 다른 증오의 구실을 만들어냈다. 패배 후 나치즘의 조용한 이동은 지중해와 대서양, 태평양에 면한 약 12개국의 군인들과 정치인들에게 박해와 고문의 기술을 가르쳐주었다. 수많은 신생 폭군들이 아돌프 히틀러의 『나의 투쟁』을 서랍 속에 간직하고 있다. 몇 군데는 수정하고 몇 군데는 이름을 바꾸면, 그 책은 여전히 쓸모가 있는 것이다.

히틀러의 사례는 산업시대에 치러진 전쟁이, 핵무기에 의지하지 않고도 어느 정도로 파괴적인지 증명해보였다. 최근 20년간 일어난 베트남 참사, 포클랜드 분쟁, 이란-이라크 전쟁, 캄보디아 사태와 아프가니스탄 사태는 이에 대한 하나의 확인이다. 그러나 적어도 가끔은, 또 부분적으로는 역사적 죄가 벌을 받는다는 것을 증명하기도 했다(불행하게도 수학자들의 엄밀한 의미에서는 아니지만). 제3제국의 권력자들은 교수대로 가거나 자살로 생을 마감했다. 독일은 한 세대를 떼죽음으로 몰고 간, 성경 이야기 같은 "장자長子들의 대량학살"과 독일의 오랜 자부심에 종지부를 찍은 분단을 겪었다. 만약 나치즘이 애초부터 그토록 무자비한 면을 보이지 않았다면 적들 간의 동맹은 형성되지 않았거나 전쟁이 끝나기 전에 깨졌을 것이라는 추정은 터무니없는 것이 아니다. 나치와 일본이 원한 세계대전은 일종의 자살

전쟁이었다. 모든 전쟁을 그런 것으로서 두려워해야 하는 것이다.

제7장에서 검토했던 고정관념들에 대해서 나는 마지막으로 한 마디를 덧붙이고 싶다. 젊은이들은 그 시대가 멀어질수록 더욱더 자주, 그리고 더욱더 집요하게 우리에게 우리의 '고문자'는 누구였으며 어떤 사람들이었는지 질문한다. '고문자'라는 용어는 우리의 전前 감시자들과 SS 대원들을 암시하는데, 내 생각으로는 적합하지 않은 말이다. 팔자가 사납게 태어났고 악마적이고 태생적 결함을 가진 뒤틀린 개인들을 떠오르게 하기 때문이다. 반면에 그들은 우리와 똑같은 사람들이었다. 그들은 평균적 인간이었고, 평균적 지능을 가졌으며, 평균적으로 악한 사람들이었다. 예외적 경우를 제외하면 그들은 괴물이 아니었으며 우리와 같은 얼굴을 한 사람들이었다. 그러나 그들은 잘못된 교육을 받았다. 그들 대부분은 거칠고 부지런한 관리들이었고 추종자들이었다. 일부는 나치의 신조를 광신적으로 믿었고, 많은 이들이 그것에 무관심하거나 처벌을 두려워하거나 출세를 바라거나 지나치게 복종하는 사람들이었다. 그들 모두는 히틀러와 그의 협력자들이 원하는 대로 세워졌고, 그 후 SS의 훈련으로 완성된 학교가 제공하고 부과한, 끔찍하게 잘못된 교육을 받았다. 많은 사람들이 SS 친위대에 가입했는데, 이는 그것이 주는 위신이나 그 전능함 때문이었으며, 또는 단지 가정의 어려움에서 벗어나기 위해서이기도 했다. 사실 몇몇 극소수의 사람들은 생각을 바꾸어 최전방으로의 전출을 요구하기도 했고, 포로들에게 조심스런 도움을 주거나 자살을 택하기도 했다. 모두가 크든 작든 책임이 있었다는 것은 분명한 사실이다. 그러나 마찬가지로 분명히 해둘 것이 있다. 독일

국민들 대다수는 정신적 나태함 때문에, 근시안적 타산 때문에, 어리석음 때문에, 국민적 자부심 때문에 애초에 히틀러 대장의 "아름다운 말들"을 받아들였다. 히틀러에게 행운이 따른 동안에 그를 추종했고 아무런 가책도 없이 그를 지지했다. 그러다 히틀러의 파멸이 그들을 휩쓸어버렸고, 그들은 죽음과 비참함, 회한으로 괴로워하다가 몇 년 뒤 부도덕한 정치놀음의 결과로 재활했다. 바로 그런 독일 국민들 대다수의 책임도 있었다는 사실은 분명히 해두어야 할 것이다.

이해하는 것이 용서하는 것은 아니다

프리모 레비의 서재 안 책장 제일 높은 책꽂이에는 열 개의 커다란 진녹색 서류철들이 나란히 세워져 있다.

여기에는 10년간 세계 각지에서 온 편지들이 들어있는데, 대부분은 『이것이 인간인가』에 대한 것들이다. 그러나 책상 바로 뒤쪽, 좀 더 낮은 구석자리에는 열한 번째의 서류철이 있다. 1986년의 것들만 모아놓은 것으로, 이제 막 두꺼워지기 시작한 서류철이다. 이 새로 온 편지들은 에이나우디 출판사에서 얼마 전에 출간된 『가라앉은 자와 구조된 자』에 대한 것들이다. 40년이 흘러 작가는 아우슈비츠의 세계로 돌아왔다. 그는 더 이상 증인이 아닌 질문자로, 자신의 기억을 가지고 그 옛 지옥의 원[2]으로 내려갔다. 독자들의 반응은 즉

---

1 이 인터뷰는 1986년 7월 26일 이탈리아 일간지 『라 스탐파』La Stampa 지에 실렸다. 원고는 비평가 조르조 칼카뇨가 정리했다.
2 단테의 『신곡』에 묘사된 "지옥의 원들"Cerchi dell'Inferno에서 폭력의 죄를 저지른 자들이 벌을 받고 있는 제7원을 의미하는 말로 아우슈비츠를 빗댄 표현이다.

각적이다.

레비의 의도대로였다면 "가라앉은 자와 구조된 자"가 자신의 첫 작품의 제목이 됐어야 했다. 이 문구는 그의 첫 작품(『이것이 인간인 가』) 속에 주요한 장 제목 하나로 숨어 들어가 있다. 작가는 이 제목을 단테의 『신곡』 「지옥」 편 가운데 제8원의 네 번째 구덩이를 묘사하는 첫 시구에서 뽑아왔다("또 다른 형벌로 가라앉은 자들의 노래인 첫째 노래 편의 스무 번째 곡에 소재로 삼아 시구를 만들고자 하노라"[3]). 그러나 1947년 레비의 책을 처음 출판한 편집장 프랑코 안토니첼리는 책 첫머리의 서시에 들어있는 "이것이 인간인가"라는 문장에 강렬한 인상을 받았고, 레비에게 제목을 바꿀 것을 제안했다. 그렇게 해서 "가라앉은 자와 구조된 자"라는 최초의 제목은 표지 위로 올라오기까지 39년을 기다리게 되었다. 더 이상 예전처럼 라거의 침울한 죄수복을 입은 수용소 포로들의 이미지 위가 아니라 한스 멤링Hans Memling의 《최후의 심판》[4]에서 절망하고 애원하는 얼굴들 위로 올라오게 된 것이다. 사회적 사건의 르포에서 역사, 그 너머로 나아간 것이다.

왜 프리모 레비는 문학적 경험을 포함하여 다른 많은 경험을 한 뒤에 다시 이 주제를 선택한 것일까? 진실에 대한 필요 때문이라고 그는 주저 없이 대답한다. 수사修辭에 맞서기 위해서라고.

---

3 『신곡』의 「지옥」 편 20곡 1~3행.
4 『가라앉은 자와 구조된 자』의 초판에서는 한스 멤링의 《최후의 심판》 일부가 표지 이미지로 사용되었다.

우리 과거 강제이송자들은 예전 파르티잔들과 동일하게 간주되지요. 그건 옳습니다. 그러나 승리의 투쟁에 대한 경험과 포로 상태의 수동적이고 소모적인 경험 사이에는 본질적인 차이가 있습니다. 저는 이러한 점들을 부각시키고 싶었어요. 어느 정도의 수사는 참을 수 있지요. 살아가는 데 필수불가결하기도 하고요. 우리는 기념비나 의식을 필요로 합니다. 그리고 기념비는 그 어원상 경고를 뜻하지요. 하지만 일종의 카운터 멜로디, 그러니까 수사에 맞서는 산문으로 된 논평이 필요합니다. 저는 그 일을 하려고 노력했지요. 그것이 어떤 감수성을 해칠 수도 있다는 것을 알면서도요. 그런 것들은 상당히 금기시되고 있는 주제들이지요.

이 책의 출생에는 우리 역사의 중심으로 직결하는 두 번째 이유가 있다. "저는 시대가 지나고 있다는 것을 느낍니다. 저의 시대를 포함해서요. 해가 감에 따라 제게는 이 기억들이 이해되는 방식에 있어서 일종의 표류 현상이 일어나는 것으로 보였어요." 레비는 종종 학교에서 젊은이들과 만남을 갖는다. "그들의 마음속에는 감정적인 참여가 있어요. 격렬하지만, 역사적인 동참은 아니에요. 강의실에 들어설 때, 저는 그들이 자신들이 읽은 책의 저자를 보고 깜짝 놀라는 것을 느낍니다. 그 저자가 아직도 살아있다, 라틴어도 그리스어도 아닌 이탈리아어로 말한다, 그런 느낌을요."

이탈리아어를 말하는 저자는 많은 신세대 독자들과의 점점 커져가는 간극을 느낀다.

제게는 이러한 것들이 가까운 과거의 일이었다는 걸 보여주는 데 관심이 있습니다. 단지 지리적으로만 가까운 것은 아닙니다. 아우슈비츠의 씨앗은 다시 싹터서는 안 될 것입니다. 하지만 폭력은 가까이에, 우리 주위에 있어요. 그리고 폭력이 낳은 폭력도 있습니다. 두 차례 세계대전의 폭력과 알제리, 러시아, 중국의 문화혁명, 베트남 등에서 우리가 목도한 폭력 사이에는 숨어있는 연결고리가 있습니다. 우리 사회는 미디어를 통해(매우 필요한 것들이긴 하지만) 폭력을 보급합니다. 폭력을 확대하는 메커니즘을 갖고 있는 거죠.

이번 책에서 라거의 기억은 우리의 세계를 향하여 자신의 그림자를 길게 늘어뜨리고 있다. 그리고 여기저기에 염려스러운 연결가지를 치고 있는 것처럼 보인다.

핵심적인 장, 「회색지대」에는 인간이 얻고자 애쓰는 권력, 희생자를 포함한 인간이 자신보다 약한 희생자에게 권력을 행사하는 것에 대한 자세한 분석이 담겨있다. 『가라앉은 자와 구조된 자』는 그러한 경험의 역사성을 향하고 있는가, 아니면 그 경험이 여전히 유효한 현재의 두려움을 향하고 있는가?

그러한 경험을 현재화한다는 것은 제 희망 중의 하나였을 겁니다. 제게 결정적으로 중요한 문제는 우리가 그러한 경험으로 되돌아갈 것인가, 아닌가? 하는 것이에요. 저는 예언자는 아닙니다만, 유럽에서는, 적어도 가까운 미래에는 되돌아갈 거라고 생각지 않습니다. 그러나 위협이 존재한다는 것은 분명합니다. 캄보디아에 대해, 얼마 안 되지만 우리가 알고 있는 사실들은 독일에서 일어났던 일을 무섭게 상기시킵니다. 국민의 3분의 1이 광적인 이상理想 때문에 희생되었어요. 모든 것을 삼키고 소화하는 것이, 제가 앞서 말한 미디어들을 통해 모든 것을 믿도록 만드는 것이 가능합니다.

『가라앉은 자와 구조된 자』에는 두 개의 동사가 끈질기게 반복된다. 때로는 부정적인 의미로 사용되는 '이해하다'와 '용서하다'가 바로 그것이다. 이것은 이 책을 읽기 위한 두 개의 올바른 열쇠인가?

'이해하다'는 네, 맞습니다. 40년 전부터 저는 독일인들을 이해하기 위해 헤매고 있지요. 어떻게 그런 일이 일어날 수 있었는지를 이해하는 것이 제게는 하나의 삶의 목표입니다. 하지만 좀 더 넓은 의미에서 본다면, 저는 다른 사람을 이해하는 것에 관심이 있기 때문이지요. 저는 화학자입니다. 제 주위의 세계를 이해하고 싶죠.

그렇다면 용서한다는 것은?

'용서한다'는 것은 제 말이 아닙니다. 제게 짐 지워진 말이지요. 왜냐하면 제가 받는 모든 편지들은, 특히 젊은 독자들과 가톨릭 신자들에게서 오는 편지들은 용서라는 주제를 담고 있기 때문입니다. 그들은 제가 용서를 했는지 묻지요. 저는 제가 제 나름의 기준에서 올바른 사람이라고 믿습니다. 제가 어떤 사람을 용서할 수도 있고, 또 어떤 사람은 용서하지 않을 수도 있어요. 저는 경우에 따라 판단을 내리고 싶습니다. 만약 제 앞에 아이히만이 있었다면 저는 그에게 사형판결을 내렸을 거예요. 제게 물어오는 것처럼 무조건적인 용서는, 저는 하고 싶지 않습니다. 독일인들이 누구입니까? 저는 신앙심을 가진 사람이 아니에요. "네 죄를 사하노라"라는 말은 제게는 구체적인 의미가 없는 말이죠. 저는 그 누구도, 사제조차도 단죄하고 용서하는 힘을 가지고 있다고 믿지 않습니다. 범죄를 저지른 사람은 그 대가를 치러야 합니다. 뉘우치지 않는다면 말이죠. 그러나 말로만 뉘우치는 것은 안 됩니다. 저는 말로 하는 뉘우침으로는 만족하지 않아요. 팩트로써 자신이 더 이상 예전의 사람이 아니라는 것을 증명하는 사람이라면, 저는 용서할 준비가 되어있어요. 물론 너무 늦지 않게 증명해야겠지만 말이죠.

「아우슈비츠의 지식인」 장에서는 라거에서 교양 없는 사람에 비해 교양 있는 사람이 가지는 불리함들을 강조하고 있다. 반면 「소통하기」 장에서는 살아남기 위해서 메시지들을 이해하는 것이 절대적으로 필요하다는 것을 보여준다. 만약 언어가 우리를 구해주는 것이라면 지성은 왜 우리에게 불리한가?

저는 지적인 수준이 아니라 일상적이고 평범한 수준에서의 소통에 대해 말한 겁니다. 우리 모두는 사고하는 인간이지요. 그러나 아우슈비츠에서 우리는, 특히 우리 이탈리아인들은 언어도 박탈당했습니다. 물론, 이해한다는 것은 그곳에서 유리한 점이었지요. 그러나 강력한 불리한 점들로 상쇄되었어요. 수용소에 도착한 첫날부터 말이지요.

자신이 변호사나 교수나 철학자임을 밝힌 사람은 당장 따귀를 맞곤 했지요. 신발 수선공이나 전기공의 운명이 더 나았어요.

그럼에도 아우슈비츠를 더 잘 분석할 줄 알았던 사람들은 바로 지식인들이었고, 그들은 우리에게 증언을 해주었다.

하지만, 나중에는 그랬어요. 지식인이라는 것이 도움이 되었지요. 경험을 정교하게 이해하는 데 말입니다. 학교에서 준비 기간을 거친 뒤, 아우슈비츠에서 저는 지식인이 되었지요. 바로 수용소의 경험이 저를 지식인으로 만들어주었습니다. 몬도비[5]의 교사인 리디아 롤피를 생각해봅니다. 그녀는 17세에 라벤스브뤼크 수용소에 보내졌어요. 한 파르티잔을 집에 묵게 해주었기 때문이지요. 그녀는 이해하려는 의지, 그 사회 속으로 들어가려는 의지 때문에 살아남았어요. 제 의지와 비슷하지요. 그녀는 집으로 돌아왔을 때, 자신의 대학은 바로 수용소였다는 것을 깨달았습니다.

이 40년 세월이 가라앉은 자가 될 뻔했던 사람을 변화시켰을까? 프리모 레비는 당황해하면서 대답한다.

삶과 일과 무엇보다 이해하려는 집요한 고민으로 점철된 40년이었어요.

---

5 이탈리아 북부 피에몬테 주, 쿠네오 지방의 작은 도시.

그는 『가라앉은 자와 구조된 자』의 첫 페이지를 펼쳐 들었다. 콜리지의 시구, "그때 이후, 불확실한 시간에 고통은 되돌아온다……"가 적힌 페이지이다. 그는 첫 단어들을 강조했다.

불확실한 시간에, 가끔은…… 제가 이 세계 속에서 사는 것은 아니에요. 그러지 않았다면 『멍키스패너』를 쓰지 못했을 거고, 가정도 꾸리지도 못했을 겁니다. 제가 좋아하는 많은 일들도 못하겠지요. 하지만, 불확실한 시간에 그 기억들이 돌아오는 것은 사실입니다. 저는 상습범이지요.

아우슈비츠의 자취는 지워지지 않는다. 한 인간의 삶 속에서, 세계의 역사 속에서.

프리모 레비 작가 연보

1919년　　　　프리모 레비는 7월 31일 토리노에서 태어나, 자기가 태어난 집에서 평생을 살아간다. 레비의 조상들은 스페인과 프로방스 출신으로 이탈리아 피에몬테 지방에 자리 잡은 유대인들이었다. 레비는 『주기율표』의 첫 장에서 그들의 관습과 생활 방식 그리고 은어들을 묘사했지만, 조부모에 대한 것 이외에는 개인적으로 그들에 관해 간직하고 있는 기억은 없었다. 친할아버지는 토목기사로 베네 바지엔나에 살았다. 할아버지는 그곳에 집과 작은 농장을 소유하고 있었고, 1885년 사망했다. 외할아버지는 포목상이었고 1941년 사망했다. 아버지 체사레는 1878년에 태어났고 1901년 전기공학부를 졸업했다. 외국(벨기에, 프랑스, 헝가리)에서 일한 뒤 1917년, 1895년생인 열일곱 살 연하 에스테르 루차티와 결혼했다.

1921년　　　　동생 안나 마리아 탄생. 프리모는 평생 동생과 강한 유대감을 지닌 채 살았다.

1925~1930년　　초등학교에 다님. 건강이 좋지 않았다. 결국 초등학교 마지막에는 1년 동안 개인 교습을 받는다.

1934년　　　　파시즘에 반대하는 저명한 교사들이(아우구스토 몬티, 프랑코 안토니첼리, 움베르토 코스모, 지노 지니, 노르베르토 보비오 등) 재직하

기로 유명한 다첼리오 고등학교에 입학. 다첼리오 고등학교는 이미 '정화'
되어 정치적으로 불가지론不可知論의 입장을 취했다. 레비는 수줍음을 많
이 타는 모범생이었다. 화학과 생물학에 관심을 보였고 역사나 이탈리아어
에는 별다른 관심이 없었다. 특별히 눈에 띄는 학생은 아니었지만 단 한 과
목도 낙제하지 않았다. 고등학교에 입학하자마자 몇 달 동안은 체사레 파
베제가 국어 교사였다. 파베제와 평생 동안 지속될 우정을 다진다. 토레 펠
리체, 바르도네키아, 코녜에서 긴 방학을 보낸다. 산에 대한 애정이 싹트기
시작한다.

1937년   10월 대학입학자격시험에서 국어 시험을 다시 보게 된다.
토리노 대학 과학부의 화학과에 입학한다.

1938년   파시스트 정부가 최초의 인종법을 공포한다. 유대인들이 공
립학교에 다니는 것이 법으로 금지된다. 그렇지만 이미 대학에 등록해 다
니고 있던 사람들은 학업을 계속하는 것이 허용되었다. 레비는 유대인과
비유대인으로 결성된 반파시스트 서클에 나가기 시작한다. 아르톰 형제와
친구가 된다. 토마스 만, 올더스 헉슬리, 스턴, 베르펠, 다윈, 톨스토이의 책
을 읽는다.

1941년   7월 레비는 최우등으로 대학을 졸업한다. 그의 졸업증서에
는 '유대인'이라고 기재되었다. 레비는 부지런히 일자리를 찾았다. 가족의
생계가 막막했고 아버지가 말기 암 투병 중이었기 때문이다. 그는 란초의
석면 광산에서 반半합법적인 일자리를 구한다. 공식적으로 임금 대장에 오
르지는 않았지만 화학연구소에서 일한다. 레비가 열심히 몰두한 문제는 폐
기물에서 소량으로 발견되는 니켈을 분리하는 것이었다(『주기율표』의 「니
켈」장 참고).

1942년   밀라노, 반더 스위스 제약 공장에서 경제적으로 좀더 나은
일자리를 구한다. 이 공장에서 당뇨병 치료를 위한 신약 개발 업무를 맡는
다. 이때의 경험은 『주기율표』의 「인」에서 이야기하고 있다.

      11월 연합군이 북아프리카에 상륙한다.

12월 소련군이 스탈린그라드를 성공적으로 방어한다. 레비와 그의 친구들은 파시즘에 저항하는 몇몇 요인들과 접촉해 정치적으로 급속히 성숙해진다. 레비는 지하 조직인 행동당에 가입한다.

1943년　　　7월 파시스트 정권이 몰락하고 무솔리니가 체포된다. 레비는 미래의 국민해방위원회를 구성할 당들의 연락망으로 활발히 활동한다.

　　　9월 8일 바돌리오 정부가 휴전을 선언하지만 "전쟁은 계속된다." 독일 무장군이 이탈리아 북부와 중부를 점령한다.

　　　레비는 발 다오스타에서 활동하는 유격대에 합류하지만 12월 3일 새벽 다른 동료들과 브루손에서 체포된다. 레비는 카르피─포솔리 임시수용소로 보내진다.

1944년　　　2월 포솔리 수용소는 독일군의 감독을 받는다. 독일군은 레비와 노인, 여자, 어린이들을 포함한 다른 포로들을 아우슈비츠로 가는 화물수송 열차로 보낸다. 여행은 5일 동안 지속된다. 아우슈비츠에 도착해 남자들은 여자와 아이들과 격리되어 30호 바라크로 보내진다. 레비는 자신이 아우슈비츠에서 생존한 것을 주변 상황이 운 좋게 돌아간 덕으로 돌린다. 독일어에 대한 충분한 지식 덕분에 그는 간수들의 명령을 잘 이해할 수 있었다. 게다가 1943년 말, 스탈린그라드에서의 패배 이후 독일에서는 노동력이 급격히 부족해져서 돈이 전혀 들지 않는 노동력인 유대인들을 이용하는 것이 불가피해졌다.

　　　수용소에 머무르는 동안 레비는 다행히 병에 걸리지 않았다. 하지만 1945년 1월 소련 군대가 가까이 다가오는 가운데 독일군이 수용소를 비우며 병자들을 각자의 운명에 맡긴 채 버려두고 떠나던 바로 그때 성홍열에 걸렸다. 다른 포로들은 부헨발트와 마우트하우젠 수용소로 재이송당했고 거의 다 사망했다.

아우슈비츠에서의 내 경험은 내가 받았던 종교 교육 중 그나마 남아 있던 것을 모두 일소해버리는 것과 같았다. 〔……〕 아우슈비츠가 있다. 그러므로 신은 있을 수 없다. 이런 딜레마의 해결점은 아직 찾지 못했다. 찾고 있지만 찾지 못했다.

1945년　　　레비는 몇 달 동안 카토비체의 소련군 이동캠프에서 생활한다. 간호사로 일한다.

　　　　　6월 귀향이 시작된다. 이 여행은 터무니없게도 10월까지 이어진다. 레비와 그 동료들은 미궁 같은 여정을 통과해야만 했다. 처음에는 벨로루시, 우크라이나, 루마니아, 헝가리, 오스트리아를 거쳐 마침내 고국에 도착한다(10월 19일). 이때의 경험을 레비는 『휴전』에서 이야기한다.

1946년　　　전후에 피폐해진 이탈리아에 힘들게 복귀한다. 레비는 토리노 근교 아빌리아나에 있는 두코―몬테카티니 페인트 공장에 일자리를 구한다. 자신의 처참한 경험을 떨쳐버리지 못한 그는 열정적으로 『이것이 인간인가』를 쓴다.

『이것이 인간인가』에서 가장 크고 무겁고 중요한 이야기를 쓰려 애썼다. 분노의 테마가 우세해 보였다. 그러나 이 책은 거의 법적인 차원의 증언이었다. 고발을 하려는 의도가 담겨 있었던 게 틀림없지만―보복, 복수, 처벌을 야기시키려는 목적이 아니라―그저 증언을 하려 했을 뿐이다. 그래서 어떤 주제들은 다소 한 옥타브 낮은 주변적인 것으로 보이기도 했다. 그런 것들은 나중에 세월이 많이 흐른 뒤에 다루었다.

1947년　　　두코 사社를 그만둔다. 독립해서 친구와 잠깐 사업을 하지만 쓰라린 경험만 한다.

　　　　　9월 루치아 모르푸르고와 결혼한다. 레비는 에이나우디 출판사에 원고를 보내지만 형식적인 말과 함께 출판이 거부된다. 프랑코 안토니첼리의 소개로 책은 데실바 출판사에서 2,500부만 출판된다. 훌륭한 평가를 받았지만 판매 면에서 성공을 거두지 못했다. 레비는 작가―증언자로서의 자신의 임무를 다했다고 결론 내리고 화학자로서의 일에 몰두한다.

12월 레비는 토리노와 세티모 토리네제 사이에 있는 조그만 페인트 공장 시바의 연구소에서 화학자로 일할 기회를 받아들인다. 불과 몇 달 뒤 그는 총감독이 되었다.

1948년　　딸 리사 로렌차가 태어난다.

1956년　　토리노에서 열린 수용소 전시회에서 놀라운 성공을 거둔다. 레비는 자신의 수용소 경험을 묻는 젊은이들에게 에워싸인다. 그는 자신의 표현 수단에 대한 신뢰를 되찾아 『이것이 인간인가』를 에이나우디 출판사에 다시 보낸다. 이번에는 출판사에서 이 책을 '에세이' 시리즈에 넣어 출판하기로 한다. 그 뒤 책은 중쇄를 거듭했고 여러 나라에서 번역된다.

1957년　　아들 렌초가 태어난다.

1959년　　『이것이 인간인가』가 영국과 미국에서 번역된다.

1961년　　『이것이 인간인가』 프랑스어판과 독일어판이 나온다.

1962년　　『이것이 인간인가』의 성공에 용기를 얻어 수용소 생활에서 돌아오던 모험으로 가득 찬 여행을 다룬 일기 『휴전』의 초고를 쓰기 시작한다. 전작과는 달리 이 작품은 계획에 의해 쓴다. 레비는 밤과 휴일, 휴가 때 글을 써서 한 달에 한 장章씩 정확하게 완성시킨다. 단 한 시간도 근무 시간을 빼서 쓰지 않았다. 그의 생활은 가정, 공장, 글쓰기 이 세 영역으로 정확히 구분되어 있었다. 철저히 화학자로서 활동한다. 독일과 영국으로 몇 차례 출장을 다녔다.

『휴전』은 『이것이 인간인가』를 발표하고 14년 후에 썼습니다. 그러니까 훨씬 더 의식적이고 문학적이고 언어 면에서도 훨씬 더 많은 공을 들였습니다. 사실들을 이야기했지만 그것은 여과된 사실들입니다. 이 책 이전에 수없이 구두로 발표했습니다. 저는 모든 모험을 여러 계층의 사람들에게 (특히 중학생들에게) 수없이 이야기했고, 그러면서 차츰차츰 그 모험들은 더 호의적인 반응을 불러일으킬 만한 방향으로 수정되어갔습니다.

1963년   4월 에이나우디 출판사에서 『휴전』을 출판하고 매우 호의 적인 평가를 받는다. 이탈로 칼비노가 표지글과 추천사를 썼다.

9월 베네치아에서 『휴전』으로 제1회 캄피엘로 상을 수상 한다.

1964~1967년   연구실과 공장의 업무를 통해 영감받은 생각들을 정리해서 과학기술을 배경으로 한 단편들을 써서 『일 조르노』와 다른 신문에 발표한 다.

1965년   폴란드에서 거행한 아우슈비츠 해방 20주년 기념식을 위해 아우슈비츠를 방문한다.

다시 아우슈비츠를 찾았으나 그것은 생각보다 그리 극적이지 않았다. 너 무 소란스러웠고 주의를 집중하기도 힘들었으며 모든 것이 너무나 잘 재 정돈되어 있었고 건물 정면은 너무 깨끗했으며 대부분의 대화들이 형식 적이었다.(1984년 인터뷰에서)

1967년   그동안 쓴 단편들을 『자연스러운 이야기』라는 제목으로 출 간한다. 다미아노 말라바일라라는 필명을 사용한다.

1971년   두번째 단편집 『형식의 결함』을 발표하는데 이번에는 본명 을 사용한다.

1972~1973년   소련으로 수차례 출장 간다(『멍키스패너』, 『멸치 1』, 『멸치 2』 참고).

나는 톨리야티를 방문했다. 그리고 소련인들이 우리 숙련공들을 존경 어 린 마음으로 대한다는 것에 주목했다. 나는 이런 사실에 호기심을 느꼈 다. 그 숙련공들과 구내식당에서 나란히 앉아 식사를 하게 되었다. 그들 은 위대한 인류의 기술적인 유산을 상징했다. 그러나 그들은 익명의 존재 들로 남겨질 뿐이었다. 아무도 그들에 대해 글을 쓰지 않기 때문에……

『멍키스패너』는 어쩌면 바로 그곳, 톨리야티에서 탄생했는지 모른다. 게다가 그곳이 소설의 배경이기도 하다. 도시 이름은 한 번도 확실히 거명된 적이 없지만.

1975년　　　퇴직을 결심하고 시바 총감독 자리를 떠난다. 2년 동안 고문으로 일하게 된다. 레비는 샤이빌러에서 그동안 쓴 시들을 모아 『브레마의 선술집』이라는 제목의 시집을 낸다.
　　　　　　회고록·명상록의 성격을 띤 『주기율표』를 출판한다.
1978년　　　철탑, 다리, 석유시추 설비들을 건설하기 위해 전 세계를 떠도는 피에몬테 출신의 노동자 파우소네의 이야기 『멍키스패너』를 출판한다. 주인공은 사람들과의 만남, 모험, 자신의 일에서 매일 부딪히게 되는 어려움들을 이야기한다.

이 책은 '창조적인' 노동 혹은 간단히 말해 노동에 대한 재평가를 겨냥한다. 존재하는 수천 명의 파우소네의 노동이든, 다른 직업과 다른 사회적인 노동이든 노동은 창조적일 수밖에 없다……. 파우소네는 내가 책에서 암시했듯이, 실존하지 않으면서도 존재한다. 그는 내가 알았던 실존 인물들을 응집시킨 인물이다…….

　　　　　　7월 『멍키스패너』로 스트레가 상을 수상한다.
1980년　　　『멍키스패너』 프랑스어판 출간. 저명한 인류학자 클로드 레비스트로스는 이렇게 썼다.

매우 즐겁게 읽었다. 내가 특히 노동에 대한 대화를 좋아하기 때문이다. 이런 면에서 프리모 레비는 위대한 민속학자다. 게다가 책도 정말 재미있다.

1981년　　　줄리오 볼라티의 제안으로 에이나우디 출판사에서 개인 작가 선집, 즉 그의 문화적 형성에 영향을 주었거나 좀더 단순하게는 자신과 닮았다고 느끼는 작가들의 작품을 모은 책을 준비한다. 이 책은『뿌리 찾기』라는 제목으로 출판된다.

　　　　　11월 1975년부터 1981년까지 쓴 단편들을『릴리트와 단편들』이라는 제목으로 출판한다.

1982년　　　　4월 소설『지금이 아니면 언제?』를 발표한다. 출간하자마자 대성공을 거둔다. 이 작품으로 6월에는 비아레조 상을, 9월에는 캄피엘로 상을 수상한다. 두번째로 아우슈비츠를 방문한다.

우리 일행은 몇 명 되지 않았다. 이번에는 깊은 감동을 받았다. 나는 처음으로 아우슈비츠에 있던 수용소 가운데 하나로 가스실이 있었던 비르케나우 기념관을 방문했다. 철로가 보존되어 있었다. 녹슨 철로는 수용소 안으로 이어져 일종의 텅 빈 공간 가장자리에서 끝났다. 앞에는 화강암 벽돌로 만든 상징적인 기차가 있었다. 벽돌마다 나라의 이름이 하나씩 적혀 있었다. 선로와 벽돌들. 기념관은 이것이었다. 나는 감각을 되찾았다. 가령 그 장소의 냄새 같은 것 말이다. 무해한 냄새. 석탄냄새인 것 같았다.

　　　　　8~9월 이스라엘의 레바논 침공. 사브라와 샤틸라 팔레스타인 구역에서 대학살이 일어난다. 레비는 특히 9월 24일『라 레프블리카』에 발표된 잠파올로 판사Giampaolo Pansa와의 대담에서 자신의 입장을 밝힌다.

우리 디아스포라 유대인들은 두 가지, 즉 도덕적인 것과 정치적인 면에서 베긴 수상에 반대할 수 있다. 먼저 도덕적인 것은 다음과 같다. 아무리 전쟁 중이라 해도 베긴과 그의 동료들이 보여주었던 잔인한 오만함을 정당화할 수 없다. 정치적인 주장도 이와 마찬가지로 분명하다. 이스라엘은 지금 완전한 고립의 상태 속으로 급속히 추락하고 있다. 〔……〕 우리는 보다 냉철한 이성으로 현재 이스라엘 지도부의 실수에 판결을 내리기 위해 이스라엘과의 감정적인 연대감을 억눌러야만 한다.

『지금이 아니면 언제?』가 프랑스어로 번역된다. 줄리오 에이나우디의 권유로 '작가가 번역한 작가' 시리즈를 위해 카프카의 『심판』을 번역하기 시작한다.

1983년   레비스트로스의 『가면을 쓰는 법』 번역. 카프카의 『심판』 번역 출간. 레비스트로스의 『먼 곳으로부터의 시선』 번역. 번역 문제에 대해서는 『타인의 직업』에 수록된 「번역한 것과 번역된 것」을 참조.

1984년   6월 토리노에서 물리학자 툴리오 레제를 만난다. 두 사람 사이의 대담은 녹음되어 코무니타 출판사에서 『대화』라는 제목으로 12월에 출판된다.

10월 1975년 샤이빌러에서 이미 출판되었던 27편의 서정시와 일간지 『라 스탐파』에 발표했던 34편의 시, 그리고 스코틀랜드의 무명 시인, 하이네와 키플링 시를 번역해 모은 시집 『불확실한 시간에』를 가르잔티 출판사에서 출판한다.

11월 『주기율표』가 미국에서 번역되어 출판. 비평가들의 극찬을 받는다. 솔 벨로우의 이러한 평가에 영향을 받아 레비의 책들이 여러 나라에서 번역된다. 이에 덧붙여 닐 애컬슨(『뉴욕타임스 북리뷰』), 앨빈 로젠펠트(『뉴욕타임스 북리뷰』), 존 그로스(『뉴욕타임스』)의 매우 호의적인 서평이 뒤를 이었다.

1985년   1월 주로 『라 스탐파』에 발표했던 50여 편의 글을 모아 『타인의 직업』이라는 제목으로 발표한다.

2월 『아우슈비츠 소장 루돌프 회스의 자전적 기억』 문고판의 서문을 쓴다.

4월 미국에서 어빙 하우의 서문이 실린 『지금이 아니면, 언제?』가 번역되는 것과 때를 맞춰, 그리고 여러 대학의 강연을 위해 미국을 방문한다.

1986년　　　　4월 아우슈비츠의 경험에서 우러난 사유를 집대성한 책『가라앉은 자와 구조된 자』출간. 미국에서『멍키스패너』와『릴리트』에서 발췌된 단편들이 '유예의 순간'Moment of reprieve이라는 제목으로 번역 출간된다.『지금이 아니면 언제?』가 독일에서 번역된다. 런던과(여기서 필립 로스를 만난다) 스톡홀름을 방문한다.

　　　　9월 토리노에서 로스의 방문을 받는다. 그에게『뉴욕타임스 북리뷰』에 실릴 대담 제의를 받아 동의했다.

1987년　　　　3월『주기율표』프랑스어판과 독일어판 출간. 외과 수술을 받는다.

　　　　4월 11일 토리노 자택에서 사망했다.

작품 해설

『가라앉은 자와 구조된 자』(1986)는 프리모 레비의 마지막 저작이다. 프리모 레비는 유대계 이탈리아인으로서 아우슈비츠 수용소에서 살아남은 생존자였다.

수용소에서 풀려난 뒤 얼마 안 되어 그는 강제수용소 체험을 증언한 『이것이 인간인가』(1947)를 내놓았다. 이 작품은 개인 체험의 기록을 뛰어넘어 더욱 깊이 있고 보편적으로 현대의 '인간' 자체에 내재한 위기의 양상을 증언한다. 이 책은 과거에 잔혹한 일이 벌어졌다는 사실뿐만 아니라 그것에 대한 증언이 전해지지 않을지도 모른다는 위기, '인간'은 증언에 귀를 기울여서 과거의 잘못으로부터 교훈을 얻는 존재가 아닐지도 모른다는 끔찍한 위기(증언의 불가능성)에 대해서도 증언하는 것이다. 그렇기 때문에 『이것이 인간인가』는 누구나 참조해야 할 우리 시대(아우슈비츠 이후) 증언문학의 고전이 되었다(상세한 것은 돌베개에서 나온 『이것이 인간인가』와 『주기율표』에 수록된 「작품 해설」을 읽어보기 바란다).

20세기에 벌어진 처참한 정치폭력의 증언자로서 살아가는 것을 스스로의 책무로 받아들인 프리모 레비는 1987년에 토리노의 자택에서 자살로 생을 마감했다. 『가라앉은 자와 구조된 자』는 사실상 유서에 해당하는데, 거기에는 40여 년에 걸친 그의 사상적 고투가 알알이 맺혀 있다. 본서에는 강제수용소 체험에 대한 매우 투철한 고찰, 인간 존재에 대한 한 점의 타협도 없는 인식이 관통하고 있으며, 그렇기에 끝 모를 깊은 절망감이 배어 있다. 이 책은 프리모 레비 문학의 도달점에 머무르는 게 아니라 우리가 끊임없이 되돌아가야 할 사상적 좌표축이라고 할 수 있다. 나치즘이나 유대인 학살에 관한 서적은 셀 수 없을 만큼 많지만, 개중에 굳이 딱 한 권만 꼽으라고 한다면 나는 주저 없이 이 책을 권할 것이다.

1933년부터 1945년까지 독일에서는 계통적이고 조직적으로 유대인, 신티와 로마족(이른바 '집시'), 장애인, 성적 소수자, 정치적 반대파 등을 박해하여 대학살(일반적으로는 '홀로코스트'Holocaust라고 부른다)로 몰아넣었다. 이 사건은 규모로 보나 성격으로 보나 인류사에 유례없는 사건이었기 때문에 현재에도 우리에게 진지한 검증과 심오한 반성을 요구하고 있다. 그것은 이미 지나가버린 사건에 불과하니까 더 이상 재발을 염려하지 않아도 좋은 것일까, 아니면 아직도(또는 점점 더) 재발의 위협이 도사리고 있는 것일까. 이런 물음에 대답하고자 한다면 감히 상상할 수도 없는 그 같은 잔인무도한 사건이 어떻게 일어날 수 있었을까, 곰곰이 생각해볼 필요가 있다.

제2차 세계대전이 끝나고 약 70년이 지난 오늘날까지, 나치즘과 홀로코스트에 관한 세계 각지의 연구 성과는 적잖이 쌓여왔다. 지면상 여기에서 그 전체상을 자세히 살펴볼 수는 없지만, 굳이 간략하게 언급한다면 다음과 같다. 종전이 이루어진 지 얼마 안 된 시기에는 나치 지도자들을 '광기'에 사로잡힌 '악마'로 지목하여 설명하려는(그렇게 하여 대다수 일반 국민은 책임을 면제받는) 경향이 지배적이었다. 그러나 시간이 흐르고 연구가 심화되어 갈수록 그러한 단순한 논리는 무효화되고, 독일 국민을 비롯하여 다른 유럽 국가의 국민까지 포함한 일반인의 적극적인 동조가 있었기 때문에 '홀로코스트'가 실현되었다는 '불편한 진실'이 명백하게 드러났다. 이 문제를 연구해온 단 스톤Dan Stone이 최근 저서에서 서술한 대로, 우리가 "홀로코스트에 관해 알면 알수록 인류의 장래에 대해서 비관적이 된다."

(『Histories of the Holocaust』, Oxford University Press, 2010)

프리모 레비의 저작, 특히 이 책은 그러한 연구 가운데 거듭하여 참조하고 인용하는 저서로서 핵심적 중요성을 지닌다. 왜냐하면 그것은 수용소 생존자라는 당사자 자신의 직접 증언인 동시에 가능한만큼 객관적이고 명석한 고찰이 담겨 있기 때문이다. 상상을 뛰어넘는 폭력의 피해자이자 '인간성 파괴'의 희생자인 당사자가 냉철한 분석자이자 사상가인 경우는 지극히 드문 일일 것이다. 보통은 증언자와 분석자(연구자)는 불가피하게 분리되어 비록 의도하지 않았다고 해도 그 둘 사이에는 왜곡이나 거리감이 생기기 마련이다. 그런 점에서 이 책은 하나의 기적 같은 증언이라는 생각마저 든다. 이를 가능하게 한 것은 저자 프리모 레비의 철저한 비판 정신이다. 실로 그의 비판 정신은 자기 자신을 포함한 생존자('비판성을 발휘하지 않고 순진하게 생존자라는 조건을 받아들이는 우리 중 일부')에게도 가차 없이 비판의 칼날을 들이댄다.

> 수용소에 대한 진실을 재건하기 위한 가장 실질적인 자료가 바로 생존자들의 기억으로 이루어져 있다는 것은 당연하고 명백하다. 그 기억은 그것이 불러일으키는 동정심과 분노를 넘어 비판적인 눈으로 읽혀야 한다. 라거(강제수용소)를 알기 위해서 라거 자체가 언제나 좋은 관측소가 되어주었던 것은 아니다. 〔…〕 여러 해가 지난 오늘날, 라거의 역사는 거의 전적으로 나처럼 바닥까지 가보지 못한 사람들에 의해 쓰였다고 단언할 수 있다. 바닥까지 가본 사람은 돌아오지 못했거나, 자신의 관찰 능력이 고통과 몰이해로 마비되어 있었던 것이다. (「서문」중)

이 책은 서문, '(1) 상처의 기억 (2) 회색지대 (3) 수치 (4) 소통하기 (5) 쓸데없는 폭력 (6) 아우슈비츠의 지식인 (7) 고정관념들 (8) 독일인들의 편지'의 8장과 결론으로 구성되어 있다. 그 가운데 도마 위에 오른 주제는 폭력(이토록 끔찍한 폭력이, 왜?), 책임(그 책임은 누구에게, 어디까지?), 기억(이 사건은 어떻게 기억에 남을 것인가?), 증언(이 사건은 증언 가능한가, 그 증언은 전해질 수 있는가?), 윤리(극한의 피폐와 갈증 속에서 우연히 손에 넣은 컵 안의 물을 친구와 나누지 않은 것을 어떻게 생각해야 하는가?) 등등, 실로 아우슈비츠는 우리에게 여러 가지 위기적 물음을 던져준다. 프리모 레비는 이런 물음에 전심전력을 다해 성실하게 대답하고자 한다. 저자 자신이 겪은 실제 경험, 아주 폭넓은 지식과 교양, 안이한 선입견을 배제한 과학자의 고찰, 감정에 치우치지 않는 절제된 사고 태도, 그 바탕에 깔려 있는 '인간성'에 대한 이유 있는 절망과 힘겨운 기대로 가득 찬, 그야말로 가장 좋은 의미에서의 '에세이'다. 이 책을 읽는 독자는 '이쪽'에서 평온하고 무사한 생활을 당연하다는 듯 누리고 있는 자신이 실제로는 얼마나 무지와 천박한 생각에 지배당하고 있는지 깨닫고 놀랄 것이다. 이를테면,

국가사회주의처럼 지옥같은 체제가 자신의 희생자들을 신성시한다는 주장은 터무니없고, 역사적으로 거짓이다. (2장 「회색지대」 중)

또한 우리 중 대다수는 '왜 그런 학대를 받으면서도 강제수용소에서 자살하는 사람이 적었을까?'라는 의문을 품으며, 때로는 '왕성한 생명력'이라든가 '친한 사람을 사랑하는 힘'처럼 멋대로 낭만적인 해석을 내리려고 한다. 그러나 그런 물음에 프리모 레비는 다음과 같이 응대한다.

첫째, 자살은 동물의 행위가 아니라 인간의 행위라는 점이다. (3장 「수치」 중)

강제수용소에 갇힌 사람은 그렇게까지 '동물화되어 있었다'는 뜻이다.

하루 일과는 빡빡했다. 허기를 채우고, 어떤 식으로든 피로와 추위를 피하고 구타를 피할 생각을 해야 했다. 늘 코앞에 닥쳐온 죽음 때문에 죽음에 대한 생각에 집중할 시간이 없었다. (3장 「수치」 중)

프리모 레비에 따르면 수인들에게 해방이 무조건 기쁜 것만은 아니었다. 그들은 자유를 되찾음과 동시에 치욕감과 죄책감에 휩싸인다. "어둠에서 나왔을 때, 사람들은 자기 존재의 일부를 박탈당했다는 의식을 되찾고 괴로워했다." 강제수용소의 수인들이 해방 후에 (종종 해방 직후에) 자살하는 경우가 많은 까닭은 그러한 이유 때문이라고 해석할 수 있다.

이러한 프리모 레비의 술회를 읽으면서 우리는 그들이 경험한 심연을 조금이나마 상상해볼 수 있게 된다. 그리고 그렇게 이야기한 그 자신이 이 책을 남기고 자살해버렸다는 사실로 인해 우리의 놀라움은 결정적인 것이 된다.

프리모 레비는 1986년(본서를 간행한 해이자 자살하기 전해)에 있었던 인터뷰에서 이렇게 말했다.

내가 이 책을 쓰고자 한 동기 중 하나로서 어떤 종류의 극단적인 단순화를 꼽을 수 있다. 그것은 특히 젊은 세대의 독자들에게 드러나는데, 그들은 '아우슈비츠는 끝나지 않았다'(『이것이 인간인가』)를 읽고 인류는 두 종류로 나뉜다고 생각한다. 바꾸어 말하면 이른바 박해자와 희생자, 그러니까 전자는 괴물이고 후자는 무구한 사람이라는 것이다. 이런 이유로 인해 바로 이 책의 '회색지대'라는 2장이 아주 중요하다

고 본다. (『가라앉은 자와 구조된 자』 일본어판 역자 후기)

인간을 단순히 선인과 악인이라는 이분법으로 나누는 관점은 스스로를 '선인' 쪽에 놓고 안심하려는 자기 보신적인 심성을 나타낸다고 할 수 있다. 그것은 아우슈비츠라는 사건의 진실을 아는 일이나 그 재발을 막는 일에 아무런 도움이 되지 않는다. 실제로는 아무것도 없이 지옥의 밑바닥까지 내려갔던 사람은 다시는 돌아올 수 없었다. 돌아온 사람은(여기에서 프리모 레비는 자기 자신을 포함해서 말한다) 어떤 의미에서 '타인이 있는 곳을 빼앗아' 살아남은 것이다. 나치 당국이 일부 유대인 수인들로 조직한 특별부대(존더코만도스)가 그 대표적인 예일 것이다. 그들은 희생자의 시체 처리 같은 소름끼치는 더러운 일을 강요받았지만, 그 대가로 다른 수인들보다 좀 더 오래 살아남을 수 있는 '특권'을 부여받았다. 그렇게 하여 겨우 살아남은 소수자의 일부가 귀중한 증언을 제공했던 것이다(예를 들어 필립 뮐러, 아브라함 봄바 등).

그러나 여기에서 명확하게 해두어야 할 것은 프리모 레비가 '우리 전부가 유죄'라든가 '누구에게도 박해자를 추궁할 자격은 없다' 같은 애매모호한 속류 도덕관을 주장하는 것은 아니라는 점이다.

특수부대를 기획하고 조직한 것은 국가사회주의의 가장 악마적인 범죄였다. 〔…〕 이러한 기관을 통해서, 다른 사람들에게, 정확히 말하자면 희생자들에게 죄의 짐을 떠넘기려고 시도한 것이었다. 그럼으로써 희생자들에게는 죄가 없다는 안도감마저도 남아있지 않도록 한 것이

었다. (2장 「회색지대」 중)

프리모 레비의 관심은 거대한 억압기구의 각 층위에서 어쩔 수 없이 죄에 가담한 한 사람 한 사람을 단죄하는 일이나 용서하는 일이 아니었다. 오히려 그는 그러한 체제 자체의 범죄성을 정확하게 이해하고, 선악의 이분법으로 갈라낼 수 없는 보통 사람들이 억압기구의 범죄에 의해 가담자나 공범자가 되어버리는 메커니즘에 주의를 기울였다. 아우슈비츠는 나와 당신을 포함한 보통 사람들에 의해 운영된다. 그것이 일부 괴물이 저지르는 짓이라면 얼마나 이해하기 쉽고 마음이 놓일 것인가.

사건은 일어났고 따라서 또다시 일어날 수 있다. 이것이 우리가 말하고자 하는 것의 핵심이다. 〔…〕 불관용과 권력에 대한 욕망, 경제적 이유, 종교적이거나 정치적인 광신, 인종적 마찰 등이 발생시키는 폭력이 난무하는 조류 속에서 미래에 면역성이 있다고 보장할 수 있는 나라는 소수이다. 그러므로 우리는 우리의 감각을 벼리고 있어야 하며 예언자들과 마법사들, 또한 타당한 이유들의 밑받침이 없는 "아름다운 말들"을 말하고 쓰는 사람들을 믿지 말아야 한다. (「결론」 중)

나 서경식은 1980년대 초, 일본에서 프리모 레비의 저작을 읽은 이래, 지속적으로 관심을 가져왔다. 1996년에는 프리모 레비의 생가와 무덤이 있는 토리노를 방문했고, 그 경험을 바탕으로 『프리모 레비를 찾아가는 여행』(원제)이라는 책을 냈다. 이 책은 나중에 한국에서도 『시대의 증언자 쁘리모 레비를 찾아서』(창비)라는 제목으로 간행했다. 이 책을 집필하는 도중 반드시 읽어야 하지만 아직 일본어로(한국어로도) 번역되지 않은 책이 있었다. 그것이 바로 『가라앉은 자와 구조된 자』였다. 나는 할 수 없이 사전을 찾아가며 영어판(『The Drowned and the Saved』)을 읽었다. 그리고 격렬하게 가슴이 떨려왔다. 가슴속 깊이 '이 사람은 자살할 수밖에 없었구나……' 하고 고개를 끄덕였다. '자살해서는 안 되었는데……', 또는 '살아주었으면 좋았을 것을……' 하는 생각은 없었다.

이 책을 읽음으로써 새삼스레 오싹해질 만큼 두려운 나치 범죄에 온몸이 떨려온 것은 말할 것도 없겠지만, 아울러 이 책은 '나치 범죄'로 한정할 수 없는 넓이와 깊이를 통해 인간 존재 자체에 내재하는 위기를 날카롭게 파헤치고 있다. 프리모 레비가 인생 최후에 이 책을 남긴 까닭은 단지 타인에게 사실을 알리고 남을 설득하기 위해서가 아닐 것이다. '인간은 증언에 귀를 기울이지 않는다'는 증언을 사람들을 향해 외쳐본들 무슨 의미가 있을까. 다만 그는 과학자 같은 솜씨로 깊은 절망의 양상을 해부하여 자기 개인의 생물학적 생명을 넘어서는 가치(이 경우 '진실'이라 부르는 수밖에 없다)를 위해 이 책을 남긴 것이다.

2006년 내가 한국에서 안식년을 보내고 있었을 무렵에는 아직 프리모 레비의 저서가 한국에서 한 권도 번역 출간되지 않았었다. 하지만 그 후 『이것이 인간인가』로 시작하여 드디어 『가라앉은 자와 구조된 자』까지 그의 주요 저작 대부분이 한국 독자에게 소개되기에 이르렀다. 솔직히 이 점을 기쁘게 여기고 있다.

오늘날의 일본은 10년 전, 20년 전하고는 비교할 수 없을 정도로 편협한 배외주의가 팽배한 사회가 되어버렸다. 혐한론, 반중론反中論이 큼지막하게 주간지의 표제어로 실리고, 거리에는 '조선인 죽여라', '한국인은 돌아가라'고 악을 쓰는 인종차별주의자들의 데모가 연일 벌어지고 있다. 이를 그저 일부 극단적인 차별주의자들의 행동이라고 치부해버려서는 안 된다. 일본 사회의 다수자들은 일반 독일 국민의 무기력과 무관심이 나치즘의 폭압과 학살을 가능하게 했다는 교훈을 뼛속 깊이 되새겨야 할 것이다. 그렇지 않다면 일본 사회의 구성원들은 끔찍한 공범자로 전락할 수밖에 없다.

　일본 사회의 상황이 이렇다고 한다면 한국은 어떨까? 한국 사회는 그렇지 않기를 바라는 마음이 간절하지만, 과연 내가 마음을 놓아도 될까? 바로 이 물음이 될수록 많은 한국인 독자가 이 책을 읽어주기 바라는 이유이다.

2014년 3월 20일
후쿠시마 원자력발전 사고 3주년을 맞이한 일본에서
서경식徐京植

해설 번역: 김경원